SANGUE QUENTE

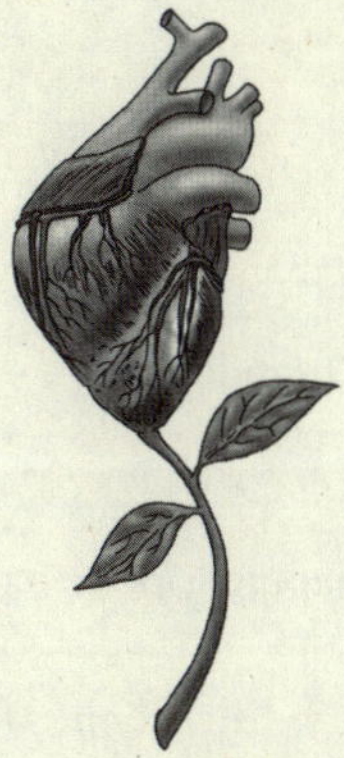

SANGUE QUENTE

ISAAC MARION

Tradução
Cassius Medauar

LeYa

Título original: *Warm Bodies*

Direção editorial: Pascoal Soto
Editora: Mariana Rolier
Produção editorial: Sonnini Ruiz

Tradução: Cassius Medauar
Preparação de texto: Amanda Orlando
Revisão: Érica Lamas
Diagramação: S4 Editorial
Ilustrações: Eduardo Borges (adaptadas por Isaac Marion do livro *Gray's Anatomy*)
Capa: Retina 78
Imagem da capa: Photographer/© Christophe Dessaigne/Trevillion Images

DADOS INTERNACIONAIS DE CATALOGAÇÃO NA PUBLICAÇÃO (CIP-BRASIL)
FICHA CATALOGRÁFICA ELABORADA POR OFICINA MIRÍADE, RJ, BRASIL.

M341 Marion, Isaac, 1981-
Sangue quente / Isaac Marion ; tradução: Cassius Medauar. – São Paulo : Leya, 2011.
256 p.: il.

Tradução de: *Warm bodies*
ISBN 978-85-8044-033-1

1. Ficção americana. 2. Ficção fantástica americana. 3. Zumbis – ficção. I. Título.

11-0099 CDD 813.52

TEXTO EDITORES LTDA.
[Uma editora do grupo Leya]
Av. Angélica, 2163 – Conj. 175/178
01227-200 – Santa Cecília – São Paulo – SP
www.leya.com

Para as crianças órfãs em abrigos que
conheci e cujos nomes jamais me esquecerei.

Agradecimentos

Obrigado a Cori Stern por descobrir minhas histórias no fundo do pântano da internet e me forçar a escrever este livro que mudou minha vida. Obrigado a Laurie Webb e Bruna Papandrea por espalhá-lo pelo mundo e ao meu genial agente Joe Regal por me ajudar a moldá-lo no que acabou se tornando. Obrigado a Nathan Marion por apoiar meus esforços artísticos ao longo dos anos, por acreditar neles e em seu irmão, quando ambos pareciam loucos.

Você saberia, Oh Gilgamesh,
O que me interessa,
Beber do Poço da Imortalidade.
O que quer dizer fazer os mortos
Se levantarem dos seus túmulos
Os prisioneiros de suas celas
Os pecadores de seus pecados.
Acho que um beijo de amor mata o nosso
coração de carne.
É o único caminho para a vida eterna,
E que deve ser insuportável se for vivido
Entre as flores que morrem
E os gritos de despedidas
Dos braços esticados ao extremo
por nossas esperanças perdidas.

Herbert Mason,
Gilgamesh: A Verse Narrative

"..."

– O *Épico de Gilgamesh*, Bloco II,
Linhas 147, 153, 154, 278, 279

primeiro passo

querer

Estou morto, mas isso não é tão ruim. Aprendi a conviver com isso. Desculpe não me apresentar da forma correta, mas não tenho mais um nome. Dificilmente algum de nós tem um. Nós os perdemos como perdemos chaves de carro, os esquecemos como esquecemos de alguns aniversários. O meu talvez começasse com R, mas isso é tudo que sei. É engraçado porque quando eu era vivo, sempre me esquecia do nome das outras pessoas. Meu amigo M diz que a ironia de ser um zumbi é que tudo é engraçado, mas você não consegue rir, pois seus lábios apodreceram.

Nenhum de nós é atraente, mas a morte foi mais gentil comigo do que com muitos outros. Ainda estou nos primeiros estágios do apodrecimento. Apenas a pele cinza, o cheiro ruim e os círculos negros embaixo dos meus olhos. Quase posso me passar por um homem Vivo precisando de férias. Antes de me tornar um zumbi, devo ter sido um homem de negócios, um banqueiro, corretor de ações ou um jovem estagiário aprendendo o negócio, pois estou vestindo roupas boas. Calça preta, camisa cinza e gravata vermelha. M tira um barato de mim às vezes. Ele aponta para minha gravata e tenta rir, soltando um ronco gorgolejante e meio engasgado do fundo de suas entranhas. Ele usa uma calça jeans rasgada e uma camiseta branca, que agora já parece bem macabra. Ele devia ter escolhido uma cor escura.

Gostamos de fazer piadas e especular a respeito de nossas roupas, afinal, estas últimas escolhas de estilo são a única indicação de quem fomos antes de nos tornarmos um zero à esquerda. Algumas são menos óbvias que a minha: um shorts e uma regata feminina, uma saia e uma blusa. Por isso damos chutes aleatórios.

Você era uma garçonete. Você era estudante. Lembrou de algo?

Nunca dá certo.

Ninguém que eu conheço tem alguma memória específica. Apenas um conhecimento vago, um vestígio de um mundo que se foi há muito tempo. Fracas impressões de vidas passadas que duram como membros fantasmas. Reconhecemos a civilização – prédios, carros, a visão geral da coisa – mas não temos um papel nela. Nenhuma história. Apenas estamos *aqui*. Fazemos o que temos que fazer, o tempo passa e ninguém faz nenhuma pergunta. Mas como falei antes, não é tão ruim. Pode parecer que não temos cérebro, que não pensamos, mas não é verdade. As engrenagens enferrujadas da coerência ainda funcionam, só que em uma velocidade cada vez mais lenta, até que o movimento externo fique praticamente imperceptível. Nós grunhimos e gememos, damos de ombros e acenamos com a cabeça, e, às vezes, até uma palavra ou outra saem de nossos lábios. Não é tão diferente de antes.

Mas o que me deixa mesmo triste é esquecermos nossos nomes. Isso me parece ser a coisa mais trágica de tudo. Sinto falta do meu e lamento pelos outros, porque gostaria de amar todos, mas não sei quem são eles.

• • •

Centenas de nós vivem em um aeroporto abandonado próximo a uma grande cidade. Não precisamos de abrigo ou aquecimento, isso é óbvio, mas gostamos de ficar em lugares que tenham paredes e teto. Senão, ficaríamos vagando em um lugar aberto cheio de poeira, e isso seria estranho e horrível. Não ter nada a nossa volta, nada para tocar ou olhar, nenhuma construção de nenhum tipo, apenas nós e o grande céu aberto. Imagino que isso é estar totalmente morto. Um vazio total e absoluto.

Acho que estamos aqui há muito tempo. Ainda tenho toda a minha carne, mas há outros mais antigos que são quase apenas esqueletos com alguns pedaços de músculos totalmente secos. De algum jeito eles ainda se contraem, se distendem e continuam se movendo. Ainda não vi nenhum de nós "morrer" de velhice. Talvez a gente viva para sempre, não sei. O futuro para mim é um borrão tão grande quanto o passado. Não consigo me preocupar com nada à direita ou à esquerda do presente, e mesmo ele também não é uma coisa exatamente urgente para mim. Pode-se dizer que a morte me deixou relaxado.

• • •

Estou na escada rolante de novo quando M me encontra. Brinco nelas várias vezes por dia, sempre que estão funcionando. Isso se tornou um ritual. O aeroporto está abandonado, mas às vezes a energia se liga durante um tempo, talvez vinda de algum dos geradores de emergência que dão seus suspiros lá dos subsolos mais profundos. A luz se acende, as telas piscam e as máquinas voltam a funcionar. Adoro esses momentos, é o sentimento das coisas voltando à vida. Fico parado em um degrau e subo como uma alma indo para o Paraíso, aquele sonho adocicado de nossa infância que agora se tornou uma piada sem graça.

Depois de repetir o ritual umas trinta vezes, encontro M esperando por mim na parte de cima. Ele tem mais de cem quilos de músculos e gordura distribuídos em dois metros de altura. Barbado, careca, machucado e apodrecendo, esta medonha aparência foi surgindo quando a escada rolante subia. Será que ele é o anjo que me dá as boas-vindas nos portões? De sua boca rasgada vaza uma baba preta.

Ele aponta em uma direção vaga e diz:

– Cidade.

Concordo com a cabeça e o sigo.

Vamos sair para procurar comida. Uma turma de caça se forma à nossa volta enquanto rumamos em direção à cidade. Não é difícil recrutar outros para estas expedições, mesmo que ninguém esteja com fome. Ter um pensamento com foco é algo raro por aqui, por isso sempre seguimos um quando ele ocorre. Senão, ficaríamos apenas parados por aí grunhindo o dia todo. Aliás, ficamos bastante tempo parados grunhindo por aí. Passamos anos assim. A carne vai secando de nossos ossos e ficamos ali parados, esperando acontecer. Sempre me pergunto quantos anos tenho.

• • •

A cidade onde caçamos é convenientemente fechada. Chegamos por volta da hora do almoço do dia seguinte e começamos a procurar por carne. A nova fome é uma sensação estranha. Não sentimos em nossos estômagos – alguns de nós nem têm estômago. Sentimos igualmente por todo o corpo, é uma sensação de flacidez e afundamento, como se todas as nossas células estivessem murchando. No inverno passado, quando muitos Vivos se juntaram aos Mortos e nossas presas começaram a ficar escassas, vi alguns de nossos amigos se tornarem mortos-mortos. A transição não foi nem um pouco dramática. Eles apenas foram ficando mais devagar, pararam e depois de um tempo percebemos que tinham virado cadáveres. Aquilo me inquietou no começo, mas é falta de educação prestar atenção quando um de nós morre. Me distraí desse assunto grunhindo um pouco.

Acho que o mundo praticamente acabou, pois as cidades nas quais vagamos estão tão podres quanto nós. Os prédios estão em ruínas e carros enferrujados bloqueiam as ruas. Quase todos os vidros estão quebrados e o vento que sopra por eles faz o som de um animal moribundo deixado para morrer. Não sei o que aconteceu. Doença? Guerra? Colapso social? Ou apenas nós acontecemos? Os Mortos substituindo os Vivos? Acho que isso talvez não seja tão importante. Quando você chega no fim do mundo, não interessa muito que caminho pegou para chegar lá.

Começamos a sentir o cheiro dos Vivos assim que nos aproximamos de um prédio em ruínas. O cheiro não é aquele almíscar de suor e pele, e sim aquela efervescência da energia vital, como o cheiro forte e ionizado dos raios ou de lavanda. Não sentimos o cheiro com nossos narizes. Ele nos acerta lá no fundo, perto do cérebro, como o wasabi. Vamos em direção ao prédio e entramos quebrando as coisas em nosso caminho.

Achamos os Vivos amontoados em um pequeno estúdio com as janelas tapadas. Estavam vestidos de um jeito pior que o nosso, enrolados em trapos e farrapos sujos e todos precisando desesperadamente de uma lâmina de barbear. M teria uma barba curta e loira pelo resto de sua existência Carnal, mas todos os outros em nosso grupo são bem barbeados. É uma das vantagens de estar morto, mais uma coisa com a qual não temos com que nos preocupar. Barba, cabelo, unhas... chega de lutar contra a nossa biologia. Nossos corpos selvagens foram finalmente domados.

Devagar, desajeitados, mas com um empenho incansável, nos lançamos sobre os Vivos. Disparos de armas encheram o ar poeirento de pólvora e sangue coagulado. Sangue negro espirrou nas paredes. Perder um braço, uma perna, um pedaço do torso, nada disso é levado em consideração, damos de ombros para isso. Um problema cosmético de pouca importância. Mas alguns de nós são atingidos no cérebro, e esses caem. Parece que ainda tem algo valioso naquela esponja cinza e murcha, porque se perdemos nosso cérebro, viramos defuntos. Os zumbis à minha direita e esquerda caíram fazendo barulhos surdos ao baterem no chão. Mas havia muitos de nós. Somos a maioria esmagadora. Fomos pra cima dos Vivos e então comemos.

Comer não é uma coisa prazerosa. Mordo e arranco fora o braço de um homem, e odeio isso. Odeio os gritos, porque não gosto de dor, não gosto de machucar as pessoas, mas agora o mundo é assim e é isso que temos que fazer. É claro que se não comer o cara inteiro, se poupar o cérebro, ele se levantará de novo e me seguirá de volta ao aeroporto, e isso pode fazer com que eu me sinta melhor. Apresentarei ele a todos e talvez a gente fique ali um pouco e dê uns grunhidos. É difícil dizer o que é ser amigo hoje em dia, mas estaríamos próximos disso. Se me contiver, se deixar sobrar o suficiente...

Mas não me contenho. Não consigo. Como sempre, vou direto pra parte boa, a parte que faz minha cabeça se acender como um tubo de imagem. Como o cérebro e, durante uns trinta segundos, passo a ter memórias. *Flashes* de desfiles, perfume, música... *vida*. E então aquilo vai desaparecendo, me levanto e saímos da cidade, ainda estamos frios e cinza, mas nos sentimos melhor. Não exatamente "bem", nem "felizes", e com certeza não "vivos", mas... um pouco menos mortos. Isso é o melhor que podemos fazer.

Ando em fila atrás dos outros enquanto a cidade vai desaparecendo atrás de nós. Meus passos estão um pouco mais pesados que os dos outros. Quando paro em um latão cheio de água de chuva para limpar o sangue coagulado do meu rosto e das minhas roupas, M vem até mim e dá um tapinha no meu ombro. Ele sabe do meu desgosto com nossa rotina, que sou um pouco mais sensível que a maioria. Às vezes ele me provoca, enrola meu cabelo preto preso num rabo de cavalo bagunçado e diz:

– Mulher... que mulherzinha.

Mas ele sabe quando levar minha tristeza a sério. Dá uns tapinhas no meu ombro e fica me olhando. O rosto dele não é mais capaz de ter muitas nuances de expressão, mas sei o que quer dizer. Aceno com a cabeça e continuamos andando.

Não sei porque temos que matar as pessoas. Não sei o que conseguimos ao morder e mastigar o pescoço de alguém. Roubo o que ele é para repor algo que sinto falta. Ele desaparece e eu fico. É simples, mas sem sentido. Leis arbitrárias de algum legislador lunático lá do céu. Mas seguir essas leis me mantém andando, então eu as sigo completamente. Como até parar de comer, e depois como de novo.

Como isso começou? Como nos tornamos o que somos? Será que foi um vírus misterioso? Raios gama? Uma maldição antiga? Ou algo mais absurdo ainda? Ninguém fala muito disso. Nós estamos aqui e é assim que as coisas são. Não reclamamos. Não fazemos perguntas. Apenas fazemos o que temos de fazer.

Tem um abismo entre mim e o mundo lá fora. É um buraco tão largo que meus sentimentos não conseguem atravessar. Quando meus gritos conseguem chegar do outro lado, eles já se transformaram em grunhidos.

• • •

No portão de chegada do aeroporto, somos recebidos por uma pequena multidão que nos observa com olhos famintos ou órbitas vazias famintas. Derrubamos nossa carga no chão: dois homens quase inteiros, duas pernas com um pouco de carne e um torso desmembrado, tudo ainda quente. Pode chamar de sobras. Ou de comida pra viagem. Nossos amigos Mortos caem sobre aquilo e se refestelam ali mesmo no chão, como animais. A vida remanescente naquelas células os manterá afastados de morrerem pra valer, mas os Mortos que não caçam nunca ficarão satisfeitos de verdade. Como os homens do mar privados de frutas e vegetais, eles vão se aprofundar em suas deficiências, fracos e perpetuamente vazios, pois a nova fome é um monstro solitário. Ele aceita a contragosto a carne marrom e o sangue morno, mas o que quer mesmo é a proximidade, aquele sentimento sombrio de conexão que ocorre entre os olhos deles e os nossos naqueles momentos finais, como um tipo de amor negativo e sombrio.

Aceno para M então saio de perto da multidão. Já faz tempo que me acostumei com o cheiro podre e penetrante dos Mortos, mas o odor que sai deles hoje está especialmente fétido. Respirar é opcional, mas eu preciso de um pouco de ar.

Caminho pelos corredores das conexões e ando pelas esteiras. Fico parado e assisto o cenário passar lá fora da janela. Não há muita coisa para ver. As pistas estão ficando verdes, tomadas por grama e mato. Vários aviões estão ali parados, como baleias encalhadas na praia, brancos e monumentais. Moby Dick, finalmente vencida.

Antes, quando eu estava vivo, nunca poderia fazer isso. Ficar parado assistindo ao mundo passar por mim, praticamente não pensando em nada. Lembro-me do esforço. Lembro de objetivos e prazos. Metas e ambições. Lembro-me de ser cheio de *propósitos*, estando o tempo todo em todos os lugares. Agora, estou apenas parado aqui na esteira, me deixando levar. Chego no fim, dou a volta e volto pelo outro lado. O mundo está sendo destilado. Estar morto é fácil.

Depois de algumas horas disso, noto uma mulher na esteira contrária à minha. Ela não balança nem grunhe como a maioria de nós. Apenas sua cabeça se deita de um lado para o outro. Gostei disso nela, o fato de não grunhir ou balançar. Olho nos olhos dela quando nos aproximamos. Por um breve momento ficamos lado a lado, apenas a poucos metros de distância. Então passamos um pelo outro e vamos até o fim da esteira rolante. Nos viramos e trocamos olhares. E então subimos nas esteiras novamente. Passamos novamente um pelo outro, faço uma careta e ela retribui. Na terceira vez que passamos um pelo outro a energia do aeroporto cai e paramos perfeitamente alinhados. Chio um olá e ela responde levantando um dos ombros.

Gostei dela. Levanto a mão e toco seu cabelo. Ela é como eu, ainda está nos estágios iniciais de decomposição. Sua pele é pálida e seus olhos fundos, mas não tem ossos ou órgãos expostos. Suas íris são de um tom bem mais leve do cinza chumbo que todos nós Mortos dividimos. A roupas de enterro dela são uma saia preta e uma camisa branca confortável. Imagino que ela usasse isso por ser uma recepcionista.

Preso em seu peito está um crachá prateado.

Ela tem nome.

Olho para o crachá e me esforço, me inclino para perto deixando meu rosto a centímetros dos peitos dela, mas não adianta. As letras giram e rolam em meus olhos; não consigo fazer com que fiquem paradas. Como sempre, elas se esquivam de mim, são apenas uma série de traços e borrões sem sentido.

Outra das ironias de ser um morto-vivo apontada por M: de crachás a jornais, as respostas para nossas perguntas estão escritas por todos os lados, mas não conseguimos ler.

Aponto para o crachá e olho nos olhos dela:

– Seu... nome?

Ela me olha com os olhos vazios.

Aponto para mim e pronuncio o que sobrou do meu nome:

– Erre. – E então aponto de novo para ela.

Os olhos dela se abaixam e olham para o chão. Ela faz que não com a cabeça. Ela não lembra, não tem nem a primeira sílaba, como M e eu temos. Ela não é ninguém. Mas será que eu não estava querendo demais também? Estico meu braço e pego na mão dela. Andamos até o fim da esteira com nossos braços esticados por cima da divisória.

Esta mulher e eu nos apaixonamos. Ou o que quer que tenha sobrado disso atualmente.

Lembro-me de como era o amor antes. Havia complexos fatores emocionais e biológicos envolvidos. Tínhamos que passar por testes elaborados, forjar conexões, altos e baixos, lágrimas e turbilhões. Era uma provação, um exercício de agonia, mas era algo vivo. O novo amor é bem mais simples. Mais fácil. Mas bem menor.

Minha namorada não fala muito. Andamos pelos corredores do aeroporto com seus ecos, às vezes passando por alguém olhando por uma janela ou para a parede. Tento pensar em coisas para dizer, mas nada aparece, e quando algo aparece, provavelmente não vou conseguir dizer. Esta é a grande frustração da minha existência. Na minha cabeça, posso escalar intrincados andaimes de palavras e alcançar o teto mais alto da catedral para pintar meus pensamentos, mas quando abro a boca, tudo isso desaba. Até agora, meu recorde pessoal é o de falar quatro palavras em seguida antes que... algo... trave. E olha que provavelmente sou o zumbi mais articulado deste aeroporto.

Não sei por que não conseguimos falar. Esta nuvem de silêncio sufocante que existe no nosso mundo pós-morte nos isola uns dos outros como um vidro bem grosso daqueles de prisão. Preposições são dolorosas, artigos são árduos, adjetivos são conquistas incríveis. Será que esta mudez é mesmo uma deficiência física? Um dos muitos sintomas de se estar Morto? Ou será que simplesmente não temos mais nada a ser dito?

Faço uma tentativa de conversar com minha namorada, testando poucas frases constrangedoras e perguntas vazias para ver se consigo uma reação, um sinal de inteligência. Mas só consigo que ela me olhe como se eu fosse um cara esquisito.

Andamos durante algumas horas sem direção, então ela pega na minha mão e começa a me levar a algum lugar. Descemos aos tropeções pela escada rolante parada e então saímos. Suspiro, cansado.

Ela está me levando para a igreja.

Os Mortos construíram um santuário na estrada. Em algum ponto distante do nosso passado, alguém juntou todas as escadas de acesso aos aviões em um círculo, criando um tipo de anfiteatro. Nos reuníamos lá, ficávamos ali parados, levantávamos nossos braços e gemíamos. Os anciões, chamados de Ossudos, sacudiam seus membros esqueléticos no centro do círculo, soltando sermões secos e sem palavras por entre seus sorrisos cheios de dentes. Não entendo o que é isso. E acho que nenhum de nós sabe. Mas é o único momento no qual nos reunimos de bom grado sob o ameaçador céu aberto. Aquela enorme boca cósmica, e montanhas distantes que se parecem com dentes, se abrindo totalmente para nos devorar, nos engolir e nos empurrar para baixo, para o lugar onde provavelmente merecemos estar.

Minha namorada parece ser muito mais devota do que eu. Ela fecha os olhos e agita seus braços de um jeito que quase parece ser uma coisa feita com o coração. Fico parado perto dela em silêncio e com os braços levantados. Por alguma razão, os Ossudos param suas pregações e olham para nós. Um deles começa a andar, sobe nossas escadas e nos pega pelos pulsos. Então, nos leva até o círculo central, levanta nossas mãos com seu aperto ossudo e solta um tipo de urro, um som sobrenatural que parece uma rajada de ar passando por um berrante quebrado, absurdamente alto, assustando os pássaros nas árvores.

A congregação murmura em resposta, e então está feito. Estamos casados.

Voltamos à nossa escada. A cerimônia acabou. Minha esposa fecha os olhos e balança os braços.

No dia seguinte ao nosso casamento vêm os filhos. Um pequeno grupo de Ossudos nos para no saguão e nos presenteia com um menino e uma menina, ambos devem ter por volta de seis anos de idade. O menino é loiro de cabelos encaracolados, pele cinza e olhos cinzentos, talvez tenha sido caucasiano. A garota é mais escura, tem cabelo preto e pele marrom acinzentada, bem escura ao redor dos seus olhos tão duros. Ela deve ter sido árabe. Os Ossudos cutucam para que andem e os dois tentam sorrir e abraçar nossas pernas. Dou tapinhas em suas cabeças e pergunto seus nomes, mas eles não têm. Solto um suspiro e volto a andar de mãos dadas com minha mulher e nossos novos filhos.

Não esperava por tudo isso. Esta é uma responsabilidade bem grande. Os Mortos jovens não têm os instintos de sobrevivência naturais dos adultos. Eles precisam ser cuidados e treinados. E nunca vão crescer. Por causa de nossa maldição, vão continuar pequenos e apodrecerão, até virarem pequenos esqueletos animados, mas vazios, com seus cérebros duros chacoalhando dentro do crânio, repetindo suas rotinas e rituais até que, um dia, pelo menos é o que eu imagino, os ossos também vão se desintegrar e eles terão partido.

Olhe só para eles. Observe-os quando minha mulher e eu soltamos suas mãos e eles caminham para brincar lá fora. Eles se provocam e fazem caretas sorridentes. E brincam com coisas que nem são brinquedos: grampeadores, canecas e calculadoras. Eles dão risadas que saem engasgadas de suas gargantas secas. Nós bagunçamos seus cérebros e roubamos suas respirações, mas ainda assim eles ainda se agarram ao topo do penhasco. Eles resistem à nossa maldição o máximo que podem.

Assisto enquanto eles desaparecem na pálida luz do dia no final do saguão. No fundo do meu ser, em algum quarto escuro e cheio de teias de aranhas, sinto algo se ligar.

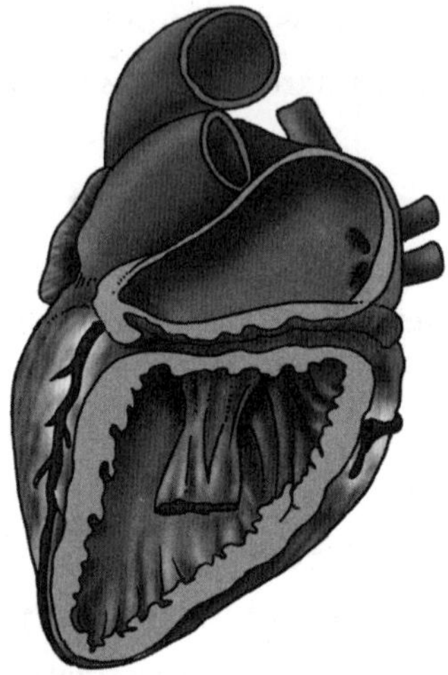

É hora de comer de novo.

Não sei quanto tempo se passou desde nossa última caçada, provavelmente apenas alguns dias, mas sinto que é hora. Sinto a eletricidade dos meus membros crepitando e diminuindo. Tenho visões implacáveis de sangue na minha cabeça, aquele vermelho brilhante e hipnotizante, fluindo por tecidos rosa de padrões intrincados e fractais de Pollock, pulsando e vibrando com sua energia vital.

Encontro M na praça de alimentação conversando com algumas garotas. Ele é um pouco diferente de mim, pois parece gostar da companhia das mulheres, e sua dicção "melhor do que a média" as atrai como carpas deslumbradas, mas ele sabe manter distância. Ele as afasta com suas risadas. Uma vez os Ossudos tentaram arranjar uma esposa para ele, mas M simplesmente saiu andando. Às vezes fico pensando se ele tem uma filosofia, talvez até uma visão do mundo. Gostaria de me sentar com ele e pegar um pedacinho de seu cérebro, apenas uma pequena mordiscada no lóbulo frontal para ter uma ideia de seus pensamentos.

Mas ele é um cara durão demais para ficar em uma posição vulnerável dessas.

– Cidade – falo e coloco a mão na barriga. – Comida.

As garotas que estão conversando com ele olham para mim e vão embora. Percebi que deixo algumas pessoas nervosas com a minha presença.

– Eu... comi – M começa a responder fazendo uma careta. – Há dois... dias.

Ponho a mão na minha barriga de novo. – Sinto vazio. Sinto... morto.

Ele acena com a cabeça:

– Casa... mento.

Olho fixamente para ele:

– *Preciso*. Vá... chamar outros.

Ele suspira e sai andando, trombando em mim com força quando passa, mas não tenho certeza se foi de propósito. Afinal, ele é um zumbi.

M encontra alguns outros que estão com fome e formamos um pequeno pelotão. Tão pequeno que não é seguro. Mas eu não ligo. Não me lembro de já ter ficado com tanta fome quanto agora.

Saímos em direção à cidade e pegamos a estrada. Como todo o resto, ela também está retornando para a natureza. Caminhamos pelas pistas vazias e passamos por baixo de viadutos repletos de vegetação. Minha memória residual destas pistas contrasta dramaticamente com a paz que elas apresentam agora. Respiro fundo o ar doce e silencioso.

Penetramos mais do que o habitual nas entranhas da cidade. Os únicos cheiros que sinto são de ferrugem e poeira. Os Vivos menos protegidos estão ficando escassos, e os que tem um bom abrigo saem cada vez menos. Suspeito que o estádio/fortaleza deles está se tornando autossuficiente. Imagino um vasto jardim nas laterais, cheio de cenouras e feijões. O gado sendo criado nas cabines de imprensa. Grandes arrozais em algumas partes do campo. Conseguimos ver a maior dessas cidadelas no horizonte enevoado, com sua cobertura retrátil aberta para o sol, nos desafiando.

Mas finalmente sentimos a presença de nossa presa. O cheiro da energia vital eletrifica nossas narinas de forma abrupta e intensa. Eles estão bem perto e são muitos. Talvez quase metade do tamanho do nosso grupo. Hesitamos e paramos. M olha para mim, para nosso pequeno grupo e pra mim de novo.

– Não – ele grunhe.

Aponto para o prédio retorcido e em ruínas que está emitindo o aroma como se fosse aquele rastro de fumaça que vemos nos desenhos animados, que nos puxa pelo nariz e diz *venha*...

Comer – eu insisto.

M faz que não com a cabeça.

– São... muitos.

Comer.

Ele olha para o nosso grupo novamente e sente o cheiro que vem do prédio. Os outros estão indecisos. Alguns ficam prestando atenção no cheiro, mas outros são mais decididos como eu. Eles grunhem, babam e rangem os dentes.

Começo a ficar agitado.

– Preciso! – gritei, olhando para o M. – Vamos... lá. – Virei-me e comecei a andar cambaleante para o prédio, com o pensamento focado no que havia lá dentro. O resto do grupo me seguiu por reflexo. M me alcançou e continuou andando do meu lado, olhando para mim com uma careta inquieta.

Estimulado por um nível de intensidade maior que o normal pela minha energia desesperada, nosso grupo ataca as portas giratórias e se apressa pelos corredores escuros. Um terremoto ou explosão quebrou uma parte da fundação do prédio e por isso o piso está torto, como na casa maluca de um parque de diversões. É difícil ziguezaguear pelos corredores e a inclinação faz com que o caminhar também seja um desafio, mas o aroma é irresistível. Depois de alguns lances de escadas eu também posso ouvi-los, andando e falando uns com os outros naqueles estáveis e melódicos jorros de palavras. Discursos Vivos sempre foram um grande feromônio sedutor pra mim, e tenho um espasmo breve quando o som chega em meus ouvidos. Ainda vou encontrar outro zumbi que tenha o mesmo gosto que eu para esses ritmos tão sedosos. M diz que é um fetiche doentio.

Quando nos aproximamos do andar deles, alguns de nós começam a grunhir alto e os Vivos nos ouvem. Um deles toca um alarme e ouço armas sendo preparadas, mas não hesitamos. Arrebentamos uma última porta e vamos para cima deles. M grunhe quando vê que há muitos deles, mas ataca junto comigo o homem que está mais perto e segura os braços do cara enquanto eu rasgo a garganta dele. O gosto vermelho e quente do sangue preenche minha boca e a fagulha da vida espirra pra fora de suas células como aquela névoa cítrica que sai quando você descasca uma laranja, e eu me aproveito e sugo tudo.

A escuridão do cômodo está pulsando com os tiros e para nossos padrões estamos em grande desvantagem – são apenas três nossos para cada um deles – mas tem algo nos ajudando hoje. Nossa velocidade meio maníaca não é típica dos Mortos e nossas presas não estavam preparadas para ela. Será que fui eu quem fez isso? Criaturas sem desejo não se movem rápido, mas conseguem me seguir e eu sou um moinho de vento nervoso. O que será que deu em mim? Será que é apenas um dia ruim?

Tinha um outro fator que também foi uma boa vantagem para nós. Estes Vivos não eram veteranos experientes. Eram jovens, a maioria adolescentes, meninos e meninas. Um deles tinha tanta acne no rosto que era bem capaz de tomar um tiro por engano com a pouca luz que tínhamos. O líder deles era um garoto um pouco mais velho com uma barba rala. Ele estava em pé em uma pequena mesa de escritório no meio da sala e gritava em pânico as ordens para seus homens. Enquanto os outros iam caindo diante do peso da nossa fome e os espirros de sangue banhavam as paredes, ele se inclinava protegendo uma pequena figura agachada à frente dele na mesa. Uma garota jovem e loira apoiava uma escopeta sobre o ombro de passarinho enquanto atirava a esmo no escuro.

Dei a volta por trás da sala e peguei o garoto pelas botas, puxando seus pés para trás. Ele caiu e bateu a cabeça com força na quina da mesa. Sem hesitar eu o ataco e mordo sua garganta. Então encaixo meus dedos no buraco em sua cabeça e a abro como uma casca de ovo. O cérebro dele pulsa quente e rosado. Dou uma mordida grande, voraz, e então...

• • •

Meu nome é Perry Kelvin, um garoto de nove anos crescendo em uma área rural em algum lugar. Os problemas acontecem lá longe em alguma região litorânea e não nos preocupamos com eles por aqui. Fora a cerca de arame para emergências entre o rio e o cume da montanha, a vida é quase normal. Estou na escola. Aprendi sobre George Washington. Ando com minha bicicleta nas ruas empoeiradas de bermuda e camiseta regata, sentindo o sol queimar a minha nuca. Pescoço. Meu pescoço dói, ele...

• • •

Estou comendo um pedaço de pizza com minha mãe e meu pai. É meu aniversário e eles estão fazendo o que podem para me agradar, apesar do dinheiro deles não valer mais nada. Estou fazendo onze anos e eles finalmente vão me levar para assistir um dos muitos filmes de zumbis feitos nos últimos tempos. Estou tão animado que mal sinto o gosto da minha pizza. Dou uma mordida grande demais e o queijo grosso para na minha garganta. Engasgo, cuspo de volta e meus pais riem de mim. O molho de tomate caiu na minha camiseta como se fosse...

• • •

Tenho quinze anos e estou olhando do lado de fora da janela para as grandes paredes de minha nova casa. Raios de sol passam pelas nuvens cinzas e descem pela cobertura retrátil do estádio. Estou na escola de novo, aprendendo gramática e tentando não encarar a bela garota que senta do meu lado. Ela tem cabelos loiros curtos e repicados e olhos azuis que dançam de uma maneira divertida. Minhas mãos estão suadas. Minha boca está seca. Quando a aula acaba, alcanço a menina no corredor e digo um oi.

– Oi – ela responde.

– Sou novo aqui.

– Eu sei.

– Eu me chamo Perry.

Ela sorri.

– Meu nome é Julie.

Ela sorri. Seus olhos brilham.

– Meu nome é Julie.

Ela sorri. Vejo o aparelho dela. Seus olhos são livros clássicos e poesia.

– Meu nome é Julie – ela fala.

Ela fala...

• • •

– Perry – Julie sussurra em meu ouvido enquanto beijo seu pescoço. Ela entrelaça seus dedos nos meus e aperta forte.

Eu a beijo longamente enquanto seguro a parte de trás da cabeça dela com minha mão livre, emaranhando meus dedos em seus cabelos. Olho nos olhos dela.

– Você quer? – pergunto, ofegante.

Ela sorri, fecha os olhos e responde:

– Quero.

Eu a puxo para mim em um abraço apertado. Quero fazer parte dela. Não apenas dentro, mas à volta dela. Quero que nossas costelas se abram e nossos corações se encontrem e se fundam. Quero que nossas células se entrelacem como fibras vivas.

• • •

E agora já sou mais velho, mais esperto, e estou descendo com minha motocicleta por uma avenida esquecida do Centro. Julie está na minha garupa com os braços agarrados na minha cintura e as pernas entrelaçadas nas minhas. Seus óculos Wayfarer brilham no sol e ela sorri, mostrando seus dentes perfeitos. O sorriso não é mais algo compartilhado comigo, sei disso, aceitei como as coisas seriam agora e como elas seriam depois, mesmo que ela não tenha aceitado. Mas pelo menos posso protegê-la. Pelo menos posso mantê-la a salvo. Ela é tão insuportavelmente bonita que às vezes a vejo no futuro, em minha cabeça, mas minha cabeça... minha cabeça dói. Ah, meu Deus, minha cabeça está...

• • •

Chega.

Quem é você? Deixe as memórias se dissolverem. Seus olhos estão encrostados – hora de piscar. Suspiro com uma respiração irregular.

Você é você de novo. Você não é ninguém.

Bem-vindo de volta.

• • •

Sinto o carpete sob meus dedos e ouço tiros. Fico em pé e olho ao redor, atordoado e cambaleando. Nunca tinha tido uma visão tão profunda, o filme de uma vida inteira passando pela minha cabeça. A dor das lágrimas queima meus olhos, mas meus canais não têm mais fluidos para derramar. Essa sensação continua me queimando como *spray* de pimenta. É a primeira vez que sinto dor desde que morri.

Ouço um grito perto de mim e me viro. É ela. Ela está aqui. *Julie* está aqui, mais velha, talvez com uns dezenove anos, ela emagreceu, seu corpo tem linhas bem torneadas, uma boa postura e músculos pequenos mais bem desenhados em seu corpo de menininha. Está encolhida em um canto, desarmada, chorando e gritando enquanto M vai em sua direção. Ele sempre encontra as mulheres. As memórias delas são como um filme pornô para ele. Ainda me sinto desorientado, sem ter certeza de onde estou e de quem sou. Mas...

Empurro M de lado e rosno:

– *Não*. Minha.

Ele range os dentes como se estivesse prestes a me atacar, mas um tiro acerta seu ombro e ele vai até o outro lado da sala para ajudar outros dois zumbis a derrotar um garoto muito bem armado.

Me aproximo da garota. Ela está agachada na minha frente com sua carne macia me oferecendo todas as coisas que estou acostumado a tomar, e meus instintos começam a reaparecer. A necessidade de cortar e rasgar flui em meus braços e mandíbula. Mas então ela grita de novo, algo dentro de mim muda, uma fraca mariposa lutando contra a teia. Neste curto momento de hesitação, ainda aquecido com o néctar das memórias do jovem garoto, eu faço a minha escolha.

Solto um grunhido gentil e me movo devagar em sua direção, tentando forçar bondade em minha expressão de estupidez. Não sou mais um ninguém. Sou um garoto de nove anos. Sou um garoto de quinze anos. Sou...

Ela joga uma faca na minha cabeça.

A lâmina entra bem no meio da minha testa e fica ali. Sorte que entrou menos de um centímetro, apenas roçando meu lóbulo central. Arranco-a de lá e jogo no chão. Levanto as mãos e faço sons calmos com a boca, mas não adianta. Como posso não parecer ameaçador quando o sangue do seu namorado está escorrendo pelo meu queixo?

Estou só a alguns metros e ela mexe nos bolsos à procura de outra arma. Atrás de mim, os Mortos estão terminando sua carnificina e logo voltarão suas atenções para este canto da sala. Respiro fundo.

– *Ju... lie* – consigo dizer.

Aquilo se desenrola pela minha língua como mel. Sinto-me aquecido apenas em dizer o nome dela.

Ela arregala os olhos e fica estática.

– Julie – falo outra vez. Estendo as mãos e aponto para os zumbis atrás de mim. Então sacudo a cabeça.

Ela me encara e não dá nenhum sinal de que entendeu. Mas quando chego mais perto para tocá-la, ela não se mexe, mas também não me dá uma facada.

Estico minha mão livre até a cabeça estourada de um zumbi caído e encho a mão de sangue negro e sem vida. Devagar, com movimentos gentis, espalho aquilo pelo rosto dela, pescoço e roupas. Ela nem treme. É provável que esteja em estado de choque.

Pego a mão dela e faço com que fique em pé. Logo em seguida M e os outros terminam de devorar suas presas e se viram para examinar a sala.

Os olhos deles param em mim e em Julie. Ando em direção a eles segurando Julie, mas sem precisar arrastá-la. Ela cambaleia atrás de mim, olhando diretamente para a frente.

M cheira o ambiente cuidadosamente. Mas sei que está sentindo o mesmo que eu. Nada. Apenas o cheiro negativo do sangue Morto que está espalhado pelas paredes, em nossas roupas e cuidadosamente colocado em uma jovem garota Viva, escondendo o brilho de sua força vital com seu odor escuro e avassalador.

Sem dizer nada, saímos de lá e vamos em direção ao aeroporto. Caminho em um certo torpor cheio de pensamentos estranhos e caleidoscópicos. Julie segura fracamente minha mão, olhando para o meu rosto com olhos arregalados e lábios trêmulos.

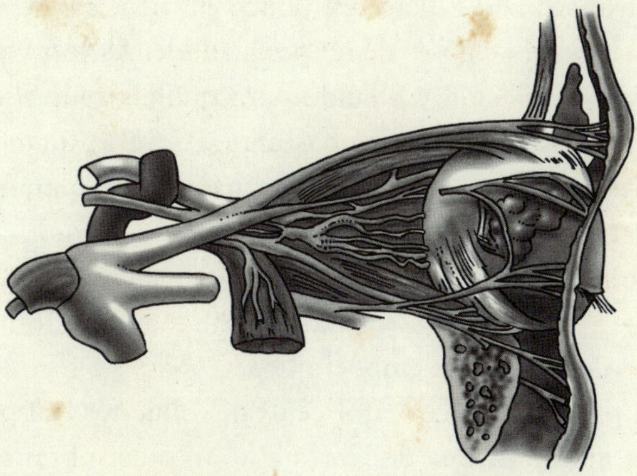

Depois de entregar nossa colheita abundante de sobras de carne para os não caçadores – os Ossudos, as crianças e as donas de casa – levo Julie para minha casa. Meus colegas Mortos me olham com curiosidade enquanto vamos embora. Por requerer muita força de vontade e controle, o ato de converter intencionalmente os Vivos quase nunca é realizado. A maioria das conversões acontece por acidente: o zumbi que está se alimentando é morto ou distraído antes de terminar o serviço, *voro interruptus*. O resto dos convertidos vêm de mortes tradicionais, doenças, azar ou a clássica violência de Vivos contra Vivos que ocorre fora de nossa esfera de interesses. Então, o fato de eu ter trazido esta garota não consumida e de propósito é algo misterioso, um milagre do mesmo nível de um nascimento tradicional. M e os outros me dão bastante espaço nos saguões e corredores, me olhando confusos e maravilhados. Se soubessem a verdade a respeito do que estou fazendo, suas reações seriam... bem menos moderadas.

Segurando Julie pela mão, eu a apresso para longe dos olhares que nos examinam. Levo Julie pelo portão 12, passando pelo túnel de embarque até a minha casa, um 747 comercial. Não é muito espaçosa, a planta da aeronave não é nem um pouco prática, mas é o local mais isolado do aeroporto, e gosto de ter privacidade. Às vezes isso ativa minha memória entorpecida. Olhando para minhas roupas eu diria que era o tipo de pessoa que viajava bastante. Às vezes quando "durmo" aqui, sinto aquela sensação de quase desmaio do decolar, os jatos de ar reciclado em meu rosto e o nojo dos sanduíches frios. E então sinto a acidez do molho de limão do *poisson* em Paris. O queimar do *tajine* no Marrocos. Será que esses lugares não existem mais? Viraram ruas vazias e cafés cheios de esqueletos empoeirados?

Julie e eu paramos no corredor central e olhamos um para o outro. Aponto para uma poltrona de janela e levanto as sobrancelhas. Mantendo os olhos fixos em mim, ela anda de costas até a fileira e se senta. Suas mãos apertam os braços da poltrona como se o avião estivesse em chamas e caindo.

Sento na poltrona do corredor e solto um chiado involuntário, olhando diretamente para as pilhas de coisas que coleciono e que estão a minha frente. Sempre que vou até a cidade, acabo trazendo comigo algo que me chama a atenção. Um quebra-cabeça. Um copo de tequila. Uma Barbie. Um vibrador. Flores. Revistas. Livros. Trago tudo para minha casa, espalho pelas poltronas e corredores e fico olhando pra eles durante horas. As pilhas já chegam ao teto. M sempre me pergunta porque faço isso, mas não tenho uma resposta.

– Não... comer, – grunho para Julie olhando em seus olhos. – Eu... não comer.

Ela fica me encarando. Seus lábios estão comprimidos e pálidos.

Aponto para ela, para minha boca e depois para os meus dentes tortos e ensanguentados. Faço que não com a cabeça. Ela se encolhe mais para perto da janela. Um grito de terror começa a aparecer na garganta dela. Isso não está dando certo.

– Segura – falo para ela, soltando um suspiro. – Manter... você segura.

Fico em pé vou até o meu toca-discos. Abro o maleiro e procuro na minha coleção até pegar um LP. Levo o fone de ouvido comigo até a minha poltrona e coloco em Julie. Ela continua paralisada com os olhos arregalados.

A vitrola toca Frank Sinatra. Consigo ouvir um pouco da música que sai dos fones, como um elogio distante que flutua no ar do outono.

Last night... when we were young...

Fecho os olhos e me inclino para a frente. Minha cabeça balança no ritmo da música enquanto os versos flutuam pela cabine do avião, se misturando em meus ouvidos.

Life was so new... so real, so right...

– Segura – eu sussurro. – Manter você... segura.

...ages ago... last night...

Quando finalmente abro os olhos, o rosto dela está diferente. O terror sumiu e ela me olha com descrença.

– Quem é você? – Julie sussurra.

Viro o rosto para longe dela. Então me levanto e saio do avião. O olhar aturdido de Julie me segue até sair.

• • •

Tem um Mercedes clássico conversível no estacionamento do aeroporto, e tenho brincado com ele há vários meses. Depois de semanas olhando para ele, descobri como encher o tanque com o conteúdo de um barril que encontrei na sala de triagem das bagagens. Então me lembrei como se virava a chave e ligava o motor depois de empurrar o cadáver seco do dono pra fora do carro. Mas não faço ideia de como dirigir. O melhor que já consegui fazer é dar ré, sair da vaga e bater no Hummer que está perto. Às vezes fico apenas sentado dentro dele com o motor roncando e com as mãos descansando na direção. Fico assim durante horas, apenas olhando para o painel de madeira, torcendo para que uma memória antiga apareça em minha cabeça. Não uma impressão nebulosa ou uma consciência vaga tirada do inconsciente coletivo. Quero algo específico, claro e vívido. Algo que seja meu sem sombra de dúvida. Esforço-me tentando tirar uma memória da escuridão.

• • •

Encontro-me com M no final da tarde, em sua casa, o banheiro feminino. Ele está sentando diante de uma TV ligada em uma longa extensão e assiste a um filme daqueles eróticos leves de final de noite que achou na bagagem de alguém. Não sei porquê faz isso. Erotismo não tem mais sentido para nós. O sangue não é mais bombeado e a paixão não acontece. Já peguei M com algumas "namoradas" algumas vezes, e em geral eles estão apenas em pé, pelados, olhando um para o outro. Às vezes ficam roçando seus corpos, mas ambos parecem perdidos e cansados. Talvez seja apenas um tipo de espasmo pós-morte. Um eco distante da grande motivação que já iniciou guerras, inspirou sinfonias e que fez a história humana sair das cavernas e chegar ao espaço. M pode estar se segurando àquilo, mas aqueles dias acabaram. O sexo, que já foi uma lei tão importante quanto a gravidade, agora foi refutado. A equação foi apagada e a lousa quebrada.

Às vezes isso é até um alívio. Lembro-me da necessidade, a fome insaciável que dominava a minha vida e as vidas das pessoas à minha volta. Às vezes fico feliz de estar livre dele. Temos menos problemas agora. Mas a perda dele, a mais básica das paixões humanas, pode resumir todo o resto. As coisas ficaram muito mais silenciosas. Simples. E é claramente um dos sinais mais exatos de que estamos mortos.

Fico olhando M da porta. Ele está sentado em uma pequena cadeira de metal de armar com as mãos entre os joelhos, como se fosse um aluno na frente do diretor. Algumas vezes eu quase consigo ver a pessoa que ele foi por baixo de toda aquela carne podre, e isso deixa meu coração pesado.

Você... trouxe? – ele pergunta, sem tirar os olhos da TV.

Levanto a mão e mostro o que estou segurando. Um cérebro humano fresco da caçada de hoje. Não está mais quente, mas ainda é rosado e exala vida.

Sentamos e nos encostamos nos azulejos da parede do banheiro com nossas pernas esticadas para a frente e ficamos passando o cérebro um para o outro, dando mordidas pequenas e experimentando breves flashes da vida humana.

Bagulho... bom – M ofega.

O cérebro contém a vida de um jovem militar da cidade. A existência dele não é muito interessante para mim. Intermináveis repetições de treinos, refeições e lutas com zumbis, mas M parece gostar. Os gostos dele são um pouco menos exigentes que os meus. Observo sua boca formar palavras silenciosas e seu rosto demonstrar emoções. Raiva, medo, alegria, desejo. É como ver um cão sonhando, que chuta e chora, mas isso dói muito mais o coração. Porque quando ele acordar, tudo isso terá desaparecido. Ele estará vazio de novo. Ele estará morto.

Depois de uma hora ou duas, temos apenas um pedacinho rosa. M põe tudo na boca e suas pupilas se dilatam enquanto ele tem suas visões. O cérebro acabou, mas não estou satisfeito. Coloco a mão no bolso e tiro um pedaço do tamanho de um punho que tinha guardado. Mas este é diferente, especial. Arranco um pedaço, ponho na boca e mastigo devagar.

• • •

Meu nome é Perry Kelvin, tenho dezesseis anos e estou olhando minha namorada escrever em seu diário. A capa de couro preto já está gasta e detonada, o miolo é um labirinto de rabiscos, desenhos, pequenas anotações e frases. Estou sentado no sofá com uma primeira edição recuperada de *Pé na Estrada*, querendo muito ter vivido em qualquer outra época, enquanto ela está debruçada no meu colo escrevendo furiosamente. Estico a cabeça por cima de seu ombro pra tentar dar uma olhada. Ela estica o diário para o outro lado é me dá um sorriso tímido.

– Não – ela fala, e volta a dar atenção ao diário

– O que você está escrevendo?

– Ahh, não posso falar!

– Um registro ou algo poético?

– As duas coisas, tonto!

– Tem a ver comigo?

Ela solta um risinho maroto.

Envolvo os ombros dela em um abraço e ela se refugia mais ainda em mim. Encosto meu rosto em seus cabelos e beijo a cabeça dela. O cheiro gostoso de seu xampu...

• • •

M está me olhando.

– Você... tem mais? – ele grunhe pra mim e estica a mão para que eu dê a ele. Mas não divido com ele. Dou outra mordida e fecho meus olhos.

• • •

– Perry – Julie chama.

– Fala.

Estamos em nosso lugar secreto na cobertura do Estádio. Estamos deitados sobre um cobertor vermelho admirando o cegante céu azul acima de nós.

– Sinto falta dos aviões – ela fala.

– Eu também – respondo e aceno com a cabeça.

– Não voar neles. Nunca cheguei a voar por causa do meu pai. Apenas sinto falta deles. Aquele trovão surdo a distância, as linhas brancas... o jeito que deslizavam pelo céu fazendo desenhos no grande azul, sabe? Minha mãe dizia que parecia uma Lousa Mágica. Era tão bonito.

Sorri ao pensar naquilo. Ela tinha razão. Os aviões eram belos. E também os fogos de artifício. As flores. Os concertos. As pipas. E todas as outras coisas que não temos mais.

– Gosto do jeito que você se lembra das coisas – falei.

Ela olha pra mim.

– Bom, é necessário. Temos que nos lembrar de tudo. Senão, quando crescermos, tudo estará perdido para sempre.

Fecho os olhos e deixo a luz quente tocar minhas pálpebras e encher meu cérebro. Viro a cabeça e beijo Julie. Fazemos amor ali, em cima do cobertor no teto do estádio, a duzentos e setenta metros do chão. O sol fica de guarda como se fosse uma dama de companhia bondosa, sorrindo em silêncio.

• • •

– Hei!

Abro os olhos e M está me olhando. Depois se estica para pegar o pedaço de cérebro que está na minha mão, mas eu o afasto do alcance dele.

– Não! – eu rosno.

M é meu amigo, mas prefiro matá-lo a deixar que prove este cérebro. Só de pensar em seus dedos sujos tocando e mexendo com essas memórias me dá vontade de acabar com ele, rasgar seu peito e esmagar o coração com minhas próprias mãos, destroçar seu cérebro até que ele deixe de existir. Isto é *meu*!

M fica me olhando e vê as faíscas de perigo em meus olhos e ouve a sirene do ataque antiaéreo tocar, por isso abaixa a mão. Ele me encara mais um pouco, irritado e confuso.

– Fo... minha – ele murmura e depois se tranca em uma das cabines do banheiro.

Saio de lá com passos largos, anormalmente decididos e cheios de propósito. Entro pela porta do 747 e paro sob uma luz oval e fraca. Julie está reclinada em uma poltrona e ronca suavemente. Bato na fuselagem do avião e ela se senta rapidamente, acordando completamente. Ela me olha com cautela enquanto me aproximo. Meus olhos faíscam novamente. Pego sua bolsa do chão e remexo nela. Encontro sua carteira e nela acho uma foto de um adolescente. Seguro a foto na altura dos olhos dela.

– Me... desculpe – falo roucamente.

Ela me olha sem expressão.

Aponto para a minha boca e aperto meu estômago. Aponto para a boca dela e encosto na barriga dela. Depois aponto para a janela, mostrando o céu escuro e sem nuvens com suas estrelas impiedosas. É a defesa mais fraca já dada para assassinato, mas é a única que tenho.

Fecho a boca com força e cerro um pouco os olhos, tentando diminuir a secura neles.

O lábio inferior de Julie está tenso. Seus olhos estão vermelhos e úmidos.

– Quem de vocês fez isso? – ela fala em uma voz no limite do descontrole. – Foi aquele grandão? Aquele gordo filho-da-puta que quase me pegou?

Encaro-a por um momento, não entendendo suas perguntas. E então elas me acertam em cheio e meus olhos ficam arregalados.

Ela não sabe que fui eu.

A sala estava escura e eu ataquei por trás. Ela não me viu. Ela não sabe. Seus olhos penetrantes olham para mim como se eu fosse uma criatura que vale a pena ser olhada, sem saber que fui eu quem matou seu namorado, comi sua vida, digeri sua alma e neste exato momento carrego um pedaço de primeira do cérebro dele no meu bolso da frente. Sinto aquilo me queimando de culpa como se fosse um carvão fervente e, por reflexo, me afasto dela, sem conseguir compreender esta misericórdia que me foi dada.

– Por que eu? – ela pergunta, piscando e soltando uma lágrima raivosa. – Por que você *me* salvou? Ela vira de costas para mim e se enrola na cadeira, abraçando seus ombros. – No meio de tanta gente... – ela murmura com a boca encostada na poltrona. – Por que eu?

Estas são suas primeiras perguntas. Não as mais urgentes para seu próprio bem-estar, não o grande mistério de como sei seu nome ou a terrível perspectiva de quais os meus planos; ela não se apressa para aplacar aquelas dúvidas. A primeira pergunta dela é sobre os outros. Seus amigos, seu amante, imaginando porque não pôde trocar de lugar com eles.

Sou a coisa mais vil de todas, sou o fundo do universo.

Solto a foto na poltrona e olho para o chão.

– Me... desculpe – falo novamente e então saio do avião.

Quando apareço na entrada do portão de embarque, há vários Mortos reunidos ali. Eles me olham sem nenhuma expressão. Ficamos lá parados, em silêncio, como estátuas. Então passo por eles e caminho para a escuridão dos saguões.

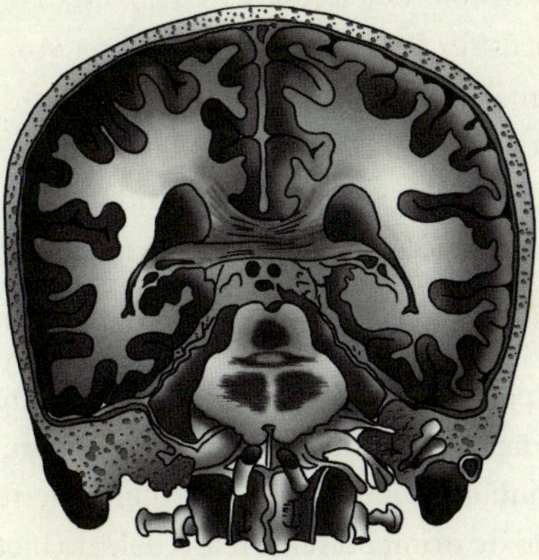

O pavimento da rua todo quebrado faz barulho sob os pneus de nosso caminhão, além de abusar da suspensão do velho Ford, que solta um ronco silencioso que parece de raiva sufocada. Olho para o meu pai. Ela parece mais velho do que me lembro. E mais fraco. Ele segura o volante com força. Os nós de seus dedos são brancos.

– Pai? – falo.

– Que foi, Perry?

– Onde estamos indo?

– Para um lugar seguro.

Olho para ele com cautela.

– Ainda existem lugares seguros?

Ele hesita um pouco demais.

– Um lugar mais seguro.

Atrás de nós, o vale onde costumávamos nadar, colher morangos, comer pizza, ir ao cinema, o vale onde nasci, cresci e descobri tudo que está dentro de mim, está agora cheio de colunas de fumaça. O posto de gasolina onde eu comprava raspadinha de Coca-Cola está pegando fogo. As janelas da minha escola estão todas quebradas. As crianças na piscina pública não estão nadando.

– Pai? – falo de novo.

– Quê?

– A mamãe vai voltar?

Finalmente ele olha pra mim, mas não diz nada.

– Como um deles, quero dizer.

Ele olha de novo para a estrada.

– Não.

– Achei que ela voltaria. Que todos voltassem como eles agora.

– Perry – ele começa e as palavras mal saem de sua garganta. – Dei um jeito nisso. Ela não vai voltar.

A dureza em seu rosto me fascinava e repelia ao mesmo tempo. Minha voz saiu chorosa.

– Por que não?

– Porque ela se foi. Ninguém volta da morte. Não de verdade. Consegue entender isso?

Os morros áridos e escovados à frente começaram a embaçar a minha vista. Tentei focar a visão no para-brisa, os insetos esmagados e as rachaduras. Mas isso ficou embaçado também.

– Lembre-se dela – meu pai disse – o máximo que puder e pelo maior tempo que conseguir. É dessa forma que ela continuará viva. Nós fazemos com que ela continue viva. Não um feitiço mágico ridículo.

Olho para ele tentando ler a verdade em seus olhos semicerrados. Nunca o tinha ouvido falar assim.

– Os corpos são só carne – ele continuou. – A parte dela que mais importa... nós levaremos conosco.

• • •

– Julie?

– Quê?

– Venha aqui ver isso.

O vento faz um barulho cortante ao passar pela porta de vidro quebrada do hospital que estamos vasculhando. Julie vai até mim, na janela, e olha para baixo.

– O que está fazendo?

– Não sei.

Na rua coberta com um pouco de neve abaixo, um zumbi solitário anda em um círculo errático. Ele bate em um carro, cambaleia, anda devagar de costas até a parede, gira, anda em outra direção. Não emite nenhum som e não parece procurar por nada em particular. Julie e eu assistimos aquilo durante alguns minutos.

– Não gosto disso – ela fala.

– Eu sei.

– É tão... triste.

– Eu sei.

– O que tem de errado com ele?

– Não sei.

Ele para no meio da rua, cambaleando um pouco. Seu rosto não tem absolutamente nenhuma expressão. Apenas a pele esticada sobre o crânio.

– Fico imaginando o que se sente.

– Como assim?

– O que se sente sendo um zumbi.

Fico observando o zumbi. Ele começa a cambalear mais forte e então cai. E continua ali caído, de lado, olhando o chão congelado e não fazendo nenhum movimento.

– E se... – Julie começa a dizer, mas para. Ela olha para mim com os olhos arregalados e depois novamente para o corpo inerte. – Por acaso ele *morreu*?

Esperamos e assistimos em silêncio. O cadáver não se mexe. Sinto algo se contorcer dentro de mim, pequenas coisinhas rastejando pela minha coluna.

– Vamos – Julie diz, se vira e sai andando. Vou atrás dela. Não conseguimos pensar em nada para dizer durante o caminho de volta para casa.

• • •

Pare.

Inspire e expire o inútil ar. Solte o pedaço de vida que está segurando na altura dos lábios. Onde você está? Há quanto tempo está aqui? Pare agora. Você tem que parar.

Feche os olhos que estão ardendo e dê outra mordida.

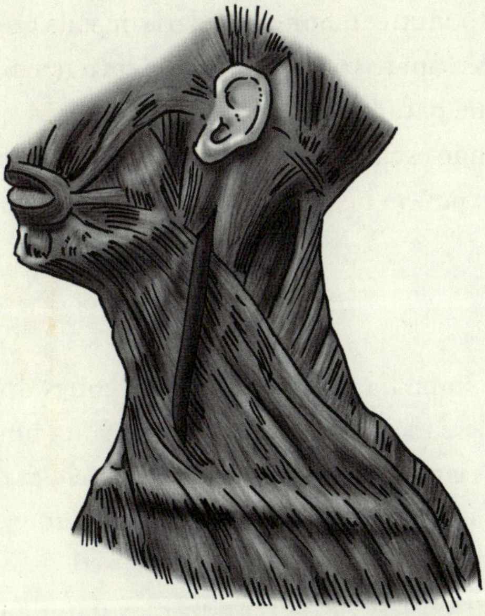

De manhã, minha esposa me encontra admirando as pistas em uma daquelas janelas que vão do chão até o teto. Meus olhos estão abertos e cheios de pó. Minha cabeça está inclinada para um lado. Raramente me permito parecer tanto com um cadáver.

Tem algo errado comigo. Há um vazio e uma dor em meu estômago, uma sensação que fica entre estar morto de fome e estar de ressaca. Ela me pega pelo braço e faz com que eu fique em pé. Então começa a andar e me leva com ela, como se eu fosse uma mala com rodinhas. Sinto um flash de amargor quente me dominar e começo a falar com ela.

– Nome – falo, olhando para o ouvido dela. – Nome?

Ela me lança um olhar frio e continua caminhando.

– Trabalho? Escola? – Meu tom de voz muda de interrogativo para acusativo. – Filme? Música? – Aquilo jorra de mim como óleo saindo de oleoduto furado. – Livro? – eu grito para ela. – Arte? Comida? Casa? *Nome*?

Ela se vira e cospe em mim. Na minha camisa, na verdade, e rosna como um animal. Mas o olhar dela esfria instantaneamente a minha explosão. Ela está... apavorada. Seus lábios estão trêmulos. O que estou fazendo?

Olho para o chão. Então ela volta a caminhar e eu a sigo, tentando afastar a estranha nuvem negra que parou em cima de mim.

• • •

Ela me leva até uma daquelas lojas de suvenires dos aeroportos que está toda detonada e meio queimada, e então solta um grunhido empático. Nossos filhos emergem de trás de uma prateleira tombada cheia de best-sellers que nunca serão lidos. Os dois estão roendo um antebraço meio marrom nas pontas e nem um pouco fresco.

– Onde... pegaram isso? – pergunto. Eles dão de ombros. Viro-me para minha esposa. – Precisam... melhor.

Ela faz uma careta e aponta para mim. Depois grunhe aborrecida e abaixo a cabeça, devidamente castigado. Ela tem razão, não tenho sido um pai muito presente. Será que é possível ter uma crise de meia-idade sem saber quantos anos você tem? Poderia ter trinta e poucos anos ou talvez nem vinte. Poderia ser mais novo que Julie.

Ela grunhe para as crianças e gesticula em direção ao saguão. Eles deitam as cabeças e fazem um som de choramingo, mas acabam nos seguindo. Vamos levá-los para o primeiro dia de escola.

• • •

Alguns de nós, talvez os mesmos Mortos laboriosos que construíram as igrejas de escadas dos Ossudos, montaram uma "sala de aula" na praça de alimentação, empilhando bagagens pesadas perto de paredes bem altas. Quando nos aproximamos, ouvimos grunhidos e gritos. Há uma fila de jovens na porta, esperando pela vez de entrar. Eu e minha mulher levamos nossos filhos para o final da fila e prestamos atenção à aula.

Cinco crianças Mortas estão cercando um homem magricela de meia-idade e Vivo. Ele se encosta nas malas, olha freneticamente para os lados com as mãos fechadas em posição de luta. Dois jovens pulam sobre ele e tentam prender os braços dele no chão, mas são chacoalhados pra longe. O terceiro dá uma pequena mordida no ombro e o homem grita como se tivesse sido ferido mortalmente, o que, na verdade, aconteceu mesmo. De mordidas de zumbis, passando por inanição e chegando na boa e conhecida velhice e doenças, existem muitas formas de morrer neste novo mundo. Muitos jeitos dos Vivos serem parados. Mas como apenas algumas exceções de devorados e descerebrados, todos os caminhos levam a nós, os Mortos, e a nossa imortalidade nem um pouco glamourosa.

A iminente conversão do homem parece tê-lo deixado atordoado. Uma jovem enfiou os dentes na coxa do homem, mas ele nem tremeu, apenas se curvou e começou a girar a cabeça dela até que o pescoço quebrasse com um barulho que todos ouviram. Ela cambaleou pra longe dele com a cabeça virada em um ângulo impossível.

– Errado – gritou a professor. – Atacar... garganta!

As crianças recuaram e ficaram olhando para o homem com cautela.

– Garganta! – repete o professor. Ele e seu assistente entram na arena e dominam o homem, fazendo com que ele fique deitado. O professor o mata e depois fica em pé, com sangue escorrendo pelo seu queixo. – Garganta – ele repete, apontando para o corpo.

As cinco crianças saem com cara de vergonha e os próximos cinco colocados para dentro. Meus filhos olham para mim com ansiedade. Dou tapinhas de conforto em suas cabeças.

Assistimos enquanto o homem morto é levado para ser devorado e outro é trazido para a classe. Este é velho, tem cabelos cinzentos, mas é grande, provavelmente deve ter sido um agente de segurança em algum momento de sua vida. São precisos três dos nossos homens pra colocá-lo para dentro sem surpresas. Eles o jogam em um canto e voltam rapidamente para guardar a entrada.

Os cinco jovens estão nervosos, mas o professor grita e eles começam a se mover. Quando chegam perto o suficiente, os cinco atacam ao mesmo tempo, dois em cada braço e o quinto pulando na garganta. Mas o velho é absurdamente forte. Ele gira e joga dois deles contra a parede de malas, que chacoalha com o impacto e derruba uma maleta de metal lá do topo. O homem a pega pela manopla, levanta e bate com tudo na cabeça de um dos jovens. O crânio dele se parte e seu cérebro sai. Ele não grita, chacoalha nem treme, apenas desaba abruptamente como um monte de membros sem vida, imóveis e nivelados com o chão, como se já estivesse morto há meses. A morte toma o homem com um efeito retroativo.

A escola fica em silêncio. As quatro crianças que sobraram saem da arena. Ninguém presta atenção aos adultos que entram lá apressadamente para lidar com o homem. Todos acompanhamos o cadáver jovem com uma triste resignação. Não sabemos dizer quais dos adultos ali reunidos são seus pais, pois nossas expressões são todas iguais. Mas quem quer que sejam, em breve esquecerão sua perda. Amanhã, os Ossudos aparecerão com outra criança para substituir esta. Nos permitimos alguns segundos de silêncio em respeito à criança morta e então a escola volta a funcionar. Alguns pais olham uns para os outros, talvez imaginando o que devam pensar, ou imaginando o que tudo isso quer dizer, este círculo da vida invertido. Ou talvez seja só a minha cabeça achando isso.

Meus filhos são os próximos da fila. Eles assistem a lição em andamento com atenção, ficando às vezes na ponta dos pés para ver melhor, mas não estão com medo. Quando o mundo inteiro é construído com horror e morte, quando a existência é um estado constante de pânico, é difícil ficar preocupado com uma coisa só. Os medos específicos se tornaram irrelevantes. Nós os substituímos por um cobertor sufocante muito pior.

• • •

Ando durante uma hora na porta do túnel de embarque do 747 antes de entrar. Abro devagar e em silêncio a porta do avião. Julie está dormindo encolhida numa poltrona da classe executiva. Ela está enrolada em uma colcha feita de jeans cortados que peguei como lembrança há algumas semanas. O sol da manhã forma um halo em seus cabelos loiros, fazendo com que pareça uma santa.

– Julie – chamo baixinho.

Os olhos se abrem de uma vez. Desta vez ela não pulou ou se afastou de mim. Apenas ficou me olhando com olhos cansados e inchados.

– Quê é? – ela resmungou.

– Como... está...?

– Como acha que estou? – diz ela, virando as costas para mim e apertando mais o cobertor em volta dos ombros.

Fico olhando para ela por um momento. Sua postura é a de um muro de tijolos. Abaixo minha cabeça e me viro para ir embora. Mas quando chego na porta ela diz:

– Espera.

Eu me viro. Ela está sentada com o cobertor empilhado em seu colo.

– Estou com fome – ela fala.

Olho para ela sem expressão. Fome? Será que ela quer um braço ou uma perna? Sangue quente, carne e vida? Ela é viva... será que quer comer a si mesma? Então me lembro *como era ter fome antigamente*. Me lembro de filés e panquecas, frutas, grãos, vegetais e toda aquela estranha pirâmide alimentar. Às vezes sinto falta de sentir o sabor e a textura das coisas em vez de apenas engolir a energia, mas tento não me apegar demais a isso. A antiga comida não aplaca mais a nossa fome. Mesmo a carne vermelha e brilhante de um coelho ou cervo recém-abatidos está fora de nosso padrão culinário, a energia dela não é compatível, é como tentar fazer um computador funcionar a diesel. Não há uma saída fácil para nós, nenhuma saída humana para nossa moral. A nova fome demanda sacrifícios. Ela exige sofrimento humano como preço dos nossos prazeres, mesmo que eles sejam escassos e simples.

– Você sabe, tipo, comida? – Julie comenta e imita o ato de dar uma mordida. – Sanduíches? Pizza? Coisas que não envolvam *matar* pessoas, sabe?

Aceno com a cabeça.

– Vou... pegar.

Começo a sair, mas ela me para novamente.

– Deixe-me ir – ela diz. – O que está fazendo? Porque está me mantendo aqui?

Penso por um instante. Vou até a janela onde ela está e aponto para as pistas abaixo. Ela olha e vê a missa que está acontecendo. A congregação dos Mortos oscilando e grunhindo. Os esqueletos balançando como chocalhos para a frente e para trás, silenciosos mas carismáticos, rangendo os dentes quebrados. Há dezenas deles lá, se aglomerando.

– Manter você... segura.

Ela olha pra mim com uma expressão que não consigo entender. Seus olhos estão semicerrados e os lábios apertados, mas não é bem raiva.

– Como sabe o meu nome? – ela pergunta.

Aí está. Alguma hora isso iria aparecer.

– Naquele prédio, você disse meu nome, eu lembro. Como pode saber a *porra* do meu nome?

Não tento responder. Não vou conseguir explicar o que sei e como sei com meu vocabulário de aluno do maternal e minhas limitações de fala. Então simplesmente bato em retirada, saindo do avião e subindo pelo túnel de embarque, sentindo mais do que nunca as limitações de ser o que sou.

Enquanto estou parado no Portão 12, pensando em onde ir, sinto alguém tocar o meu ombro. Julie está parada atrás de mim. Ela coloca as mãos nos bolsos da calça jeans preta e parece não ter certeza do que está fazendo.

– Deixe-me sair um pouco e dar uma volta – ela começa. – Estou ficando louca naquele avião.

Não respondo. Olho em volta do saguão.

– Vamos – ela continua. – Andei até aqui e ninguém me comeu. Deixe-me pegar comida com você, afinal, não sabe o que eu gosto.

Isso não é bem verdade. Sei que ela gosta de comida Tailandesa, especialmente Phad Thai. Sei que fica salivando por um sushi. Sei que tem um fraco por hambúrgueres gordurentos, apesar da rigorosa rotina de saúde do Estádio. Mas esses conhecimentos não são meus e por isso não posso usar. Eles foram roubados.

Aceno devagar com a cabeça e aponto para ela.

– Morta – falo, ranjo meus dentes e faço um exagerado andar de zumbi.

– Tá bom – ela responde.

Ando em volta dela com passos lentos e trêmulos, soltando um grunhido ocasional.

– Entendi.

Pego ela pelo pulso e a levo até o meio do saguão. Aponto em cada direção, mostrando os grupos de zumbis caminhando pelas escuras sombras matinais. Olho bem nos olhos dela.

– Não... corra.

Ela põe a mão no coração.

– Prometo não correr.

Parado ali, ao lado dela, percebo que posso sentir seu cheiro. Ela tirou uma parte do sangue negro da pele e detecto traços da energia vital dela através dos buracos. Ela borbulha e estoura como champanhe, acendendo flashes na parte de trás das minhas fossas nasais. Ainda olhando nos olhos dela, passo a palma da mão em um machucado recente no meu antebraço e, apesar de estar quase seco, consigo pegar um pouco de sangue. Passo devagar nas bochechas e no pescoço dela. Julie se arrepia, mas não faz nada. Ela é, no fim das contas, uma garota muito esperta.

– Tudo... bem? – pergunto, levantando as sobrancelhas.

Ela fecha os olhos, respira fundo, faz uma careta e se encolhe por causa do cheiro dos meus fluidos e então assente com a cabeça.

– Tudo bem.

Ando e ela me segue, cambaleando atrás de mim e grunhindo a cada três ou quatro passos. Ela está exagerando, atuando demais como numa peça de Shakespeare do ensino médio, mas vai passar de ano. Caminhamos por multidões de Mortos que passam por nós cambaleantes e nenhum mostra interesse. Para minha surpresa, o medo de Julie parece *diminuir* enquanto andamos, apesar do perigo óbvio da situação. Algumas vezes a vejo lutando para não rir depois de soltar um grunhido afetado. Também sorrio, garantindo sempre que ela não me veja.

Isso é... novo.

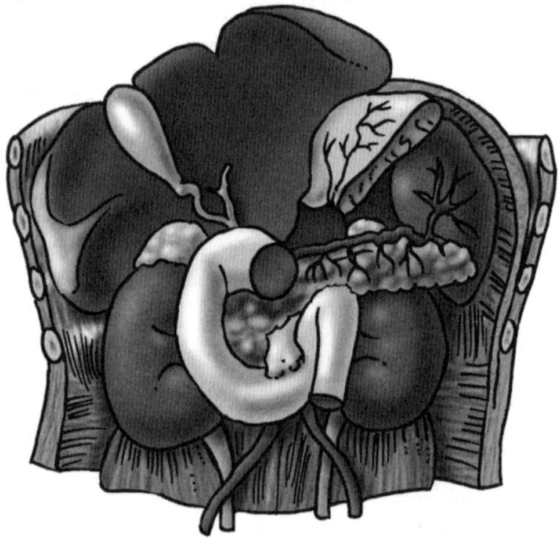

Levo Julie até a praça de alimentação e ela me lança um olhar curioso quando vou direto em direção a um restaurante Tailandês. Quando nos aproximamos, ela se encolhe e cobre o nariz.

– Meus Deus – ela lamenta. Os forninhos da frente estão espumando com coisas secas e podres, larvas mortas e bolor. Já estou praticamente insensível a odores, mas a julgar pela expressão no rosto de Julie, aquilo é fétido. Procuramos um pouco nos fundos, mas a energia intermitente do aeroporto quer dizer que o freezer só funciona meio expediente, então tudo lá dentro está rançoso. Vou em direção à lanchonete e Julie me olha de forma estranha de novo, e então me segue. Entramos no grande freezer e encontramos alguns hambúrgueres ainda frios, mas dá pra ver que foram descongelados e recongelados várias vezes. Moscas mortas mancham o chão do freezer.

Julie suspira.

– E agora?

Olho ao longe, pensando. O aeroporto tem um Sushi Bar, mas... me lembro um pouco a respeito de sushi. Se algumas horas podem estragar um filé de hamachi, não quero nem ver o que anos podem fazer.

– Jesus – diz Julie enquanto estou parado pensando –, você sabe mesmo como planejar um bom jantar de primeiro encontro. – Ela abre algumas caixas de pão mofado e cheira. – Você nunca fez isto antes, né? Quero dizer, levar um humano vivo pra casa?

Faço que não com a cabeça quase que me desculpando, mas fico abalado pelo uso da palavra "humano". Nunca gostei daquela diferenciação. Ela é Viva e eu sou Morto, mas gosto de pensar que ambos somos humanos. Pode me chamar de idealista se quiser.

Levanto um dedo para conseguir a atenção dela.

– Mais um... lugar.

Andamos até o outro lado da praça de alimentação que não tem identificação. Depois de passar por várias portas, estamos na área central de estoque do aeroporto. Abro a porta de um freezer e uma nuvem de ar gelado sopra para fora. Escondo o meu alívio. Isso estava começando a ficar constrangedor. Entramos e paramos no meio de prateleiras cheias de bandejas com refeições de avião.

– Olha só o que temos aqui... – Julie diz, e então começa a procurar nas prateleiras mais baixas, inspecionando os bifes e as batatas processadas. Graças aos incríveis conservantes que colocam nelas, aqueles alimentos parecem estar bem comestíveis.

Julie tenta olhar as etiquetas das coisas que estão nas prateleiras mais altas que ela não alcança, e de repente sorri, mostrando fileiras de dentes brancos e perfeitos, graças ao aparelho usado na infância.

– Olha, tem Phad Thai! Adoro... – Ela se segura e para com aquilo, olhando para mim com desconforto. Então aponta para a prateleira. – Vou querer aquele.

Estico-me por cima da cabeça dela e pego várias bandejas de Phad Thai. Não quero que nenhum dos Mortos veja Julie comendo o lixo sem vida, essas calorias vazias, por isso eu a levo para uma mesa escondida atrás de um quiosque de cartões-postais que caiu. Tento levá-la o mais longe possível da escola, mas ainda podemos ouvir os gritos miseráveis ecoando pelo saguão e os corredores. Julie mantém uma expressão de completa calma, mesmo diante dos gritos mais estridentes, fazendo tudo de forma normal para mostrar que não estava notando a carnificina. Será que fazia aquilo por mim ou por ela mesma?

Sentamo-nos em uma mesa e coloquei uma das bandejas em frente a ela.

– Apro... veite – falei.

Ela ataca o macarrão congelado e duro como pedra com um garfo plástico, e então olha para mim.

– Você não se lembra de muita coisa, né? Quanto tempo faz que não come comida de verdade?

Dou de ombros.

– E quanto tempo faz que você... morreu ou o que quer que seja isso?

Bato com o dedo na minha cabeça e depois a movimento de forma negativa.

Ela me olha de cima a baixo.

– Bom, não deve fazer muito tempo. Você tem uma aparência muito boa pra um cadáver.

Fico chateado de novo com a escolha de palavras, mas depois percebo que ela não tem como saber a conotação cultural sensível que a palavra "cadáver" possui. M a usa às vezes para fazer piada, e eu uso as vezes em meus momentos mais difíceis, mas quando vem de alguém de fora, inflama uma indignação defensiva que ela não entenderia. Respiro fundo e deixo pra lá.

– Bom, não tenho como comer isso deste jeito – ela fala, espetando a comida com o garfo até que ele se quebre. – Vou procurar um micro-ondas. Espera aí.

Ela se levanta e anda até um dos restaurantes vazios. Claro que se esqueceu de cambalear e rebolou o quadril ao andar, de forma rítmica. É arriscado, mas percebo que não estou preocupado.

– Agora sim – ela diz ao voltar, cheirando com vontade o vapor apimentado que sobe do prato. – Humm. Não como comida Tailandesa faz muito tempo. Não temos mais comida de verdade no Estádio, apenas nutrição básica e Carboteínas. Barras de Carboteína, pó de Carboteína, *suco* de Carboteína. Não aguento mais. – Ela se senta e come uma garfada do tofu descongelado. – Nossa, uau! Isso é quase saboroso.

Fico ali sentado e assisto ela comer. Percebo que tem dificuldade de fazer a comida esquentada descer por sua garganta. Pego uma garrafa de cerveja morna *red ale* da geladeira do restaurante e coloco na mesa.

Julie para de comer e olha para a cerveja. Depois olha para mim e sorri.

– Ah, Sr. Zumbi, você leu minha mente. – Ela tira a tampa e dá um grande gole. – Também faz tempo que não tomo cerveja. Nenhuma substância que mexe com a cabeça é permitida no Estádio. Temos que estar alerta o tempo todo, sermos vigilantes e blá, blá, blá. Ela dá outro gole e depois me examina com um olhar cheio de sarcasmo. – Talvez você não seja um monstro, Sr. Zumbi. Quer dizer, qualquer um que aprecie uma boa cerveja é pelo menos meio legal pelas minhas regras.

Olho para ela e levo uma das mãos ao meu peito.

– Meu... nome... – eu ofego, mas não sei como continuar.

Ela põe a cerveja na mesa e se inclina um pouco para a frente.

– Você tem um nome?

Faço que sim com a cabeça.

Os lábios dela se dobram em um agradável meio sorriso.

– Qual o seu nome?

Fecho os olhos e penso com força, tentando tirar algo do vácuo, mas já tentei isso muitas vezes antes.

– Rrr, – falo, tentando pronunciar algo.

– Ror? Seu nome é Ror?

Faço que não com a cabeça.

– Rrr.

– Rrr? Começa com R?

Aceno que sim.

– Robert?

Faço que não.

– Rick? Rodney?

Faço que não de novo com a cabeça.

– Hã... Rambo?

Solto um suspiro e olho para a mesa.

– Que tal eu chamar você de "R"? É um começo, né?

Meus olhos são atraídos pelos olhos dela.

– R. – Um pequeno sorriso aparece em meu rosto.

– Oi, R – ela diz. – Me chamo Julie. Mas você já sabia. Acho que sou uma celebridade fodida. – Ela estica a cerveja para mim. – Dá um gole.

Olho para a garrafa por um segundo, sentindo uma estranha náusea ao pensar no conteúdo dela. Âmbar escuro e vazio. Um mijo sem vida. Mas não quero estragar este improvável momento de intimidade com minhas estúpidas manias de morto-vivo. Aceito a garrafa e dou um longo gole. Posso sentir a cerveja gotejando pelos pequenos furos em meu estômago e molhando minha camisa. E, para minha surpresa, posso sentir um pequeno zumbido se espalhando pelo meu cérebro. Claro que isso não é possível, afinal não tenho corrente sanguínea para o álcool circular, mas sinto do mesmo jeito. Será que é psicossomático? Talvez uma memória distante da experiência de beber que sobrou da minha antiga existência? Se sim, pelo visto eu era fraco pra bebidas.

Julie sorri da minha expressão estupefata.

– Beba mais um pouco. Eu prefiro mais um vinho, na verdade.

Tomo outro gole. Posso sentir o *gloss* de morango dos lábios dela no gargalo. Percebo que estou imaginando Julie arrumada para um concerto, com os cabelos que vão até o pescoço presos e arrumados com estilo, seu corpo pequeno e radiante em um vestido vermelho de festa, e eu a beijando, o batom manchando a minha boca, espalhando o vermelho brilhante pelos meus lábios cinzentos...

Empurro a garrafa a uma distância segura de mim.

Julie dá uma risadinha e volta a comer, se concentrando nisso por alguns minutos, praticamente ignorando minha presença ali. Estou prestes a tentar começar uma conversa fadada ao fracasso quando ela levanta a cabeça. Todos os traços de juventude desapareceram de seu rosto, e ela diz:

– Então, R, porque está me mantendo aqui?

A pergunta me acerta como um tapa. Olho para o teto. Gesticulo à minha volta e em direção aos grunhidos dos colegas Mortos.

– Manter você segura.

– Que mentira.

Ficamos em silêncio. Ela me olha duramente e desvio o olhar.

– Olha – ela começa. – Sei que salvou minha vida lá na cidade. E sou muito grata por isso. Então, valeu, obrigado por salvar minha vida. Ou por me poupar. Sei lá. Mas você me *trouxe* até este lugar e tenho certeza de que consegue me tirar daqui. Por isso vou perguntar de novo. Por que está me mantendo aqui?

Os olhos dela são como ferro quente ao lado do meu rosto e percebo que não conseguirei escapar. Ponho uma mão sobre o meu peito. No meu "coração". Será que este pobre órgão ainda representa alguma coisa? Ele só fica ali no meu peito, parado, sem bombear mais sangue, sem nenhum propósito, mas meus sentimentos ainda parecem se originar de dentro de suas paredes geladas. Minha tristeza silenciosa, meus anseios vagos, e minhas raras centelhas de felicidade. Elas se represam no centro do meu peito e de lá escoam para fora, diluídas e fracas, mas reais.

Aperto a mão contra meu coração. Então a estico até Julie e a coloco no coração dela. Não sei como, mas consigo olhar nos olhos dela.

Ela olha para minha mão e depois me lança um olhar seco.

– Você. Só. Pode. Estar. Brincando. Porra.

Recolho minha mão e desvio o olhar para a mesa, agradecido por não ser capaz de ficar vermelho.

– Precisa... esperar. – Murmuro. – Eles... pensam... você... nova... convertida. Eles... vão perceber.

– Quanto tempo?

– Alguns... dias. Até... esquecerem.

– Jesus Cristo – ela suspira e cobre os olhos com as mãos, balançando a cabeça de forma negativa.

– Vai... ficar bem – digo a ela. – Prometo.

Ela ignora o que digo, tira um iPod do bolso e coloca os fones nos ouvidos. Depois volta a comer, ouvindo uma música que é apenas um silvo baixo para mim.

Nosso encontro não vai indo bem. Mais uma vez o absurdo dos meus pensamentos me domina e quero rastejar pra fora da minha pele, fugir da minha carne feia e desajeitada e ser um esqueleto, pelado e anônimo.

Estou a ponto de me levantar e ir embora quando Julie tira um fone do ouvido e me lança um olhar fixo e penetrante.

– Você é diferente, não é mesmo?

Não respondo.

– Nunca ouvi falar de nenhum zumbi que fale, a não ser por gritar "Cééérebro" e todos aqueles malditos grunhidos. Também nunca vi um zumbi ter interesse em um humano que não seja como refeição. E, com *certeza*, nunca nenhum pagou uma bebida para mim. Há outros como você?

Mais uma vez sinto a necessidade de corar.

– Não... sei.

Ela empurra o macarrão pelo prato.

– Alguns dias – ela repete.

Concordo com a cabeça.

– E o que devo fazer por aqui até ser seguro eu ir embora? Espero que não esteja achando que vou ficar a semana toda na sua casa-avião, tomando banhos de sangue.

Penso um pouco. Um arco-íris de imagens inunda minha cabeça, provavelmente fragmentos de filmes antigos que assisti, todos melosos, românticos e totalmente impossíveis. Tenho que conseguir me controlar.

– Vou... distrair você – acabo dizendo, e ofereço um sorriso não muito convincente. – É minha... convidada.

Ela rola os olhos em desaprovação e volta à comida. Um dos fones de ouvido ainda está sobre a mesa. Sem desviar o olhar da comida, ela o oferece a mim. Coloco no meu ouvido e a voz de Paul McCartney entra na minha cabeça, cantando todos aqueles antônimos saudosos, *yes/no*, *high/low*, *hello/goodbye/hello*.*

– Sabia que John Lennon odiava esta música? – Julie pergunta enquanto a música toca, falando em minha direção, mas não se dirigindo exatamente a mim. – Ele achava que era apenas um monte de palavras sem sentido. O engraçado é o comentário vir do cara que escreveu "I Am the Walrus".

* Sim/não, alto/baixo, olá/adeus/olá, são palavras da música "Hello, Goodbye", dos Beatles. (N. T.)

Goo goo... gajoob[*] – eu canto.

Ela para, olha para mim e inclina a cabeça com a prazerosa surpresa.

– Sim, é disso que eu tava falando. – Ela toma um gole da cerveja sem prestar atenção, se esquecendo que meus lábios tocaram o gargalo e meu olhos se arregalam em um pânico rápido. Mas nada acontece. Talvez minha infecção não seja transmitida em momentos leves como este. Talvez necessite da violência da mordida.

– De qualquer forma, é muito falatório pra este momento – ela diz e então passa para a próxima música. Ouço Ava Gardner começar a cantar algo, mas então Julie pula mais algumas músicas, então para em um rock desconhecido e aumenta o volume. Percebo a música ao longe, mas me desliguei de novo. Vejo Julie balançar a cabeça de um lado para o outro com os olhos fechados. Mesmo agora, aqui, em um dos lugares mais escuros e estranhos, com a mais macabra das companhias, ela é movida pela música e sua vida pulsa com força. Sinto o cheiro dela novamente, um vapor branco e brilhante flutuando por baixo do meu sangue negro. E, apesar de eu prezar pela segurança dela, não posso sufocá-lo completamente.

O que tem de errado comigo? Olho para minha mão e sua carne cinza e pálida, fria e dura, e sonho que ela é rosa, quente e flexível, e que pode manejar, construir e acariciar. Sonho que minhas células necrosadas estão saindo de sua letargia, inflando e acendendo como o Natal lá no fundo do meu âmago sombrio. Será que estou inventando tudo isso igual ao zumbido da cerveja? Será um efeito placebo? Uma ilusão otimista? Seja como for, sinto que a linha reta da minha existência está mudando, formando vales e morros como os batimentos cardíacos.

---

[*] Outra música dos Beatles com uma letra meio maluca, cujo título traduzido é "Eu sou a morsa". O verso que o R canta pode ser traduzido como "Bom bom... bom trabalho". (N. T.)

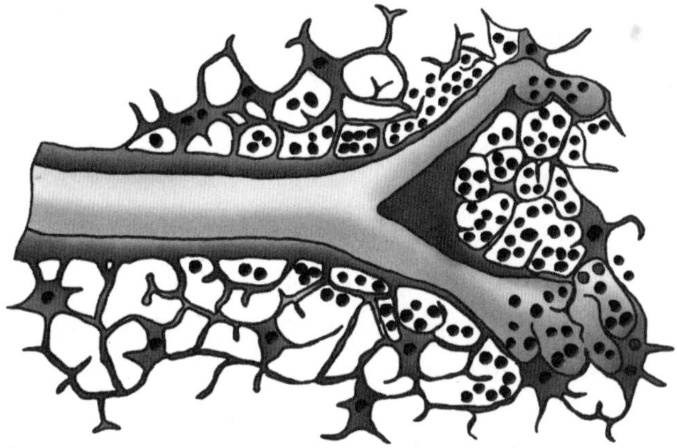

– Precisa virar mais rápido. Você quase sai da pista quando vira à direita.

Aperto a pequena direção de couro e piso fundo no acelerador. O Mercedes dá um salto para a frente, jogando nossas cabeças para trás.

– Meu Deus, você é um pé de chumbo. Não pode pisar mais leve nesse acelerador?

Paro bruscamente, me esqueço de pisar na embreagem e o motor morre. Julie gira os olhos em desaprovação e se esforça para transparecer paciência em sua voz.

– Certo, observe. – Ela liga novamente o carro, vem para o meu lado e coloca as pernas entrelaçadas com as minhas, com os pés ficando sob os meus. Com a pressão dela, solto a embreagem aos poucos, ao mesmo tempo em que pressiono o acelerador, fazendo com que o carro deslize suavemente para a frente. – Desse jeito – ela fala e volta ao assento do passageiro. Solto um chiado de satisfação.

Estamos rodando pelas pistas, de lá pra cá e daqui pra lá, sob o sol do meio da tarde. Nossos cabelos se agitam ao vento. Aqui, neste momento, dentro dessa caranga 64 vermelha brilhante com uma bela garota ao meu lado, não consigo deixar de me transportar para uma vida diferente, uma vida mais cinema clássico. Minha mente voa e perco o pouco foco que em geral consigo manter. Saio da pista e acerto o para-choque de um caminhão-escada, desalinhando o círculo da igreja dos Ossudos. O impacto joga nossas cabeças para o lado e ouço os pescoços dos meus filhos estalarem no banco de trás. Eles grunhem em protesto e eu faço "Ssshhhhh!" para eles. Já estou bastante envergonhado e não preciso que eles joguem isso na minha cara.

Julie examina a frente do carro e sacode a cabeça em desaprovação.

– Que droga, R. Era um belo carro.

Meu filho se inclina para a frente em outra desajeitada tentativa de morder o ombro de Julie, mas eu estico a mão e dou um tapa nele. Ele encosta de novo em seu assento com os braços cruzados e faz beicinho.

– Nada de morder! – Julie repreende, ainda inspecionando os danos do carro.

Não sei porque decidi trazer meus filhos para a aula de direção de hoje. Julie já está tentando me ensinar faz alguns dias, e hoje senti uma necessidade obscura de ser *pai*. De transmitir conhecimento. Sei que não é algo muito seguro. Mas meus filhos são muito jovens para conseguir reconhecer os padrões de fala dos Vivos, e muito menos sentir o aroma deles como eu faço. Além disso, refiz várias vezes a repulsiva camuflagem de Julie, mas tão perto assim, a verdadeira natureza dela ainda escapa no ar. De vez em quando meus filhos conseguem sentir seus instintos lentos e ainda em desenvolvimento tomam conta. Tento discipliná-los amorosamente.

Quando fazemos a volta e seguimos em direção ao nosso terminal, percebo a congregação emergindo do portão de um terminal de carga. Como uma procissão de funeral invertida, os Mortos marchavam solenemente em fila, com passos lentos e pesados, em direção à igreja. Um grupo de Ossudos liderava a romaria, se movendo para a frente com muito mais propósito do que qualquer um dos que ainda tinham carne. Eles eram os poucos dentre nós que pareciam sempre saber exatamente onde estavam indo e o que iriam fazer. Eles não hesitam, não fazem pausas ou mudam de direção, e seus corpos não evoluem nem apodrecem mais. Eles são totalmente estáticos. Um deles olha diretamente pra mim e me lembro de uma gravura da Idade Média que vi uma vez de um cadáver apodrecido zombando de uma jovem virgem gordinha.

Quod tu es, ego fui, quod ego sum, tu eris

O que você é, eu já fui um dia.
O que sou, você se tornará.

Desvio os olhos do olhar vazio do esqueleto. Enquanto passamos devagar ao lado da fila deles, alguns dos Carnudos nos lançam olhares desinteressados, e então vejo minha esposa entre eles. Ela está andando ao lado de um homem e eles estão de mãos dadas. Meus filhos a vêem na multidão e ficam em pé no banco traseiro, acenando e grunhindo alto. Julie olha para o mesmo lado e vê minha esposa acenando para eles, e então se vira para mim.

– Aquela é... hã, tipo... sua esposa?

Não respondo. Olho para minha esposa esperando algum tipo de reprovação, mas quase não há nem um reconhecimento em seus olhos. Ela olha para o carro. Ela olha para mim. Depois, olha apenas para a frente e continua andando, ainda de mãos dadas com o homem.

– Aquela é sua esposa? – Julie pergunta novamente, mais energicamente desta vez. Faço que sim com a cabeça. – Quem é aquele... *cara* que está com ela? – Dou de ombros. – Ela está te traindo ou algo assim? – Dou de ombros. – Isso não *incomoda* você?

Dou de ombros.

– Para de fazer isso, seu cuzão! Sei que pode falar. Diga algo!

Penso um pouco naquilo. Vendo minha mulher desaparecer ao longe, coloco a mão no coração.

– Morto. – Aponto para a minha mulher. – Morta. – Meus olhos se movem em direção ao céu e perdem o foco. – Queria que... doesse. Mas... não dói.

Julie olha para mim como se esperasse por mais alguma coisa e fico imaginando se consegui transmitir algo com meu solilóquio quebrado e balbuciado. Será que minhas palavras são audíveis ou são apenas um eco em minha cabeça enquanto as pessoas olham pra mim e esperam? Quero mudar a minha pontuação. Quero pontos de exclamação, mas estou me afogando em elipses.

Julie fica me olhando por um longo momento e então vira para a frente e observa o cenário que se forma. À nossa direita temos as escuras e vazias entradas dos túneis de embarque, que um dia já estiveram vivos e cheios de viajantes se preparando para ver o mundo, expandir seus horizontes e encontrar amor, fama e fortuna. À esquerda temos os escombros escuros de um Boeing Dreamliner.

– Meu namorado me traiu uma vez – Julie fala olhando para a frente. – O pai dele deu abrigo para uma garota enquanto as adoções ainda eram organizadas. Uma noite, eles ficaram bêbados de cair e acabou rolando. Foi um acidente e ele fez a confissão mais sincera e tocante de todos os tempos, jurou por Deus que me amava mais do que tudo e que faria qualquer coisa para provar e blá, blá, blá, mas não adiantou nada. Continuei pensando naquilo, repassando tudo na minha cabeça e me *consumindo* com aquilo. Chorei todas as noites durante semanas e gastei de ouvir todas as músicas tristes do meu mp3. – Enquanto fala, ela sacode a cabeça lentamente, seus olhos estão bem longe. – As coisas são... eu sinto demais as coisas às vezes. Quando aconteceu aquilo com o Perry, eu adoraria ser mais parecida com você.

Eu a observo. Ela passa a mão no cabelo e o enrola um pouco com um dedo. Noto que ela tem cicatrizes já quase imperceptíveis nos pulsos e antebraço, linhas finas e simétricas demais para ser o resultado de um acidente. Ela pisca e olha para mim repentinamente, como se eu a tivesse acordado de um sonho. – Não sei porquê estou contando isso pra você – ela fala um pouco irritada. – Bom, por hoje chega de aula. Estou cansada.

Sem falar mais nada, dirijo para casa. Freio meio tarde e paro o carro com meu para-choque dois centímetros sobre a grade de um Miata. Julie suspira.

• • •

Naquela noite, nos sentamos de pernas cruzadas no meio do corredor do 747. Um prato de Phad Thai aquecido no micro-ondas também está no chão, na frente de Julie, esfriando. Assisto em silêncio enquanto ela mexe na comida com um garfo. Mesmo sem fazer ou falar alguma coisa, me divirto observando Julie. Ela inclina a cabeça, seus olhos vagueiam, ela sorri e muda o corpo de posição. Os pensamentos passam pelo rosto dela como a projeção de um filme.

– Tá muito silêncio aqui – ela diz, se levanta e começa a mexer nos meus discos. – Por que você tem tantos discos de vinil? Não conseguiu fazer um iPod funcionar?

– Som... melhor.

Ela ri.

– Ah, você é um purista.

Faço um movimento de girar no ar com o dedo.

– Mais real. Mais... vivo.

Ela concorda com a cabeça.

– É, com certeza. Mas muito mais difícil de conseguir. – Ela vai passando os discos e faz uma careta. – Não tem nada novo aqui, só coisas até... hã... 1999. Foi quando você morreu por acaso?

Penso naquilo por um momento e depois dou de ombros. É possível, mas não faço a menor ideia de quando morri. Poderia tentar adivinhar pelo estado atual da minha decomposição, mas não apodrecemos com a mesma velocidade. Alguns continuam cadáveres frescos de funeral durante anos, outros ficam só ossos por meses, com a carne se dissolvendo como se fosse a espuma seca do mar. Não sei o que causa essa desigualdade. Talvez nossos corpos sigam os comandos de nossas cabeças. Alguns desistem facilmente enquanto outros resistem com todas as suas forças.

Outro obstáculo que enfrento para estimar minha idade é não ter ideia de que ano estou, 1999 pode ter sido há uma década ou ontem. Alguém poderia tentar deduzir uma linha de tempo a partir da deterioração das ruas, prédios e estruturas, mas cada parte do mundo está apodrecendo em um ritmo diferente. Algumas cidades podem ser confundidas com ruínas astecas, outras foram esvaziadas na semana passada, com suas televisões ligadas transmitindo estática e omeletes começando a mofar.

O que aconteceu com o mundo foi algo gradual. Esqueci como foi exatamente que aconteceu, mas tenho algumas memórias fetais meio nubladas disso. Aquele medo latente que não chegava a pegar fogo, até que não sobrasse muito dele para queimar. Cada passo nos surpreendia. Então, um dia, acordamos e tudo tinha acabado.

– Lá vai você de novo – Julie fala. – Viajando. Estou muito curiosa pra saber o que você pensa quando você desliga desse jeito. – Dou de ombros e ela bufa, exasperada. – E lá vai você de novo dando de ombros. Pare de dar de ombros, seu preguiçoso! Responda minha pergunta. Por que sua coleção musical se atrofiou?

Começo a dar de ombros, mas consigo me parar a tempo, com uma certa dificuldade. Como poderia explicar isso a ela com palavras? A morte lenta de Quixote. O abandono das buscas, a rendição dos desejos, o pré-estabelecido que é o destino dos Mortos.

– Nós não... pensamos... coisas novas – começo me esforçando pra conseguir manter a linha de pensamento que escolhi. – Às vezes... acho... coisas. Mas não... procuramos... nada.

– É mesmo? – Julie pergunta. – Mas que grande tragédia. – Ela continua a olhar meus discos, mas seu tom de voz aumenta enquanto ela fala. – Você não pensa coisas novas? Não procura nada? O que isso quer dizer? Não procura o quê? Música? Música é *vida*! É emoção física, mas você não pode tocar. É uma ecto-energia de neon brilhante sugada dos espíritos e transformada em ondas de som para que seus ouvidos possam engolir. E você vem me dizer o quê, que é chato? Que não tem tempo pra isso?

Não há nada que eu posso dizer depois disso. Eu me vejo rezando para a boca espectral do céu aberto, pedindo que Julie não mude nunca. Que ela nunca acorde um dia e descubra que está velha e sábia.

– Bom, de qualquer forma, você tem muita coisa boa aqui – ela diz, deixando a indignação ir embora. – Muita coisa boa mesmo. Aqui, vamos ouvir este de novo. A gente nunca erra com o Frank. – Ela põe o disco para tocar e volta ao prato de Phad Thai. O som de "The Lady is a Tramp"* preenche a cabine do avião, e ela me dá um sorriso falso. – É a minha música – ela diz, e então enche a boca de macarrão.

Movido por uma curiosidade mórbida, pego um macarrão do prato dela e ponho na boca. Não sinto gosto de nada. É como se fosse uma comida imaginária, como se estivesse mastigando ar. Viro a cabeça e cuspo na minha mão. Julie nem percebe. Ela parece estar longe dali, e assisto as cores e tamanhos do filme-pensamento que passa atrás de seu rosto. Depois de alguns minutos, ela engole uma garfada e olha para mim.

– R – ela começa com um tom de curiosidade casual. – Quem você matou?

Fico duro. Até a música desaparece dos meus ouvidos.

– Lá no prédio, antes de me salvar. Vi o sangue em seu rosto. Quem era?

Apenas olho para ela. Por que ela precisava ter me perguntado isso? A memória dela não poderia desaparecer igual a minha? Por que ela não pode apenas viver comigo no escuro, nadando nas profundezas das história que foram apagadas?

– Só quero saber quem foi. – A expressão dela não revela nada. Seus olhos estão travados nos meus, sem piscar.

– Ninguém – murmuro. – Um moleque.

– Tem uma teoria de que vocês comem os cérebros porque conseguem reviver a vida da pessoa. É verdade?

Dou de ombros, tentando não demonstrar meu desconforto. Sinto-me como uma criança que foi pega pintando a parede com a mão. Ou matando dúzias de pessoas.

– Quem era – ela pressiona. – Você não se lembra?

Penso em mentir. Lembro-me de alguns rostos daquele dia, posso rolar o dado e escolher um, provavelmente um recruta aleatório que ela nem conhecia. Ela ficaria satisfeita e nunca mais falaria disso. Mas não

* Em uma tradução livre, o título quer dizer "A dama é uma vagabunda", no sentido de uma pessoa folgada. (N. T.)

posso fazer isso. Não posso mentir para ela do mesmo jeito que não posso cuspir a verdade. Estou de mãos atadas. Julie deixa seus olhos me examinarem por um minuto, então algo transparece em seu rosto e ela vacila e olha para baixo, para o carpete manchado do avião.

– Foi o Berg? – ela sugere, tão baixinho que é quase como se falasse consigo mesma. – O garoto com acne? Aposto que foi o Berg. Ele era um idiota. Chamava Nora de mulata e ficou olhando pra minha bunda durante toda a operação de resgatar coisas. Claro que o Perry nem percebeu. Se foi o Berg, quase fico feliz de você ter pegado ele.

Tento olhar nos olhos dela para dar sentido a essa inversão, mas agora é ela que evita o meu olhar. – Bom, o que quero dizer é, quem quer que tenha matado o Perry, quero que saiba que não o culpo.

Fico tenso novamente.

– Não... culpa?

– Não. Quer dizer, acho que entendi. Você não tem escolha, certo? E falando sinceramente... nunca disse isso pra ninguém, mas... – Ela brinca com a comida. – É meio que um alívio que finalmente tenha acontecido.

Faço uma careta.

– O quê?

– Finalmente poder parar de ficar com medo disso.

– De Perry... morrer?

Arrependo-me na hora em que digo o nome dele. No movimento da minha língua, as sílabas têm o gosto do sangue dele.

Julie concorda com a cabeça, ainda olhando para o prato. Quando fala de novo, sua voz é fraca e suave, a voz de memórias ansiosas para serem esquecidas. – Aconteceu... alguma coisa com ele. Muitas coisas, na verdade. Acho que chegou num ponto que não conseguiu absorver mais nada, então acabou mudando e se tornando uma pessoa diferente. Ele era um garoto impetuoso e brilhante, misterioso, engraçado e cheio de sonhos. Mas, um dia, ele desistiu de todos os seus sonhos, virou Segurança... é assustador o quão rápido ele mudou. Ele disse que estava fazendo tudo aquilo por mim, que era hora de crescer e encarar a realidade, assumir responsabilidades e tudo mais. Mas tudo que eu amava nele, tudo que fazia ele ser *ele*, começou a apodrecer. Ele se entregou, basicamente. Desistiu da vida. A morte de verdade foi apenas o passo seguinte. – Ela empurra o prato para o lado. – Conversamos muito sobre isso. Sobre morrer. Ele sempre voltava a esse assunto. Às vezes estávamos no meio de uma transa quente, selvagem, e então ele parava e dizia: "Qual você acha que é a expectativa média de vida nos dias de hoje, Julie?" Ou então: "Quando eu morrer, será que é você que vai cortar minha cabeça?" Isso é que é romântico, não acha?

Ela olha pela janela do avião para as montanhas ao longe.

– Tentei fazer ele parar com isso. Tentei muito fazer com que ele continuasse por aqui, mas nos últimos dois anos ficou bem claro pra todo mundo. Ele tinha simplesmente... partido. Não sei se algo como o retorno de Cristo ou do Rei Arthur teria trazido ele de volta. Com certeza absoluta, *eu* não era o suficiente. – Ela olhou para mim. – Ele vai voltar? Como um de vocês?

Baixo os olhos lembrando do delicioso gosto rosado do cérebro dele. Faço que não com a cabeça.

Ela fica um tempo em silêncio.

– Não que eu não esteja triste por ele ter partido. Eu só... eu... – A voz dela vacila. Ela faz uma pausa e limpa a garganta. – Estou mesmo triste. Mas ele queria isso. Sabia que ele queria. – Uma lágrima escapa de um dos olhos e ela parece se surpreender com aquilo. Julie limpa com a mão como se estivesse espantando um mosquito.

Levanto-me, pego o prato dela e coloco no lixo. Quando sento de novo, os olhos dela já estão secos, mas ainda um pouco vermelhos. Ela funga e me lança um sorriso meio fraco.

– Acho que falei um monte de merdas do Perry, mas também não sou bem uma pessoa feliz e contente, sabe? Também sou um desastre, apenas ainda... estou viva. Sou um desastre em progresso. – Ela ri um riso rápido e meio quebrado. – Isso é estranho, nunca falei dessas coisas com ninguém, mas você é... tipo, tão *quieto*, fica aí sentado e ouvindo, é como falar com... – O sorriso desaparece e não fica mais ali por um momento. Quando Julie fala de novo, sua voz é cautelosa, porém tranquila, e seus olhos passeiam pela cabine estudando rebites e plaquinhas de avisos.

– Costumava usar drogas quando era mais jovem. Comecei aos doze anos e experimentei quase tudo. Ainda bebo e fumo maconha quando posso. E até transei com um cara por dinheiro uma vez, quando tinha treze anos. Não porque eu queria o dinheiro. Naquela época o dinheiro já não valia muita coisa. Apenas porque era algo horrível e talvez eu achasse que merecia aquilo. – Ela olha para os pulsos e as pequenas cicatrizes parecem um sinistro carimbo daqueles que põem em nosso braço em um show. – Todas as merdas que as pessoas fazem com elas mesmas... pode ser tudo por causa da mesma coisa, sabia? Apenas um jeito de afogar a própria voz. Matar suas memórias sem ter que se matar.

Depois disso há um longo silêncio. Os olhos dela examinam o chão e os meus continuam olhando para seu rosto, esperando que ela volte para casa. Ela respira fundo, olha para mim e dá de ombros.

– Dei de ombros – ela diz em voz baixa, e força um sorriso.

Levanto-me devagar e vou até o toca-discos. Pego um dos meus LPs preferidos, uma obscura compilação de músicas do Sinatra de vários álbuns. Não sei porquê gosto tanto deste disco. Uma vez, passei três dias inteiros completamente parado, diante dele, vendo apenas o disco girar. Conheço melhor os sulcos daquele vinil do que as linhas das minhas mãos. As pessoas costumavam dizer que a música era a grande comunicadora; fico imaginando se isto ainda é verdade nesta era póstuma pós-humana. Coloco o disco e começo a mexer na agulha quando ele toca, pulando padrões e músicas, dançando através das espirais para encontrar as palavras que quero que preencham o ar. Palavras que são vistosas, atemporais, pontuadas por grandes arranhões que parecem rasgar a pele, mas o som é impecável. O barítono amanteigado de Frank fala o que quero dizer melhor do que minhas palavras quebradas poderiam, mesmo se eu tivesse a voz de um Kennedy. Fico em pé na frente do disco, escolhendo e colocando as frases que possuem algum significado especial para mim, recortando e colando as coisas que estão no meu coração em um grande álbum imaginário no ar.

Não ligo se você é chamada de – risco – quando as pessoas dizem que você é – risco – bruxa malvada – risco – não mude um fio de cabelo por mim, não se você – risco – porque você é sensacional – risco – simples-

mente do jeito que você é – risco – você é sensacional... sensacional... E isso é tudo...

Deixo o disco voltar a tocar normalmente e sento novamente em frente a Julie. Ela me encara com os olhos úmidos e vermelhos. Coloco a mão em seu coração, sentindo o batimento gentil por dentro. Uma vozinha falando em código.

Julie funga e limpa o nariz com a mão.

– Quem *é* você – ela me pergunta de novo.

Dou um pequeno sorriso. Então me levanto e saio do avião, deixando a pergunta dela flutuando por lá, ainda sem resposta. Ainda posso sentir o eco de seu pulso em minha mão, compensando um pouco a falta de uma pulsação própria.

• • •

Naquela noite, deitado no chão do Portão 12, acabo dormindo. O novo sono é diferente do antigo, claro. Nossos corpos não se cansam e por isso não descansamos. Mas, de vez em quando, depois de dias ou semanas de consciência inexorável, nossas mentes simplesmente não conseguem mais carregar tamanho peso e entramos em colapso. Nós nos permitimos morrer, desligar e não ter pensamentos durante horas, dias ou até semanas. Qualquer que seja o tempo necessário para recarregar os elétrons de nosso id e nos manter intactos por mais um tempo. Não há nada de adorável ou de sereno nesse processo; é feio e compulsório, um pulmão artificial para os chiados falsos de nossas almas. Mas, esta noite, algo diferente acontece.

Eu sonho.

Subdesenvolvido, sombrio e meio desbotado como os filmes antigos, vejo cenas da minha antiga vida passarem pelo vórtice do meu sono. Figuras amorfas caminham por portas que derretem e entram em salas escuras. Vozes rastejam pela minha cabeça, profundas e ameaçadoras, como se fossem gigantes bêbados. Jogo esportes ambíguos, assisto a filmes incoerentes, falo e rio com anônimos obscuros. No meio desses flashes de vida incompreensíveis, consigo ver fragmentos do passado, uma busca apaixonada que foi sacrificada no altar sangrento do pragmatismo. Guitarra? Dança? Bicicletas sujas? O que quer que fosse, não consegue penetrar na densa névoa que sufoca minha memória. Tudo continua escuro. Vazio. Sem nome.

Comecei a imaginar de onde vim. A pessoa que sou agora, este suplicante desastrado e hesitante... será que fui construído a partir das fundações da minha antiga vida, ou levantei do túmulo como uma lousa em branco? Quanto de mim foi herdado e quanto foi criado por mim nesta vida? Perguntas que antes eram apenas reflexões preguiçosas começaram a ficar estranhamente urgentes. Será que estou completamente enraizado ao que veio antes? Ou posso escolher outro caminho?

Acordo olhando para o teto lá no alto. Minhas memórias, vazias como sempre foram, tinham evaporado completamente. Ainda é noite e posso ouvir minha esposa transando com o novo amante dela atrás da porta de uma sala próxima. Tento ignorá-los. Já os peguei fazendo isso uma vez hoje. Ouvi o barulho, a porta estava aberta e por isso eu entrei. E lá estavam eles, nus, roçando seus corpos de forma constrangedora, grunhindo e apalpando a carne pálida um do outro. Ele era flácido. Ela seca. Eles se olhavam com expressões de espanto, como se uma força desconhecida os tivesse juntado neste emaranhado de membros. Seus olhos pareciam perguntar: "Quem diabos é você?" enquanto seus corpos se mexiam como marionetes de carne.

Eles não pararam e nem mesmo tiveram nenhuma reação quando perceberam que eu estava ali. Apenas olharam para mim e continuaram se movendo. Acenei com a cabeça e voltei ao Portão 12, e isso foi a última informação que rompeu os ligamentos da minha mente. Me larguei no chão e dormi.

Não sei porque já acordei, depois de apenas algumas horas febris. Ainda sinto o peso do acúmulo de pensamentos sendo suportados pelo meu cérebro macio, mas não acho que vou conseguir dormir mais. Um barulho de broca e um zumbido arranham minha mente, me deixando alerta. Procuro pela única coisa que já me ajudou em horas como esta. Ponho a mão no bolso e pego o último pedaço de cérebro.

Quando a energia vital começa a desaparecer do cérebro, os ruídos inúteis são os primeiros a sumir. Frases de filmes, propagandas de rádio e TV, fofocas de celebridades e *slogans* políticos, todos se derretem, deixando apenas as memórias mais fortes e potentes. Quando o cérebro morre, a vida dentro dele é purificada e destilada. Melhora com o tempo, como um bom vinho.

O pedaço que está na minha mão murchou um pouco, ficando com um tom cinza-amarronzado. Ele quase perdeu a validade. Terei sorte se conseguir mais alguns minutos da vida de Perry com isto, mas serão minutos ardentes e intensos. Fechando meus olhos, coloco o pedaço na boca e mastigo, pensando: *Não me abandone ainda, Perry. Só mais um pouco. Apenas mais um pouco. Por favor.*

• • •

Emerjo de um túnel escuro e apertado para um flash de luz e som. Um tipo diferente de ar me cerca, frio e seco, enquanto eles esfregam e tiram os últimos resquícios de minha vida. Sinto uma pontada de dor quando cortam algo de mim e repentinamente sou menos do que antes. Sou apenas eu mesmo agora, pequeno, fraco e completamente só. Então sou levantado até alturas incríveis, carregado por enormes distâncias e dado a Ela. Ela me embrulha, sendo muito maior e mais macia do que eu imaginava lá de dentro, e então abro os olhos. E a vejo. Ela é imensa, cósmica. Ela é o mundo. E o mundo sorri lá de cima para mim, e quando Ela fala, é a voz de Deus, vasta e cheia de significados, mas são palavras ininteligíveis, ruídos sem sentido para meu cérebro vazio, em branco.

Ela diz "..."

• • •

Estou em uma sala detonada e escura recolhendo suprimentos médicos e os colocando em caixas. Um pequeno grupo de recrutas civis está me acompanhando nesta missão, todos escolhidos a dedo pelo Coronel

Rosso, menos um. Um deles se voluntariou. Um deles viu o meu olhar e se preocupou com ele. Um deles quer me salvar.

– Você ouviu um barulho? – Julie pergunta e olha em volta.

– Não – respondo no mesmo instante e continuo pegando as coisas.

– Eu ouvi – Nora fala, afastando os cabelos encaracolados dos olhos. – Pear, talvez fosse melhor...

– Está tudo bem. Já conferimos tudo, estamos em segurança. Vamos trabalhar.

Eles me observam constantemente, tensos como enfermeiros em um hospital, prontos para intervir. Mas isso não muda nada. Não vou colocá-los em perigo, mas ainda vou encontrar um jeito. Quando estiver sozinho e ninguém estiver olhando. Então farei. Farei acontecer. Eles tentam e tentam e a beleza do amor deles só me empurra mais para o fundo. Por que não entendem que é tarde demais?

Um barulho. Agora eu escuto. Um trovejar de passos cambaleantes nas escadas e um coro de grunhidos. Será que Julie tem os ouvidos tão mais sensíveis que os meus ou simplesmente parei de escutar? Pego minha escopeta e me viro...

Não, falo involuntariamente no meio da visão, um espectador irado se rebelando contra o que vê. *Isso não. Não é isso que quero ver.*

Para minha surpresa, tudo para. Perry olha para mim e sua voz sai forte:

– Essas são *minhas* memórias, lembra? Você é só um convidado aqui. Se não quer ver isso, pode cuspir o cérebro fora.

Fico chocado. A memória não tinha um roteiro pré-definido. Será que estou tendo uma conversa com o cérebro que estou digerindo? Não sei o quanto disso é o Perry de verdade e o quanto é apenas coisa da minha cabeça, mas sou levado pela correnteza.

– Deveríamos estar vendo a sua vida! – grito para ele. – Não isso. Por que você quer que seu último pensamento seja uma reprise de sua morte suja e sem sentido?

– Você acha que a morte não é algo que tem sentido? – ele retruca, recarregando sua escopeta. Julie e os outros ficam parados em suas posições, como se fossem objetos em um cenário, mas já inquietos e impacientes. – Você não iria querer se lembrar da *sua* se pudesse? De que outra forma poderia fazer uma engenharia reversa de si mesmo e se transformar em algo novo?

– Algo novo?

– É claro, seu defunto burro. – Ele olha pela mira e faz uma varredura pela sala, hesitando um pouco ao passar por Berg. – Existem milhares de tipos de vidas e outros milhares de tipos de morte no espectro metafísico e metafórico. Você não quer ficar morto pelo resto da vida, quer?

– Bom, não...

– Então relaxa e me deixe fazer o que tenho que fazer.

Engulo o pedaço que está em minha boca e respondo:

– Tudo bem...

• • •

... pego minha escopeta e me viro, exatamente na hora que os passos trovejantes chegam em nosso andar. A porta é arrebentada e eles entram como uma onda, grunhindo. Atiramos neles, atiramos neles e atiramos neles, mas são muitos e são *rápidos*. Fico por cima de Julie, tentando protegê-la da melhor maneira possível.

Não. Meu Deus. Não era isso o que eu queria.

De repente, um magrelo alto está atrás de mim, segurando as minhas pernas. Caio, bato a cabeça na mesa. Minha visão fica vermelha. Tudo está errado, mas quando o vermelho vai se tornando preto, ainda solto um grito exultante, um último orgasmo egoísta antes de dormir para sempre:

Finalmente. Finalmente!

E então...

• • •

– Perry. – Levo um soco nas costelas. – Perry!

– Que é?

– Não vá dormir ainda e me deixar falando sozinha.

Abro os olhos. Uma hora de sol batendo nos meus olhos fechados apagou as cores do mundo e deixou tudo meio cinza-azulado, como um antigo pôster de filme em uma locadora abandonada. Viro a cabeça e olho para ela. Ela sorri maliciosamente e me dá outro soco.

– Ah, deixa pra lá. Pode dormir.

Acima do rosto dela vejo as colunas brancas de suporte dos arcos do teto do Estádio, e acima deles, o grande céu azul. Lentamente, alterno meu foco de visão dela para o céu, deixando seu rosto virar uma sombra em frente a uma nuvem dourada, e depois retomo o foco.

– Que foi? – ela pergunta.

– Me diga algo cheio de esperança.

– Que tipo de esperança?

Sento-me, abraçando os joelhos. Olho para a cidade a nossa volta, os prédios em ruínas, as ruas vazias e o céu solitário, limpo, azul e com um silêncio mortal sem os aviões com seus desenhos brancos.

– Me diga que isso não é o fim do mundo.

Ela fica ali deitada por um minuto, olhando para o céu. E então se senta e tira um dos fones de ouvido de seu cabelo loiro emaranhado e coloca gentilmente em meu ouvido.

Sons de risos, sombras de amor estão tocando meus ouvidos abertos...

O som martelado de uma guitarra quebrada, a grandeza de uma orquestra, os oohs e aahs de um coro de estúdio e a voz cansada e atordoante de John Lennon, cantando sobre um amor sem limite e imortal. Todos que estão tocando esta música agora são ossos em uma sepultura, mas aqui estão eles, me excitando, me convidando e me chamando de novo e de novo. Isso tudo quebra algo dentro de mim e lágrimas caem de meus olhos. A verdade brilhante e a mentira inescapável sentadas lado a lado, como Julie e eu. Será que posso ter as duas coisas? Posso sobreviver neste mundo condenado e ainda amar Julie, que sonha acima disso tudo? Neste momento pelo menos, preso ao cérebro dela pelo fio branco dos fones de ouvido em nossos ouvidos, sinto que posso.

Nada vai mudar o meu mundo, Lennon canta e repete e repete. *Nada vai mudar o meu mundo*.

Julie canta em voz alta e eu canto baixinho. Ali, no teto quente e branco de um dos últimos postos de resistência da humanidade, olhamos para o nosso mundo tão vasto, sem esperança e irremediavelmente mudado e cantamos.

Nada vai mudar o meu mundo. Nada vai mudar o meu mundo.

• • •

Estou olhando para o teto do aeroporto novamente. Coloco o último pedaço do cérebro de Perry na boca e mastigo, mas nada acontece. Cuspo como se fosse uma cartilagem. A história acabou. A vida se foi.

Descubro que meus olhos estão queimando de novo, suplicando por lágrimas que meus canais lacrimais não podem mais prover. Sinto como se tivesse perdido alguém muito querido. Um irmão. Um gêmeo. Onde estará a alma dele agora, eu penso. Será que sou a vida após a morte de Perry Kelvin?

Finalmente caio novamente no sono. Estou na escuridão. As moléculas da minha mente ainda estão dispersas, e flutuo por uma espaço escuro e oleoso, tentando pegá-las como se fossem moscas. Toda vez que durmo, sei que talvez possa não acordar mais. Como alguém pode achar que vai acordar? Você joga sua pequenina e irreparável mente em um poço sem fundo, e então cruza os dedos e torce para que quando puxar a linha de pesca, ela não tenha sido devorada pelos inúmeros monstros que existem por lá. Torcendo pra conseguir puxar qualquer coisinha de volta. Talvez seja por isso que só durmo algumas horas por mês. Não quero morrer de novo. Isso tem ficado cada vez mais claro para mim recentemente, um desejo tão agudo e focado que quase não acredito que seja meu: não quero morrer. Não quero desaparecer. Quero continuar aqui.

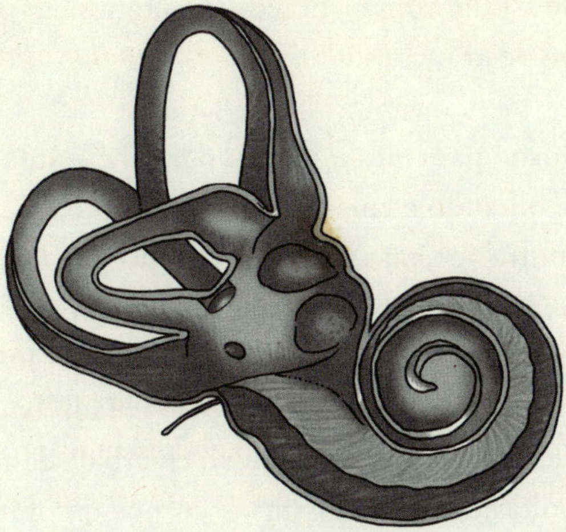

Acordo com o som de gritos.

Meus olhos se abrem rapidamente, cuspo alguns insetos da boca e me sento. O som vem de longe, mas não é da Escola. Falta o pânico lamurioso dos cadáveres que ainda respiram por lá. Reconheço o fogo desafiador desses gritos, a esperança inexorável frente a inegável falta de esperança. Fico em pé e corro o mais rápido que um zumbi já correu.

Seguindo o som dos gritos, acho Julie no portão de embarque de partidas. Ela está em um canto, cercada por seis Mortos babando. Eles vão se aproximando dela, recuam um pouco quando ela balança seu cortador de grama barulhento e fumacento, mas voltam a andar, juntos. Corro até lá e invado o círculo, derrubando-os como se fossem pinos de boliche. Bato tão forte no que está mais perto dela que os ossos da minha mão se quebram como conchas esmigalhadas. O rosto dele se afunda e ele cai. O segundo mais perto eu empurro até a parede e bato com a cabeça dele no concreto até que seu cérebro aparece e ele cai. Um deles me pega por trás e morde o meu quadril, arrancando um pedaço de carne. Estico a mão para trás, arranco o seu braço podre e então giro com força como se o braço fosse um taco de beisebol e eu fosse Babe Ruth.* A cabeça dele gira 360 graus e então cai, arrancada do corpo. Fico parado em frente a Julie com os braços levantados em posição de luta e os Mortos param de avançar.

– Julie! – eu rosno para eles e aponto para ela. – Julie!

Eles ficam me olhando e balançam para a frente e para trás.

– Julie!, falo outra vez, não tendo certeza do que mais poderia dizer. Ando até ela e coloco minha mão em seu coração. Solto o braço que usei como bastão e coloco a mão em meu coração. – Julie.

O saguão está em silêncio, a não ser pelo chiado baixo do cortador de grama de Julie. O ar está pesado com o cheiro de damasco estragado que a gasolina soltava, e noto os vários corpos decapitados que estão perto dos pés dela e que não foram obra minha e penso: *Muito bom, Julie. Você é uma dama e uma pessoa sábia.*

– Que merda... é essa? – ouço uma voz pesada grunhir atrás de mim. Uma forma alta e forte está se levantando. É o primeiro que ataquei e dei um soco na cara. E é o M. Nem o reconheci no calor do momento. Agora, com um lado do rosto afundado, está mais difícil ainda de reconhecê-lo. Ele olha para mim e passa a mão no rosto.

– Que está... fazendo, você... – A voz dele morre pela falta de outras palavras.

– Julie – falo outra vez, como se isso fosse um argumento irrefutável. Aquela palavra, um nome completo e carnudo. Ela tem o efeito de um celular brilhante e falante mostrado em uma multidão de pessoas primitivas. Todos os Mortos que sobraram, olham para Julie em total silêncio, menos M. Ele está perplexo e enraivecido.

– Viva! – ele cospe. – Comer!

Balanço a cabeça.

* Babe Ruth é considerado o melhor jogador norte-americano de beisebol, tendo jogado entre 1914 e 1935. (N. T.)

– Não.

– Comer!

– Não!

– *Comer*, caralho...

– *Ei!*

M e eu nos viramos. Julie sai de trás de mim. Ela olha para M e aumenta a rotação do motor do cortador.

– Vai se foder – ela diz, encostando um dos braços no ombro, e sinto uma picada de calor se espalhar ao seu toque.

M olha para ela, depois para mim, para ela e depois para mim de novo. Sua careta permanente está séria. Parece que estamos num impasse, mas antes que ele possa se desenvolver, o silêncio é quebrado por um rugido reverberante, como um estranho sopro de uma corneta sem ar.

Todos nos viramos para as escadas. Vigorosos esqueletos amarelados começam a aparecer, um de cada vez, vindos de outros andares. Um pequeno comitê de Ossudos emerge das escadas e se aproxima de mim e de Julie. Eles param na nossa frente e formam uma fila. Julie vai um pouco para trás, com sua coragem perdendo força diante do olhar escuro e sem olhos deles. Ela aperta o meu braço.

Um deles anda e para bem na minha frente, há apenas alguns centímetros do meu rosto. Nenhum ar sai de sua boca vazia, mas posso sentir um zumbido fraco emanando de seus ossos. Esses zumbidos não existem em mim, em M ou em qualquer dos outros Mortos carnudos, e comecei a imaginar o que exatamente poderiam ser estas criaturas secas. Não consigo mais acreditar em vodu ou algum vírus de laboratório. Isso é algo muito mais profundo e sombrio. Isso vem do espaço, das estrelas ou da desconhecida escuridão que existe por trás de tudo isso. São as sombras do porão trancado de Deus.

Eu e o demônio estamos congelados e olhando fixamente um para o outro, de dedo para dedo e de olho para órbita vazia. Não pisco, e a coisa não tem como piscar. Parece que horas se passam. E então ele faz algo que diminui um pouco o terror causado por sua presença. Ele levanta a mão e tem várias fotos de Polaroide nela, e começa a me passar, uma por uma. Vejo um senhor orgulhoso exibindo seus netos, mas a cara feia do esqueleto não parece a de um avô e as fotos estão longe de aquecerem o coração de alguém.

São fotos de uma batalha. Fileiras organizadas de soldados disparando foguetes em nós, rifles disparando com precisão, um, dois três. Cidadãos comuns com facões e serras elétricas nos cortando como se fôssemos árvores de amoras pretas, espalhando pingos de nosso líquido escuro nas lentes. Grandes pilhas de corpos frescos e mortos de novo encharcados de gasolina e acesos.

Fumaça. Sangue. Fotos de família das nossas férias no inferno.

Mas apesar dessa apresentação de slides ser inquietante, eu já tinha visto. Testemunhei os Ossudos fazendo seu show dúzias de vezes, em geral para as crianças. Eles se arrastam pelo aeroporto com suas câmeras penduradas nas vértebras, algumas vezes nos acompanhando em nossas caçadas por alimento, ficando para trás para documentar os massacres, e sempre fiquei imaginando o que eles queriam. Os objetos de desejo deles são sempre os mesmos, nunca variam: cadáveres. Batalhas. Novos convertidos. E eles mesmos. As salas de reuniões deles têm as paredes cobertas com estas fotos, do chão até o teto, e às vezes eles levam um jovem zumbi até lá e o deixam na sala durante horas, às vezes dias, apenas apreciando o trabalho deles em silêncio.

E agora este esqueleto, igual a todos os outros, vai me passando as fotos devagar e civilizadamente, confiante que as imagens falam por si só. A mensagem do sermão de hoje é bem clara: *inevitabilidade*. Os resultados binários e imutáveis de nossa interação com os Vivos.

Eles morrem/nós morremos.

Um som sai de onde seria a garganta do esqueleto, um som cheio de orgulho, censura e de justiça dura e rígida. Transmite tudo o que ele e os outros Ossudos têm a dizer, o lema e o mantra deles. Diz: *Não preciso dizer mais nada*, *As coisas são assim* e também *Se estou dizendo que são assim, é porque são assim.*

Olhando diretamente para suas órbitas vazias, deixo as fotos caírem no chão. Esfrego as mãos, uma na outra, como se quisesse tirar a sujeira delas.

O esqueleto não reage. Apenas me encara com aquele horrível olhar vazio, tão absurdamente estático que parece ter parado o tempo. O zumbido sombrio de seus ossos domina tudo, uma onda senoidal baixa com pitadas de outro som mais amargurado. Então, tão repentinamente que até me faz pular, a criatura gira e se junta aos seus companheiros. Ele solta um último som de corneta e depois os ossudos descem pela escada. Os outros Mortos se dispersam lançando olhares famintos para Julie. M é o último a partir. Ele me olha com uma cara feia e então vai embora. Julie e eu ficamos sozinhos.

Viro-me e olho para ela. Agora que a situação foi resolvida e o sangue no chão está secando, finalmente posso contemplar o que está acontecendo aqui, e em algum lugar lá no fundo do meu peito, meu coração suspira asmaticamente. Gesticulo em direção a uma placa que imagino indicar as partidas e lanço um olhar de dúvida para Julie, incapaz de esconder o ressentimento por trás dele.

Julie olha para o chão.

– Já se passaram alguns dias – ela murmura. – Você disse alguns dias.

– Queria levar... você para casa. Dizer adeus. Manter... você segura. Segura.

– Tinha que ir. Desculpe, mas eu precisava. Quer dizer, não posso *ficar* aqui. Você entende isso, né?

Sim. É claro que eu entendo.

Ela tem razão e eu sou um ridículo.

Mesmo assim...

E se talvez...

Quero fazer algo impossível. Algo surpreendente e nunca visto antes. Quero tirar a poeira da Nave Espacial e levar Julie para a Lua, colonizar o lugar, ou navegar em um navio afundado até uma ilha distante onde ninguém reclamaria da gente, ou então apenas aproveitar a magia que me leva para dentro do cérebro dos Vivos e trazer Julie para o meu, porque é acolhedor aqui, é silencioso e adorável, e aqui dentro não somos uma justaposição absurda, somos apenas perfeitos.

Ela finalmente olha nos meus olhos. Ela parece uma criança perdida, confusa e triste.

– Obrigado por, hã... me salvar. De novo.

Com um grande esforço, deixo de lado meu sonho e dou um sorriso.

– Pode contar... sempre.

Ela me abraça. Meio desajeitada a princípio, um pouco assustada e enojada, mas então se entrega ao abraço. Ela apoia a cabeça em meu pescoço gelado e me abraça apertado. Sem conseguir acreditar que aquilo está acontecendo, passos meus braços em torno dela e a abraço também.

Posso jurar que estou sentindo meu coração bater. Mas provavelmente é apenas o dela, que está pressionado contra o meu peito.

• • •

Caminhamos de volta até o 747. Nada tinha sido resolvido, mas ela aceitou adiar a fuga. Depois da confusão que causamos, pareceu prudente tentarmos não chamar atenção por um tempo. Não sei o quanto os Ossudos vão se opor à irregularidade que Julie representa, pois esta foi a primeira vez que eu os desafiei, meu caso não tem precedente.

Passamos por um corredor de conexão que fica acima do estacionamento, e os cabelos de Julie dançam com o vento que entra pelos vidros quebrados. Pequenos jardins decorativos internos foram dominados por margaridas selvagens. Julie as vê, sorri e colhe algumas. Pego uma de suas mãos e, desajeitadamente, coloco-a em seus cabelos. Ainda está com as folhas e se sobressai desajeitadamente de um dos lados da cabeça dela. Mas Julie não a tira de lá.

– Você se lembra de como era viver com pessoas? – ela pergunta enquanto andamos. – Antes de morrer?

Faço que não com a mão vagamente.

– Bom, tudo mudou. Eu tinha dez anos quando minha cidade foi invadida e fugimos para cá, por isso me lembro como era. As coisas são muito diferentes agora. Tudo ficou menor, mais cheio, barulhento e frio. – Ela faz uma pausa no fim do corredor e olha pela janela o pálido pôr do sol. – Agora estamos encurralados no Estádio sem nada pra fazer a não ser sobreviver ao fim do dia. Ninguém escreve, ninguém lê e ninguém conversa de verdade. – Ela levanta as margaridas em sua mão e cheira uma. – Não temos mais flores, apenas plantações de comida.

Olho para as janelas do lado oposto, o lado escuro do pôr do sol.

– Por nossa causa.

– Não, claro que não é por causa de vocês. Quer dizer, sim, claro, vocês também, mas não *só* por isso. Você não se lembra mesmo de como era a vida? Dos colapsos sociais e políticos? As inundações globais? As guerras, as manifestações e os bombardeios constantes? O mundo já tinha ido pro buraco antes de vocês aparecerem. Vocês foram apenas o julgamento final.

– Mas nós somos... o que está matando vocês. Agora.

Ela assente com a cabeça.

– Claro, os zumbis são a ameaça mais óbvia agora. O fato de que todo mundo que morre volta e mata mais duas pessoas... bom, isso é realmente uma matemática macabra. Mas a raiz do problema é maior que isso, ou talvez menor, mais sutil, e matar um milhão de zumbis não vai resolver, porque sempre vai haver mais.

Dois Mortos aparecem de uma curva e atacam Julie. Bato a cabeça de um no outro e os jogo no chão, imaginando se eu tinha estudado artes marciais em minha antiga vida. Parecia ser bem mais forte do que minha aparência magra sugeria.

– Meu pai não liga pra nada disso – Julie continua enquanto caminhamos pelo túnel de embarque e entramos no avião. – Ele era um general do exército quando ainda existia governo, então só pensa em localizar a ameaça, matar a ameaça e esperar pelas ordens das pessoas que vêm o quadro como um todo. Mas como o quadro se foi e as pessoas que desenhavam nele estão mortas, o que devemos fazer agora? Ninguém sabe, por isso não fazemos nada. Apenas excursões para recuperar suprimentos, matança de zumbis e expandir nossos muros mais para dentro da cidade. Basicamente, a ideia do meu pai para salvar a humanidade é construir uma grande caixa de concreto, colocar todo mundo dentro e ficar guardando a porta com armas até a gente envelhecer e morrer. – Ela senta em uma poltrona, respira fundo e depois solta o ar. A voz dela soa cansada. – Claro que ficar vivo é importante pra caralho. Mas deve ter algo mais além disso, entende?

Minha mente flutua pelos últimos dias e percebo que estou pensando em meus filhos. A imagem deles naquele saguão, brincando com um grampeador e rindo juntos. *Rindo*. Será que eu já tinha visto alguma outra criança Morta sorrir? Não me lembro. Mas, pensando neles, em seus olhares quando abraçavam minhas pernas, sinto emoções estranhas dentro de mim. Que olhar era aquele? De onde vinha? Naquele adorável filme que passava em seus rostos, qual seria a bela música que estava tocando? Em que língua era o diálogo? Será que pode ser traduzido?

A cabine no avião fica em silêncio por vários minutos. Deitada de costas, Julie está com a cabeça levantada e olha pela janela.

– Você mora em um avião, R. Isso é muito legal. Sinto falta de ver os aviões no céu. Já tinha falado pra você o quanto eu sinto falta dos aviões?

Vou até o toca discos. O LP do Sinatra ainda está ali, rodando, com a agulha no final sem nada para tocar, por isso a pego e coloco na faixa "Come Fly With *Me*".*

Julie sorri.

– Bacana!

Deito no chão e cruzo as mãos em meu peito, olho para o teto e mexo a boca repetindo as palavras da música.

– Por acaso eu já falei – Julie começa, virando a cabeça pra olhar pra mim – que apesar de ser estranho, até que está sendo legal estar aqui? Quer dizer, sem contar o fato de quase ter sido comida umas, sei lá, quatro vezes. Fazia anos que eu não tinha tanto tempo para respirar, refletir e ficar apenas olhando a paisagem da janela. E você tem uma coleção bem honesta de discos.

Ela se estica e coloca uma margarida nas minhas mãos e então solta uma risadinha. Demoro um momento para perceber que pareço um cadáver em um funeral. Me sento com um pulo, como se tivesse sido acertado por um raio e Julie começa a gargalhar. Acabo soltando um pequeno sorriso também.

– E você é a parte mais maluca disso tudo, R. Às vezes eu mal acredito que você é um zumbi. Penso que você só está usando maquiagem

---

* "Venha voar comigo". (N. T.)

de cinema. Porque quando você sorri... fica bem difícil de acreditar que é um zumbi.

Deito-me novamente e coloco as mão cruzadas atrás da cabeça. Envergonhado, mantenho meu rosto sem expressão até que Julie caia no sono. Então, aos poucos relaxo e sorrio para o teto enquanto as estrelas começam a brilhar lá fora.

• • •

No dia seguinte, ela para de respirar pesado. Ainda deitado no chão, espero pelos sons do acordar dela. O espreguiçar, o respirar fundo e os pequenos resmungos.

– R – ela diz meio sonolenta.

– Sim?

– Eles estão certo, sabia?

– Quem?

– Os esqueletos. Vi as fotos que eles mostraram. Eles estão certos sobre o que provavelmente vai acontecer.

Não falo nada.

– Um dos nossos escapou. Quando seu grupo atacou, minha amiga Nora se escondeu embaixo de uma mesa e viu você me... capturar. O pessoal da Segurança pode demorar um pouco até descobrir pra que colmeia vocês me levaram, mas vão acabar descobrindo, e meu pai virá aqui. E vai matar você.

– Já estou... morto – respondo.

– Não está não! – ela fala e se senta em sua poltrona. – É óbvio que não está.

Penso naquilo um pouco.

– Você quer... ir pra casa.

– Não – ela diz parecendo chocada. – Quer dizer, sim, claro que quero, mas... – Ela solta um suspiro de frustração. – Ah, Deus, isso não importa. Sim, tenho que ir. Senão eles virão e acabarão com você. Com todos vocês.

Fico em silêncio de novo.

– Não quero ser a responsável por isso, entende? – Ela parece estar ponderando algo enquanto fala. A voz dela sai firme, mas confusa. – Sempre me ensinaram que os zumbis eram cadáveres que andavam e que deviam ser descartados, mas... olha só você! Você é muito mais que isso, certo? E se tiver outros como você?

Meu rosto permanece inflexível.

Julie suspira.

– R... talvez você seja ingênuo o bastante pra achar que se sacrificar é romântico, mas e o resto das pessoas aqui? E seus filhos, você não pensa neles?

Julie está levando minha mente até ruas que ela raramente iria. Durante os meses ou anos desde que estou aqui, nunca pensei nessas criaturas andando à minha volta como pessoas. Humanos sim, mas não como pessoas. Nós comemos, dormimos e andamos pela neblina em uma maratona cinzenta e sombria que não tem linha de chegada, medalhas e nem espectadores. Nenhum dos moradores do aeroporto pareceu se importar quando eu matei quatro de nós hoje. Nós nos vemos do mesmo jeito que enxergamos os Vivos, como carne. Sem nomes, sem rostos, descartáveis. Mas Julie tem razão. Tenho pensamentos. Tenho uma espécie de alma, mesmo que seja murcha e impotente. Talvez os outros tenham também. Talvez exista algo que valha a pena ser resgatado.

– Tem razão – digo. – Você precisa... partir.

Ela assente com a cabeça em silêncio.

– Mas vou... com você.

Ela ri alto.

– Para o Estádio? Você ficou louco, R?

Faço que não com a cabeça.

– Certo, então vamos falar sobre isso então. Você é um zumbi. Bem preservado e charmoso, é verdade, mas ainda assim um zumbi. E adivinha o que todos lá no Estádio, todos com mais de dez anos, treinam para fazer sete dias por semana?

Não falo nada.

– Exatamente. Matar zumbis. Então, se é que ainda não ficou claro, você não pode ir comigo, senão eles vão te matar!

Estralo a mandíbula.

– E daí?

Ela deita a cabeça e seu sarcasmo se dissolve. A voz dela se torna provocativa.

– Como assim “e daí?” Você *quer* morrer? De *verdade*?

Dou de ombros por reflexo, pois isso foi minha resposta para tudo durante muito tempo. Mas enquanto estou ali, deitado no chão, com os olhos dela me olhando cheios de preocupação, me lembro da sensação que me invadiu no momento que acordei ontem, uma sensação de “Não!” e “Sim!”. Aquela sensação contra o dar de ombros.

– Não – eu falo para o teto. – Não quero morrer ainda.

E enquanto digo isso, percebo que quebrei meu recorde de sílabas.

Julie assente.

– Que bom.

Respiro fundo e fico em pé.

– Preciso... pensar – falo, evitando olhar nos olhos dela. – Volto... logo. Tranque a... porta.

Saio do avião e os olhos dela me seguem.

• • •

Todos começaram a olhar para mim. Sempre fui um estranho aqui no aeroporto, mas agora minha mística cresceu e se intensificou como vinho do Porto. Quando entro em uma sala, todos param de se mexer e ficam me olhando, mas a expressão em seus rostos não é totalmente inflexível. Há um toque de fascinação incrustado na reprovação deles.

Encontro M estudando seu reflexo na janela do saguão de entrada, colocando os dedos na boca e cutucando. Acho que está tentando fazer o afundado de seu rosto voltar ao normal.

– Oi – falo, parado a uma distância segura. Ele me dá uma olhadela e então volta a olhar a janela. Ele dá um puxão firme na parte de cima de sua mandíbula e ela volta ao lugar com um estalo alto. Ele se vira para mim e sorri. – Como... ficou?

Agito minha mão sem me comprometer muito. Metade de seu rosto parece normal, mas a outra metade ainda está um pouco... côncava.

Ele suspira e olha novamente para a janela.

– Má... notícia para as mulheres.

Sorrio. Mesmo sendo muito diferente de mim, tenho que dar um crédito a M. Ele é o único zumbi que encontrei que conseguiu manter um certo senso de humor. E vale a pena notar que ele falou quatro sílabas sem uma pausa, igualando meu antigo recorde.

– Desculpe – falo para ele. – Por... isso.

Ele não responde.

– Podemos falar... um minuto

Ele hesita e então dá de ombros e me segue até as cadeiras mais próximas. Sentamos em um Starbucks escuro e morto. Duas xícaras de expressos mofados estão na mesa, abandonados há muito tempo por dois amigos, colegas de trabalho, ou duas pessoas que se conheceram neste terminal e perceberam que tinham o mesmo gosto para cérebros.

– Desculpe... mesmo – falo. – Irri... tado. Ultima... mente.

M levanta uma sobrancelha.

– Que... acontece... com você?

– Não... sei.

– Trouxe... garota Viva?

– Sim.

– Ficou... louco?

– Talvez.

– E como... é?

– O que?

– Sexo... Vivo?

Lanço um olhar de aviso a ele.

– Ela é... gostosa. – Eu come...

– Cala a boca.

Ele dá risada.

– Tô... zoando.

– Não é... isso. – Não só... isso.

– O que... é?

Hesito sem saber exatamente a resposta. – É mais.

O rosto dele fica muito sério. – O quê?... Amor?

Penso nisso e não encontro outra resposta a não ser um dar de ombros. Por isso dou de ombros e tento não sorrir.

M joga a cabeça para trás e faz sua melhor imitação de uma gargalhada. Então, bate no meu ombro.

– Meu... garoto! Está... apaixonado! Há!

– Vou embora... com ela – conto a ele.

– Pra... onde?

– Levar... pra casa.

– O Estádio?

Faço que sim com a cabeça.

– Manter... ela segura.

M pensa naquilo e me olha com preocupação preenchendo seu rosto machucado.

– Eu... sei – suspiro para ele.

M cruza os braços.

– O que... acontece... com você? – ele pergunta de novo.

E, mais uma vez, não tenho resposta e apenas dou de ombros.

– Você... bem?

– Mudando.

Ele assente com a cabeça sem muita certeza e me contorço sob seus olhos examinadores. Não estou acostumado a ter conversas profundas com M, nem com nenhum dos outros Mortos. Rodo a xícara de café com os dedos e estudo o conteúdo verde dela.

– Quando... descobrir... – M diz no tom mais sério que já o ouvi falar – me conte. Nos... conte.

Espero ele transformar aquilo em uma piada ou uma sacada inteligente, mas isso não acontece. Ele está sendo sincero.

– Pode deixar – digo a ele, dou um tapa em seu ombro e me levanto. Enquanto vou embora, ele me lança o mesmo olhar estranho que tenho recebido dos outros Mortos. Aquela mistura de confusão, medo e uma fraca esperança.

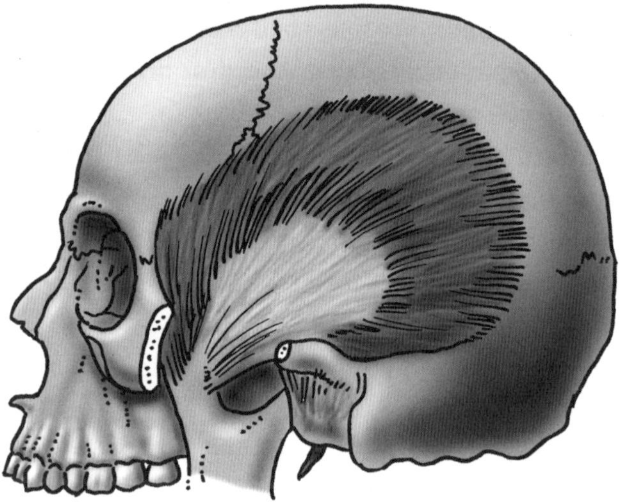

A cena de Julie e eu saindo do aeroporto é uma mistura de marcha nupcial e fila de bufê. Os Mortos estão enfileirados nos saguões e corredores para nos ver passar. Todos eles estão ali e parecem inquietos, agitados e claramente adorariam devorar Julie, mas não se mexem ou emitem nenhum som. Mesmo com os protestos de Julie, peço a M para nos escoltar até lá fora. Ele nos segue alguns passos atrás, grande e vigilante, vigiando a multidão como se fosse um agente do Serviço Secreto.

O silêncio anormal de um lugar cheio de pessoas que não respiram é surreal. Quase posso ouvir o coração de Julie batendo. Ela está tentando andar ereta e parecer descolada, mas o esforço em seus olhos a está traindo.

– Tem certeza disso? – ela sussurra.

– Tenho.

– Tem tipo, sei lá... centenas deles.

– Manter você segura.

– Sim, sim, segura, como eu fui esquecer. – A voz dela vai ficando mais fraca. – Falando sério, R, vi você detonando alguns deles, mas se alguém resolver tocar a campainha do jantar agora, vou virar sushi.

– Não farão nada – respondo com uma surpreendente dose de confiança. – Somos... novidade. Nunca... viram antes. Olhe pra eles.

Ela presta atenção aos rostos que nos cercam e vê o que falei. Uma estranha ordem é a reação que eles tem em relação à anomalia que representamos. Sei que vão nos deixar passar, mas Julie não parece convencida. Um chiado estranho surge em sua respiração. Ela fuça em sua bolsa e pega uma bombinha, inala aquilo uma vez pela boca e continua com o inalador em posição, enquanto seus olhos continuam examinando tudo.

– Vão... ficar bem. – M acrescenta em sua voz baixa e rouca.

Ela solta o ar e vira a cabeça para olhar para ele.

– Ninguém perguntou merda nenhuma pra você, seu saco de carne podre! Devia ter cortado você ao meio ontem.

M ri e levanta uma das sobrancelhas.

– Pegou... uma bem viva... R.

Continuamos sem sobressaltos até o portão de desembarque. Quando saímos ao ar livre, sinto um zunido nervoso no estômago. Primeiro penso que é o medo sempre presente do céu aberto, espalhado sobre nós agora com sobras cinzas e púrpuras, com nuvens altas carregadas de trovões. Mas não é o céu. Eu ouço o som. Aquele tom baixo, quase um gorjeio, como um barítono louco cantando canções de ninar. Não sei se é porque estou mais ligado nele ou se porque está realmente muito alto, mas ouço antes mesmo dos Ossudos aparecerem.

– Ah, merda, fodeu! – Julie sussurra para si mesma.

Eles marcham para os dois cantos da saída e formam linhas na nossa frente. É o maior número que já vi num só lugar. Nem tinha ideia de que havia tantos deles assim, pelo menos não ali no aeroporto.

– Problema – M diz. – Parecem... putos.

Ele tem razão. Tem algo diferente no comportamento deles. A linguagem corporal parece mais dura, se é que isso é possível. Ontem eles eram juízes interferindo para rever um caso. Hoje são o júri que vai anunciar a sentença. Ou talvez sejam os executores que vão executar a sentença.

– Partindo! – grito pra eles. – Levando de volta! Senão eles... virão aqui!

Os esqueletos não se mexem nem respondem. Seus ossos se harmonizam em um estranho tipo de chave.

– O que... vocês querem? – pergunto.

A primeira fileira inteira levanta os braços ao mesmo tempo e apontam para Julie. Penso no quão errado é aquilo, como aquelas criaturas são fundamentalmente diferentes do resto de nós. Os Mortos estão a deriva em um enevoado mar de tédio. Eles não fazem coisas em uníssono.

– Levando ela de volta! – grito mais alto, falhando na minha tentativa de um diálogo razoável.– Se... matar ela... eles virão aqui. Matar... a gente!

Não há hesitação ou tempo para pensar em nada do que eu disse. A resposta deles é pré-determinada e imediata. Outra vez em sincronia, como monges demoníacos cantando versos satânicos, eles emitem aquele barulho da cavidade em seus peitos. Um canto de galo orgulhoso e de convicção inabalável, e apesar de não haver uma letra, entendo perfeitamente o que quer dizer:

Não precisa falar.
Não precisa ouvir.
Os fatos já são conhecidos.
Ela não vai partir.
Nós vamos matá-la.
Pois é como as coisas são.
Sempre foram.
Sempre serão.

Olho para Julie e ela está tremendo. Aperto a mão dela e olho para M, que assente com a cabeça.

Com o fluxo sanguíneo quente dela invadindo meus dedos gelados, começo a correr.

Viramos para a direita tentando escapar pelo canto do pelotão de Ossudos. Então eles se movem ruidosamente para a frente, tentando bloquear meu caminho, M passa por mim e corre com sua enorme massa pra cima do grupo que estava mais perto, derrubando-os em uma pilha de ossos misturados e enganchados. Uma explosão violenta daquele som de corneta deles corta o ar.

– O que está fazendo? – Julie me pergunta enquanto a arrasto comigo. Incrivelmente estou correndo mais do que ela.

– Manter você se...

– Nem pense em falar "manter você segura"! – ela guincha para mim. – Isso é o mais longe de estar segura que eu já...

Ela grita quando uma mão sem pele encosta em seu ombro e a segura. A criatura abre a boca e está pronta pra cravar seus dentes afiados no pescoço dela, mas pego a criatura pela espinha, arranco-a de Julie e jogo com toda a força no chão de concreto, mas não há impacto nem ossos quebrados. A coisa parece quase flutuar, desafiando a gravidade. Suas costelas mal tocam o chão antes que se levante de novo e avance contra o meu rosto, como se fosse um terrível inseto imortal.

– M – grito roucamente enquanto a coisa segura minha garganta. – Ajude-me!

M está ocupado tentando arrancar esqueletos de seus braços, pernas e costas, mas parece estar se saindo bem devido ao seu tamanho avantajado. Enquanto luto para manter os dedos do esqueleto longe dos meus olhos, M se arrasta até onde estou, arranca-o de mim e depois joga o esqueleto em cima de outros três que estavam tentando pegá-lo pelas costas.

– Vá – ele grita e me empurra para a frente. Depois para, vira e fica frente a frente com nossos perseguidores. Pego Julie pela mão e arranco com ela em direção ao nosso objetivo. E finalmente ela o vê. O Mercedes.

– Aah! – ela ofega. – Muito bem!

Pulamos para dentro do carro e viro a chave na ignição o mais rápido que consigo.

Ah, Mercedes... – ela fala e acaricia o painel do carro como se fosse um animal de estimação querido. – Estou tão feliz em ver você.

Engato a marcha, piso no acelerador e o carro anda. Não sei como, mas tudo parecia muito fácil naquele momento.

M desistiu de lutar e agora corre pra se salvar com uma multidão de esqueletos em sua cola. Centenas de zumbis assistem àquela cena do lado de fora da área de desembarque, todos em silêncio. O que estão pensando? Será que estão pensando? Será que existe uma chance de estarem formulando uma reação ao evento que se desenrola a sua frente? Esta explosão de anarquia no estado pré-aprovado que programa suas vidas?

M corre pela rua e atravessa bem em frente à nossa rota de fuga, então piso fundo no acelerador. M passa por nós, Ossudos começam a passar pela gente, e então 250 quilos de engenharia alemã explodem em seus corpos ossudos e frágeis. Eles se despedaçam, com membros voando para todos os lados. Dois ossos de perna, três mãos e meio crânio caem dentro do carro, vibrando e se revirando nos bancos, soltando suspiros secos e zumbidos como os de insetos. Julie os joga pra fora do carro e limpa as mãos freneticamente na blusa, tremendo de nojo e choramingando:

– Ai, meu Deus! Ai, meu Deus.

Mas estamos salvos. Julie está segura. Nosso motor ronca enquanto passamos pelos portões em direção às estradas e para o mundo lá fora. Nuvens negras de chuva vão nos cobrindo. Olho para Julie e ela olha para mim. Nós dois sorrimos quando os primeiros pingos de chuva começam a cair.

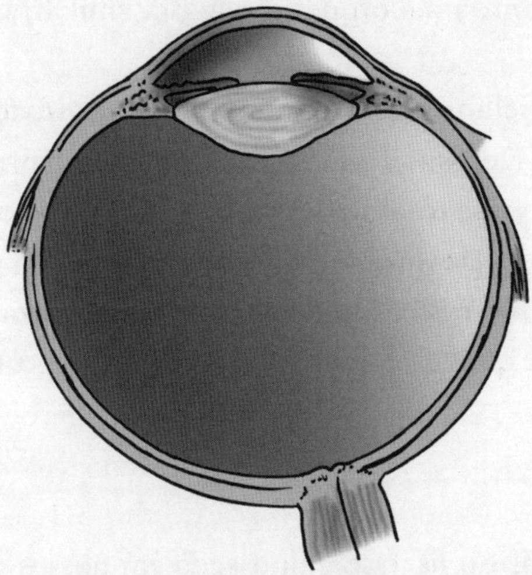

Dez minutos depois a tempestade já cai pra valer e estamos ficando ensopados. Um conversível não foi uma boa escolha para um dia como aquele. Nenhum de nós consegue descobrir como fechar a capota, por isso dirigimos em silêncio enquanto ondas pesadas de chuva batem em nossas cabeças. Mas não reclamamos. Tentamos manter o otimismo.

Sabe onde está indo? – Julie pergunta depois de uns vinte minutos. Seu cabelo está todo empapado no rosto.

– Sei – respondo, olhando para a estrada e para o horizonte cinza-escuro.

– Tem certeza? É que tive uma ideia.

– Tenho... certeza.

Prefiro não explicar como conheço tão bem o caminho entre o aeroporto e a cidade. É a nossa rota da caçada. Tá, claro que ela sabe o que sou e o que fazemos, mas não preciso ficar lembrando, né? Não podemos simplesmente dar um passeio de carro divertido e esquecer de certas coisas por enquanto? Nos recantos ensolarados da minha imaginação, não somos uma adolescente e um morto-vivo andando de carro sob a chuva. Somos Frank e Ava, cruzando as estradas arborizadas dos Estados Unidos enquanto uma orquestra em um vinil arranhado toca nossa trilha sonora.

– Talvez seja melhor a gente parar e pedir informação.

Olho pra ela. Depois olho em volta para os bairros desintegrados que nos cercam, quase totalmente escuros ao anoitecer.

Brincadeirinha! – ela diz, com os olhos aparecendo por entre os cabelos molhados em seu rosto. Ela deita no banco e cruza as mãos atrás da cabeça. – Me avise quando quiser trocar. Você dirige como uma velhinha.

• • •

A chuva que cai vai ficando empossada em nossos pés e percebo que Julie está tremendo um pouco. É uma noite quente de primavera, mas ela está ensopada e a cabine do velho conversível é um túnel de vento. Pego a saída seguinte da estrada e entramos em um silencioso cemitério de casas de subúrbio. Julie me olha com dúvida. Posso ouvir seus dentes batendo.

Dirijo devagar pelas casas, procurando um bom lugar para passarmos a noite. Acabo parando em uma pequena rua sem saída, ao lado de um Plymouth Voyager enferrujado. Pego Julie pela mão e a levo até a casa mais próxima. A porta está trancada, mas sua madeira podre cede facilmente com um chute. Entramos no aconchegante e relativamente aquecido lar de uma família morta faz tempo. Há velhas lanternas Coleman espalhadas pela casa e, quando Julie as liga, passamos a ter uma iluminação frágil, típica de um acampamento, mas que é estranhamente reconfortante. Ela anda pela cozinha e a sala, examinando brinquedos, pratos e pilhas de revistas. Ela pega um urso coala de pelúcia e olha nos olhos dele.

– Lar, doce lar – ela murmura.

Depois, pega sua mochila, tira uma Polaroide de lá, aponta para mim e bate uma foto. O flash incomoda um pouco em um ambiente tão escuro. Ela ri da minha expressão de surpresa e levanta a câmera para me mostrar.

– Parece familiar? Roubei da sala dos esqueletos ontem de manhã. – Ela me entrega a foto que acabou de sair da máquina. – É importante preservar as memórias, sabia? Especialmente agora que o mundo está caminhando para o fim. – Ela põe o olho no visor e vai girando devagar, olhando a sala toda. – Tudo que você vê, pode estar vendo pela última vez.

Chacoalho a foto em minha mão e uma imagem meio fantasmagórica começa a aparecer. Sou eu, R, o cadáver que pensa que está vivo, olhando para mim com seus olhos cinza-estanho arregalados. Julie me dá a câmera.

– Você precisa tirar fotos o tempo todo. Se não tiver uma câmera, use sua cabeça. Memórias que você captura de propósito são sempre mais vivas do que as que se captura por acidente. – Ela faz uma pose e diz: – Xísss!

Tiro uma foto dela. Quando sai da câmera, ela estica a mão para pegar, mas puxo mais rápido e escondo atrás de mim. Dou a minha para ela, que vira os olhos. Julie pega a foto e a estuda, colocando a cabeça de lado. – Sua compleição parece melhor. A chuva deve ter limpado você um pouco.

Ela baixa a foto e olha para mim por um momento.

– Porque seus olhos são assim?

Olho para ela sem entender.

– Assim... como?

– Dessa cor cinza estranha, diferente. Não parece nada com os olhos dos cadáveres, não são enevoados nem nada parecido. Porque são assim?

Penso um pouco naquilo.

– Não sei. Acontece na... conversão.

Ela me olha tão profundamente que desvio o olhar.

– É um pouco assustador – Ela fala. – Parece quase... sobrenatural. Eles mudam de cor? Quando você mata alguém, por exemplo?

Tento não suspirar.

– Acho que... está pensando... em vampiros.

– Ah, é mesmo. – Ela dá uma risadinha e sacode a cabeça. – Pelo menos eles não viraram reais ainda. Temos monstros demais pra nos preocuparmos hoje em dia.

Antes que eu possa ficar ofendido, ela olha para mim e sorri. – De qualquer forma... gosto deles. Dos seus olhos. Eles são bem bonitos. Assustadores... mas bonitos.

Provavelmente é o melhor elogio que já recebi em minha vida de Morto. Ignorando meu olhar idiota que a segue, Julie caminha pela casa e cantarola algo para si mesma.

• • •

A tempestade continua caindo lá fora, com alguns raios e trovões ocasionais. Fico feliz de nossa casa estar com todas as janelas intactas. Vejo alguns cadáveres e cérebros nos jardins das casas vizinhas, mas prefiro imaginar que nossos anfitriões escaparam com vida. Eles conseguiram chegar em um dos Estádios ou talvez até num paraíso fechado nas montanhas, com um coro angelical cantando por trás de belos portões de titânio perolado...

Sento-me na sala ouvindo a chuva enquanto Julie examina a casa. Depois de um tempo ela volta carregando um monte de roupas secas e as joga no sofá. Ela segura uma calça jeans uns dez números maior que o dela.

– O que acha? – pergunta, esticando a cintura em volta de seu corpo todo. – Pareço gorda com isso? – Depois solta e fuça na pilha, tirando o que parece ser um vestido. – Posso usar isto como barraca se nos perdermos na floresta amanhã. Eles devem ter sido o banquete de um zumbi sortudo.

Faço que não com a cabeça, com uma expressão de censura no rosto.

– Ué, vocês não comem pessoas gordas?

– Gordura... não viva. É desperdício. Precisamos... carne.

Ela dá risada.

– Ah, você é um fanático por sons clássicos e um esnobe na hora de comer! Jesus! – Ela coloca as roupas de lado e respira fundo. – Nossa, estou exausta. A cama não está muito ruim. Vou dormir.

Recosto-me no sofá, me ajeitando pra uma longa noite solitária, apenas com meus pensamentos. Mas Julie não vai embora, apenas fica parada na porta do quarto me olhando, por um minuto inteiro. Já vi esse olhar antes e me preparo para o que está por vir.

– R... – ela começa. – Você... precisa comer as pessoas?

Suspiro por dentro, muito cansado dessas perguntas horríveis, mas um monstro não tem direito a privacidade, certo?

– Sim.

– Senão você morre?

– Sim.

– Mas você não me comeu.

Hesito.

– Você me salvou. Umas três vezes.

Faço que sim com a cabeça.

– E você não comeu mais ninguém depois disso, certo?

Faço uma careta me concentrando, pensando nos últimos dias. Ela tem razão. Sem contar os pedacinhos de cérebro aqui e ali, estou em celibato gastronômico desde que a conheci.

Um meio sorriso conhecido aparece no rosto dela.

– Você está meio que... mudando, né?

Pra variar, não sei o que ela quer dizer.

– Bom, boa noite – ela diz e fecha a porta do quarto.

Fico ali deitado no sofá, olhando para o teto manchado que parecia um queijo cottage.

– O que... acontece... com você? – M me perguntou no Starbucks do aeroporto. – Está... bem?

– Sim. estou bem. Apenas... mudando.

– Como pode mudar? Se todos começamos em branco, no mesmo estado, o que faz você diferente?

– Talvez não estejamos em branco. Talvez os pedaços de nossas velhas vidas ainda nos moldem.

– Mas não lembramos daquelas vidas e não conseguimos ler nossos diários.

– Não interessa. Estamos onde estamos, independente de como chegamos aqui. O que importa é para onde vamos a seguir.

– Mas nós podemos escolher?

– *Não sei.*

– *Somos Mortos. Será que podemos escolher alguma coisa?*

– *Talvez. Se quisermos muito.*

A chuva batendo no telhado. O ranger de madeiras velhas. O roçar do tecido velho das almofadas nos buracos da minha camisa. Estou ocupado buscando na minha memória pós-morte qual a última vez que fiquei tanto tempo sem comer quando percebo que Julie está de novo na porta do quarto. Seus braços estão cruzados e ela encosta o quadril na lateral do batente. Ela bate o pé ansiosamente no chão.

– Que foi? – pergunto.

– Bom... – ela começa. – Estava pensando que a cama é enorme. Então pensei que, se você quiser... não ligo se dormir lá também. – Levanto um pouco minhas sobrancelhas. O rosto dela fica vermelho. – Olha, só tô dizendo que... só quero dizer que não ligo que você fique com um lado da cama. O quarto é meio assustador, sabia? Não quero que o fantasma da Sra. Espadilha acabe comigo enquanto durmo. E considerando que não tomo banho faz uma semana, seu cheiro não é tão pior do que o meu, talvez um cheiro cancele o outro. – Ela levanta um dos ombros como que dizendo *tanto faz*, se vira e desaparece para dentro do quarto.

Espero alguns minutos. Então, sem a menor certeza do que estou fazendo, me levanto e entro no quarto. Ela já está deitada em posição fetal, bem enrolada com os cobertores. Deito bem devagar no outro extremo da cama. Os cobertores estão todos do lado dela, mas eu não preciso ficar aquecido, é claro. Estou sempre à temperatura ambiente.

Apesar da pilha luxuosa de edredons sobre ela, Julie ainda treme.

– Estas roupas estão... – ela resmunga e se senta na cama. – Que merda. – Ela olha para mim. – Vou tirar minhas roupas pra elas secarem. Fique tranquilo, tá bom? – De costas para mim ela tira o jeans molhado e depois arranca a camiseta por sobre a cabeça. A pele de suas costas está branco-azulada por causa do frio. Quase do mesmo tom da minha. Com seu sutiã de bolinhas e calcinha xadrez, ela pula da cama e estica suas roupas em cima da cômoda, voltando rapidamente para baixo dos cobertores, se encolhendo.

– Boa noite – ela diz.

Deito de costas com os braços cruzados e fico olhando para o teto. Nós dois estamos nos cantos da cama, com um metro e pouco entre nós. Tenho a sensação de que não é apenas nossa condição biológica que a deixa cautelosa. Vivo ou morto, viril ou impotente, ainda me pareço com um homem e ela deve pensar que agirei como um homem qualquer agiria estando deitado tão perto de uma bela garota. Talvez ela ache que vou querer algo dela. Que vou deslizar para o lado, sobre ela, e tentar consumar algo. Mas então, porque estou nesta cama? Será um teste? Pra mim ou pra ela? Que esperança estranha a compele a correr esse risco?

Ouço a respiração dela ficar mais lenta quando adormece. Depois de algumas horas, com seu medo já afastado pelos sonhos, ela se vira na cama e diminui o espaço entre nós, ficando virada para mim. Sua respiração fraca faz cócegas em minha orelha. Se ela acordasse agora, será que gritaria? Será que um dia vou conseguir explicar o quão segura ela está comigo? Não posso negar que esta proximidade desperta em mim mais do que apenas os instintos familiares de matar e comer. Mas mesmo com estes novos desejos dentro de mim, e alguns deles ficando bem intensos, tudo que quero agora é ficar apenas deitado ao lado dela. Neste momento, o máximo que eu queria era que ela encostasse a cabeça no meu peito, soltasse um suspiro de ar quente e dormisse.

Agora uma coisa estranha. Uma questão para os filósofos zumbis estudarem. O que quer dizer o meu passado ser algo em branco enquanto meu presente é algo brilhante, cheio de sons e cores? Desde que me tornei um Morto, guardo minhas novas memórias com a qualidade das velhas fitas cassete, fracas, murchas que em geral acabam esquecidas. Mas consigo me lembrar de cada hora dos últimos dias nos mínimos detalhes, e só de pensar em perder qualquer parte disso fico aterrorizado. De onde vem esse foco todo? Essa clareza? Consigo traçar uma linha sólida entre o dia em que encontrei Julie e aquele momento, ali deitado ao lado dela numa cama sepulcral. E mesmo tendo perdido ou descartado como lixo milhões de momentos da minha vida, tenho certeza absoluta de que vou me lembrar desse pelo resto da minha vida.

• • •

Em algum momento antes do amanhecer, enquanto estou ali deitado, sem nenhuma necessidade real de descansar, um sonho surge como um filme atrás dos meus olhos. Só que não é um sonho, é uma visão, nítida e brilhante demais para ter sido criada apenas pelo meu cérebro sem vida. Em geral essas memórias de segunda mão são precedidas pelo gosto de sangue e neurônios, mas não naquela noite. Fecho os olhos e a coisa simplesmente acontece, um espetáculo surpresa à meia-noite.

A cena inicial é um jantar. Uma longa mesa de metal com alguns poucos alimentos. Uma tigela de arroz. Outra de feijão. Um pão de forma de linhaça.

– Obrigado por esta comida, Senhor – diz o homem na cabeceira da mesa, com as mãos juntas em frente a ele, mas com os olhos bem abertos. – Abençoados sejam os nossos corpos. Amém.

Julie cutuca o garoto sentado ao lado dela. Ele aperta a coxa dela por baixo da mesa. O garoto é Perry Kelvin. Estou novamente dentro da cabeça dele. O cérebro dele já acabou, a vida dentro dele se evaporou e foi inalada... mas, mesmo assim, ele ainda está por aqui. Será que é um *flashback* químico? Algum pedacinho de seu cérebro ainda se dissolvendo dentro de mim? Ou é ele mesmo, ainda se segurando em algum lugar, de alguma forma, por alguma razão?

– Mas então, Perry – diz o pai de Julie –, Julie me contou que você está trabalhando em Agricultura agora.

Engulo meu arroz.

– Sim, senhor, General Grigio. Sou um...

– Não estamos no refeitório, Perry, isto é um jantar. Só Sr. Grigio já está bom.

– Certo, senhor.

Tem quatro cadeiras na mesa. O pai dela está na cabeceira e nós dois nos sentamos nas cadeiras à direita dele. A cadeira do outro lado da mesa está vazia, e o que Julie me contou à respeito de sua mãe é o seguinte: “Ela partiu quando eu tinha doze anos”. E apesar de eu já ter sondado gentilmente, ela nunca me falou mais nada, nem mesmo quando estávamos nus na minha cama, exaustos, felizes e tão vulneráveis quanto duas pessoas podem ser.

– Atualmente sou plantador – falo para o pai dela. – Mas estou pensando em tentar uma promoção. Acho que tentarei Supervisor de Colheita.

– Entendo. – Ele assente com a cabeça, pensativo. – Não é um trabalho ruim... mas fico imaginando porque não se junta ao seu pai em Construção. Tenho certeza de que ele teria lugar para mais um jovem naquele importante corredor.

– Ele me convidou mesmo, mas... não sei, acho que Construção não é o lugar certo para mim agora. Gosto de trabalhar com as plantas.

– Plantas – ele repete.

– Só acho que atualmente, nesta era, tem algo de significativo em *cultivar* coisas. O solo está tão esgotado que é difícil tirar muito dele, mas dá uma grande satisfação quando se consegue fazer aparecer um verde daquela crosta cinza.

O Sr. Grigio para de mastigar e seu rosto não mostra nenhuma expressão. Julie parece desconfortável. – Lembra daquela planta que tínhamos em nossa sala de estar da casa antiga? Aquela que parecia uma arvorezinha magrinha?

– Lembro... – o pai dela responde. – O que é que tem?

– Você amava aquela coisinha. Não finja que não liga para jardinagem.

– Aquela planta era da sua mãe.

– Mas era você que a adorava. – Ela se virou para mim. – O papai era um ótimo *designer* de interiores, acredite se quiser; ele deixou nossa antiga casa decorada como se fosse o *showroom* de uma loja de decoração, com vidros e metais modernos, coisa que minha mãe não suportava. Ela preferia que fosse tudo natural, com fibras de cânhamo e madeiras plantadas de forma sustentável...

O rosto do Sr. Grigio parecia duro. Julie não tinha notado ou simplesmente não ligava.

– ...Então, para contra-atacar, ela compra uma arvorezinha superverde, coloca em um grande vaso de vime e a ajeita bem no meio da sala de estar branca e prateada perfeita do papai.

– Não era a minha sala de estar – ele protesta. – Pelo que me lembro, votamos a respeito de cada peça de mobília e você sempre ficou do meu lado.

– Eu tinha uns oito anos e gostava de fingir que estava em uma nave espacial. Enfim, a mamãe comprou a planta e eles discutiram por uma semana, meu pai dizendo que não combinava e minha mãe falando que ou a planta ficava ou ela ia embora. – Julie hesitou por um momento. O rosto de seu pai se endurece ainda mais. – Aquilo, hã, durou um tempinho, mas como minha mãe continuava sendo a mesma, logo ficou obcecada por outra coisa e parou de regar a planta. Quando ela começou a morrer, adivinha quem adotou a pobrezinha?

– Não podia ter uma pequena árvore morta como peça de centro da nossa sala. Alguém tinha que cuidar dela.

– Você a regava todos os dias, pai. E colocava adubo e a podava.

– Sim, Julie, é assim que você mantém uma planta viva.

– Porque não pode admitir que amava aquela planta estúpida, pai? – Ela olha para ele com um misto de surpresa e frustração. – Não entendo. O que tem de tão errado nisso?

– Porque é absurdo – ele diz, e o humor ali muda repentinamente. – Você pode aguar e podar uma planta, mas não "amar" uma planta.

Julie abre a boca para falar algo, mas logo a fecha de novo.

– É uma decoração sem sentido. Ela fica ali consumindo tempo e recursos e então, um dia, decide morrer, independentemente de quanto você a regou. É absurdo ligar uma emoção a algo tão sem sentido e breve.

Houve alguns longos segundos de silêncio. Julie desvia o olhar do pai e dá uma garfada em seu arroz.

– De qualquer forma, Perry – ela murmura –, a questão é que meu pai costumava ser jardineiro. Então vocês podem trocar histórias de jardinagem.

– Eu me interesso por muitas outras coisas além de jardinagem – comento, torcendo para conseguir mudar de assunto.

– É mesmo? – Grigio diz.

– Claro, motocicletas, por exemplo. Achei uma BMW R 1200 R um tempo atrás e estou trabalhando para deixá-la à prova de balas e pronta para o combate, se por acaso precisar.

– Você tem experiência em mecânica. Isso é bom. Estamos com falta de mecânicos em Armamentos.

Julie vira os olhos e empurra uns feijões para a boca.

– Também tenho passado bastante tempo nos treinamentos de tiro. Tenho pedido trabalhos extras na escola e me dei muito bem com a M40.

– Ei, Perry – Julie diz – porque não conta ao meu pai sobre seus outros planos? Por exemplo, que sempre quis...

Piso no pé dela. Julie me dá uma olhadela.

– Sempre quis o quê? – o pai dela pergunta.

– Eu não... não é bem... – Tomo um gole de água. – Ainda não tenho certeza, senhor, sendo bem honesto. Ainda não tenho certeza do que quero fazer na vida. Mas tenho certeza de que já saberei quando começar o ensino médio.

O que você ia dizer? R pensa em voz alta, interrompendo a cena de novo, e sinto um abandono quando trocamos de novo de lugar. Perry olha para ele – para mim – com uma careta.

– Poxa vida, morto-vivo, agora não. Esta é a primeira vez que me encontro com o pai de Julie e a coisa não está indo bem. Preciso de foco.

– Está indo tudo bem – Julie diz a Perry. – Meu pai anda assim mesmo ultimamente, eu já tinha avisado.

– É bom prestar atenção – Perry fala para mim. Talvez você também tenha que se encontrar com ele um dia e vai ter muito mais dificuldade em conseguir a aprovação dele do que eu.

Julie passa a mão no cabelo dele.

– Ah, amor, não vamos falar do presente, senão fico me sentindo excluída do papo.

Ele suspira.

– Tá, tudo bem. Esta época foi bem melhor mesmo. Acabei virando uma estrela de nêutrons quando cresci.

Desculpe ter matado você, Perry. Não é como se eu quisesse fazer isso, é apenas...

– Deixa pra lá, defunto, eu entendo. Naquele momento eu meio que queria isso mesmo.

– Aposto que ainda sinto a sua falta quando penso em momentos como este – Julie fala melancolicamente. – Você era um cara legal, antes de meu pai pôr as garras dele em você.

– Tome conta dela, tá bom? – Perry sussurra para mim. – Ela já passou por muita coisa difícil. Mantenha a Julie segura.

Pode deixar.

O Sr. Grigio limpa a garganta.

– Começaria a planejar agora, se fosse você, Perry. Com suas habilidades, devia considerar fazer o treinamento em Segurança. Coisas verdes saindo da terra são bacanas e tal, mas não precisamos exclusivamente de frutas e verduras. Humanos podem viver de Carboteína por até um ano antes da fadiga celular começar a se manifestar. O mais importante é nos mantermos vivos, e é isso que fazemos na área de Segurança.

Julie puxa Perry pelo braço.

– Ah, tenha dó, precisamos mesmo ouvir tudo isso de novo?

– Nem – Perry responde. – Já temos bastante medo e fatalismo atualmente. Vamos pra algum lugar legal.

• • •

Agora estamos na praia. Não uma de verdade, claro, daquelas formadas milenarmente pelo movimento do oceano – essas estão debaixo d'água atualmente. Estamos em uma jovem praia de uma cidade portuária recém-inundada. Pequenos pedaços de areia aparecem entre os pedaços quebrados de calçada. Postes de luz ficam com o topo pra fora d'água e alguns ainda estão com as luzes acesas na escuridão do entardecer, criando círculos alaranjados nas ondas.

– Certo – Julie começa, jogando um graveto na água. – Hora das perguntas. O que você quer fazer da vida?

– Ah, oi, Sr. Grigio – eu murmuro, sentando ao lado de Julie em uma madeira que já tinha sido um poste telefônico.

Ela me ignora. – Você primeiro, Nora. E não quero saber o que acha que vai acabar fazendo, mas sim o que vocês realmente querem.

Nora está sentada na areia em frente à tora, brincando com uns pedaços de madeira e segurando um baseado aceso entre o seu dedo do meio e o pedaço que sobrou do dedo anelar, que vai até a primeira junta. Seus olhos são cor de terra marrom, sua pele parece um café cremoso.

– Talvez enfermagem – ela começa. – Curar pessoas, salvar vidas... talvez trabalhar em uma cura? Seria algo que eu gostaria de fazer.

– Enfermeira Nora – Julie diz com um sorriso. – Parece nome de seriado de TV.

– Porque enfermeira e não médica? – eu pergunto.

– Ah, claro. Sete anos de faculdade? Duvido que a civilização dure tanto tempo assim – ela comenta de forma irônica.

– Vai durar sim – responde Julie. – Não fale assim. E não tem nada de errado em ser enfermeira. E é uma profissão bem sexy!

Nora sorri, puxa de leve seus cachos negros encaracolados e então olha para mim.

– Porque falou em médico, Perryzinho? É o seu sonho?

Faço que não enfaticamente com a cabeça.

– Já vi sangue e tripas o suficiente pra minha vida toda, obrigado.

– O que quer então?

– Gosto de escrever – falo como uma confissão. – Então... acho que quero ser escritor.

Julie sorri. Nora inclina a cabeça.

– Jura? As pessoas ainda fazem isso?

– Isso o quê? Escrever?

– O que quero saber é se, tipo, ainda existe um indústria de livros?

Dou de ombros.

– Bom... não, não tem. Não tinha pensado nisso, Nora.

– Eu só estava...

– Sei, mas você tem razão. É idiota demais até mesmo pra um simples sonho. O Coronel Rosso diz que apenas trinta por cento das cidades do mundo ainda existem, então a menos que os zumbis aprendam a ler... não é uma boa época para se entrar no mundo da literatura. Provavelmente vou acabar trabalhado em Segurança.

– Cala essa boca, Perry – Julie fala e dá um soco no meu ombro. – As pessoas ainda leem.

– É mesmo? – Nora pergunta.

– Bom, eu leio. Quem liga se há ou não uma indústria por trás da parada? Se as pessoas estão ocupadas demais construindo coisas ou atirando em coisas, elas que se danem. Escreva em um caderno e me dê. Vou ler.

– Um livro inteiro pra uma pessoa só – Nora fala olhando para mim. – Será que valeria a pena?

Julie responde por mim.

– No mínimo os pensamentos sairiam da cabeça dele, né? E pelo menos alguém os veria. Acho que seria algo lindo, como ter um pedacinho do cérebro dele. – Ela olha pra mim de propósito. – Me dá um pedacinho do seu cérebro, Perry? Quero experimentar.

– Nossa! – Nora diz rindo. – Será que vocês querem ficar a sós?

Passo o braço em torno dos ombros de Julie e dou um sorriso "cansado do mundo" que aperfeiçoei recentemente.

– Ah, minha garotinha! – Eu a abraço forte e ela faz uma careta.

– E você, Ju? – Nora pergunta. – Qual é o seu sonho?

– Quero ser professora. – Ela respira fundo. – E pintora, cantora e poetisa. E piloto. E... –

Nora sorri. E eu reviro os olhos, mas só internamente. Nora passa o baseado para Julie, que dá uma pequena tragada e o oferece para mim. Faço que não com a cabeça, não curto. Então ficamos um tempo admirando a água cintilante, três crianças no mesmo tronco, admirando o mesmo pôr do sol, pensando em coisas bem diferentes enquanto gaivotas brancas preenchem o ar com seus gritos fúnebres.

Você vai fazer essas coisas, R murmura para Julie, e então eu e ele trocamos novamente de lugar. Julie olha para cima para me ver, o cadáver nas nuvens, flutuando sobre o oceano como um espírito que vaga. Ela me dá um sorriso radiante, e sei que não é ela de verdade, sei que nada do que eu disser aqui sairá do confinamento do meu crânio, mas falo do mesmo jeito. *Você será alta, forte e uma pessoa brilhante. Você vai viver para sempre e vai mudar o mundo.*

– Obrigado, R – ela diz. – Você é tão fofo. Acha que vai conseguir me deixar partir quando chegar a hora? Acha que vai conseguir dizer adeus?

Engulo em seco. *Vou precisar fazer isso?*

Julie dá de ombros, sorrindo inocentemente, ela sussurra:

– Não sei.

• • •

Pela manhã, a tempestade já tinha passado. Estou deitado de costas em uma cama ao lado de Julie. Um afiado raio de sol corta a poeira do ar formando uma piscina de luz branca sobre a forma amontoada de Julie, que ainda está embrulhada em cobertores. Levanto-me e vou até a varanda. O sol da primavera pinta a vizinhança de branco e o único som é o de quintais enferrujados chacoalhando com o vento. A dura pergunta do sonho continua ecoando em minha mente. Não quero encarar aquilo, mas percebo que isso vai se acabar em breve. Vou devolvê-la à casa de seu pai umas nove horas e pronto. O portão vai se fechar e me arrastarei de volta para casa. *Será que vou conseguir me esquecer dela?* Nunca me fiz uma pergunta tão difícil. Um mês atrás, não tinha nada no mundo de que eu gostasse, sentisse falta ou desejasse. Sabia que poderia perder tudo e não sentir nada, e aproveitava aquela facilidade para ficar tranquilo. Mas estou ficando cansado de coisas fáceis.

• • •

Quando volto pra dentro, Julie está sentada na beira da cama e parece grogue, ainda meio dormindo. O cabelo dela é um desastre natural, como palmeiras depois de um furacão.

– Bom dia – falo para ela.

Julie grunhe de volta. Tento não ficar olhando para ela enquanto estica e se espreguiça, ajustando a alça do sutiã e soltando um pequeno gritinho. Consigo ver todos os músculos, as vértebras e, como ela já está nua, a imagino sem pele. Já sei graças a experiências desagradáveis que existe beleza em suas camadas internas também. Maravilhas simétricas e artesanais seladas dentro dela como os brilhantes movimentos das peças internas de um relógio, belos trabalhos de arte que não são para serem visto.

– O que vamos comer de café da manhã? Estou morrendo de fome – Julie diz.

Não sei o que dizer.

– Podemos chegar... ao Estádio... em uma hora. Mas... precisamos de... gasolina.

Ela esfrega os olhos e começa a colocar suas roupas, que ainda estão úmidas. Mais uma vez, tento não ficar olhando. O corpo dela se mexe e balança de um jeito que a carne dos Mortos não faz.

De repente, seus olhos parecem despertar.

– Merda. Sabe de uma coisa? Preciso ligar para o meu pai.

Ela pega o telefone de fio e fico surpreso ao ouvir que ele tem linha. Imagino que o povo dela teve como uma de suas prioridades o funcionamento das linhas telefônicas. As coisas digitais e por satélite morreram faz tempo, mas as conexões físicas com cabos subterrâneos parecem ser mais duráveis.

Julie disca e depois espera, tensa. Depois o alívio inunda seu rosto.

– Pai? É a Julie.

Há uma explosão de exclamações do outro lado da linha e Julie afasta o telefone do ouvido e olha para mim como quem quer dizer *Lá vamos nós*.

– Sim, pai, estou bem. Viva e intacta. A Nora contou o que aconteceu, né? – Mais barulho do outro lado. – Sim, eu sabia que iria me procurar, mas não pude fazer nada. Foi a pequena colmeia do Aeroporto Oran. Eles me colocaram em uma sala com várias pessoas mortas, um tipo de depósito de comida ou algo assim, mas depois de alguns dias... sei lá, acho que esqueceram de mim. Corri lá pra fora, fiz uma ligação direta num carro e fui embora. Estou a caminho, parei apenas pra telefonar. – Ela faz uma pausa e então olha para mim. – Não, hã... não precisa mandar ninguém. Estou no subúrbio, ao sul, quase... – Ela espera. – Não sei, em algum lugar perto da estrada. Mas pai... – Ela congela, e sua expressão muda completamente. – Quê? – Ela respira fundo. – Porque resolveu falar da mamãe agora, pai? Não, não fale dela, isso não tem nada a ver com essa história. Já estou a caminho daí, só preciso... Pai! Espera um pouco, tente ouvir o que estou falando. Não mande ninguém, logo, logo eu chego aí, tá bom? Estou de carro e a caminho, só preciso... Pai? – Há um silêncio do outro lado da linha. – Pai? – Ainda silêncio. Ela morde o lábio, olha pro chão e desliga.

Levanto as sobrancelhas, cheio de perguntas que tenho medo de fazer.

Ela massageia as têmporas e solta um suspiro lento.

– Será que pode procurar gasolina sozinho, R? Preciso... pensar um pouco. – Ela não olha pra mim enquanto fala. Estico a mão e coloco em seu ombro.

Ela endurece, depois relaxa e me abraça apertado, mergulhando o rosto em minha camisa.

– Só preciso pensar um minuto. – ela diz, se afastando e se recompondo.

Então deixo Julie sozinha. Acho um galão vazio na garagem e começo a dar a volta no quarteirão, procurando um carro com o tanque cheio. Quando me ajoelho ao lado de um Chevy Tahoe e estou tirando a gasolina com uma mangueira, ouço o som de um carro ligando ao longe, mas ignoro o ruído. Concentro-me no gosto de gasolina na minha boca, árido e adstringente. Quando o galão está cheio, caminho de volta até a rua sem saída, fechando os olhos e deixando o sol invadir minhas pálpebras. Então eu os abro e fico ali parado durante um tempo, segurando o galão de plástico como se fosse um presente atrasado de aniversário. O Mercedes sumiu.

• • •

Dentro da casa, sobre a mesa de jantar, encontro um bilhete. Tem algo escrito, letras que não consigo juntar e formar palavras, mas ao lado há duas fotos. As duas de Julie, tiradas por ela mesma, esticando o braço. Em uma ela está acenando adeus com a mão, e o gesto parece hesitante, meio sentimental apenas. Na outra ela está com a mesma mão sobre o peito. Seu rosto está sério, mas seus olhos estão lacrimosos.

Adeus, R, o retrato sussurra para mim. *Chegou aquela hora. É hora de dizer. Será que você consegue?*

Seguro a foto na minha frente, olhando pra ela. Passo os dedos nela, fazendo aparecer aqueles arco-íris porque a foto acabou de ser revelada. Penso em levá-las comigo, mas é melhor não. Ainda não estou pronto para transformar Julie em uma recordação.

Fale, R. Fale agora.

Coloco a foto de volta na mesa e vou embora. Não digo nada.

• • •

Começo a caminhar de volta para o aeroporto. Não sei o que vou encontrar lá. Uma morte definitiva? É bem possível, depois de toda a comoção que causei. Os Ossudos podem me jogar fora como um simples lixo infeccioso. Mas estou sozinho de novo, meu mundo é pequeno e não tenho muita opção. Não tenho outro lugar para ir.

O caminho feito em quarenta minutos de carro vai levar o dia todo a pé. Enquanto estou andando, o vento muda de direção e as nuvens carregadas assustadoras de ontem voltam ao horizonte pra um bis. Elas vão me cercando, diminuindo aos poucos o azul do céu como uma círculo que se fecha. Ando reto e rápido, quase marchando.

O pouco azul que resta no céu vai virando cinza, azul-escuro, então se fecha completamente e começa a chuva, que cai numa torrente que faz a noite anterior parecer um chuveiro fraco. E fico totalmente confuso quando começo a sentir frio. Quando a água vai encharcando minhas roupas e todos os poros da minha pele, eu tremo. E apesar de ter mais do que posto meu sono em dia recentemente, sinto-o aparecer de novo. São quase três noites seguidas.

Pego a próxima saída da estrada e subo no triângulo gramado que fica entre a pista e a saída. Entro no mato e me agacho no meio das árvores, uma mini-floresta de uns dez ou doze cedros dispostos em um agradável padrão para os estressados motoristas fantasmas.

Encolho-me como uma bola no pé de uma dessas árvores conseguindo uma relativa proteção graças aos galhos densos. Fecho os olhos. Um raio aparece no horizonte, o trovão faz meus ossos tremerem e então mergulho na escuridão.

• • •

Eu e Julie estamos no 747 e percebo que estou sonhando. Mas é um sonho bem real, não uma memória da vida de Perry. É algo que vem totalmente de mim. A clareza melhorou um pouco depois daquela primeira tentativa frustrada que meu cérebro fez no aeroporto. Mas a qualidade da imagem ainda é estranha e precária, como se fosse um filme amador quando comparado com as superproduções da vida de Perry.

Julie e eu estamos sentados com as pernas entrecruzadas, um de frente para o outro, flutuando acima das nuvens na asa direita do avião. O vento levanta nossos cabelos, mas ele não é mais forte do que o que enfrentamos no conversível.

– Quer dizer que agora você sonha? – Julie pergunta.

Sorrio, nervoso.

– Parece que sim.

Julie não sorri. Seus olhos estão frios.

– Imagino que não tivesse com o que sonhar até ter problemas com mulheres. Você parece um moleque tentando manter um diário.

Agora estamos em terra, sentados no gramado de um subúrbio ensolarado. Um casal de obesos mórbidos faz um churrasco com membros humanos no quintal. Tento manter o foco em Julie.

– Estou mudando – falo para ela.

– Não ligo pra isso – ela responde. – Estou em casa. Voltei ao mundo real, onde você não existe. O acampamento de verão acabou.

Um Mercedes com asas passa roncando no céu e desaparece ao longe em uma explosão de som.

– Acabou – ela diz, falando enquanto me olha nos olhos. – Foi divertido, mas acabou. As coisas são assim agora.

Faço que não com a cabeça, evitando o olhar dela.

– Não estou pronto.

– O que você achou que iria acontecer?

– Não sei. Só tinha esperança de que algo acontecesse. Um milagre.

– Milagres não existem. Existem causa e efeito, sonhos e realidade, Vivos e Mortos. Sua esperança é absurda e seu romantismo, vergonhoso.

Olho para ela, apreensivo.

– Você precisa crescer. Julie voltou à posição original dela e você precisa fazer o mesmo. É assim que as coisas são. Sempre foram e sempre serão.

Ela sorri de modo afetado e seus dentes parecem presas amarelas. Ela me beija, roendo através dos meus lábios, mordendo meus dentes e roendo em direção ao meu cérebro, enquanto grita como uma criança à beira da morte. Engasgo com meu sangue quente e vermelho.

• • •

Meus olhos se abrem de uma vez e me levanto, tirando os galhos molhados da minha frente. Ainda é de noite e a chuva ainda castiga a Terra. Saio do meio das árvores e subo até a estrada elevada. Encosto na grade do acostamento, olhando a estrada vazia e o escuro horizonte à frente e acima dela. Um pensamento martela minha cabeça como uma enxaqueca enraivecida: *Vocês estão errados. Vocês, monstros filhos da mãe, estão errados. Em relação a tudo.*

Pelo canto do olho, vejo uma silhueta do outro lado da pista. A figura escura se move em minha direção com passos firmes e desajeitados. Preparo meus músculos para uma briga. Depois de vagar solitariamente por muito tempo, o Morto que não vive em sociedade às vezes perde a habilidade de distinguir entre os da sua própria raça e os Vivos. E outros já estão tão mergulhados em seu estilo de vida solitário que nem ligam se é um ou outro. Eles comem qualquer um e qualquer coisa em qualquer lugar, pois não imaginam nenhuma outra forma de interação. Imagino uma dessas criaturas surpreendendo Julie quando ela parar o Mercedes para se orientar, enrolando suas mãos nojentas no rosto dela e mordendo seu pescoço esbelto, e enquanto esta imagem fermenta em minha cabeça, me preparo para destroçar a criatura na minha frente e deixá-la em pedaços. A raiva primitiva que toma conta de mim toda vez que penso em alguém machucando Julie é algo assustador. A violência de matar e comer alguém parece brincadeira de criança se comparada a esta sede de sangue que sinto.

A sombra parece maior ao se aproximar. O clarão de um raio ilumina o rosto dele, e então relaxo meus braços.

– M?

Quase não o reconheci a princípio. Seu rosto está rasgado e arranhado, e várias partes de seu corpo foram mordidas.

– Ei – ele grunhe. A chuva cai pelo seu rosto e para nos machucados. – Vamos sair da chuva. – Ele passa por mim e caminha pelas árvores até descer a alça de acesso elevada e entrar embaixo dela. Eu o sigo até a área seca. Ficamos ali no meio da sujeira, cercados por latas de cerveja e seringas.

– O que... faz... ele... aqui... aqui fora? – pergunto, lutando com as palavras. Estou em silêncio há menos de um dia e já fiquei enferrujado.

– Adi... vinha. – diz M, apontando para seus ferimentos. – Ossudos. Me expulsaram.

– Desculpe.

M grunhe.

– Foda... se. – Ele chuta uma lata de cerveja desbotada. – Mas, quer... saber? – Algo parecido com um sorriso ilumina seu rosto. – Alguns vieram... comigo.

Ele aponta para a estrada e vejo umas nove figuras se movendo lentamente em nossa direção.

Olho confuso para ele.

– Vieram... junto? Por quê?

Ele dá de ombros.

– As coisas... em casa... enlouqueceram. Mudanças... de rotina. – Ele me aponta o dedo. – Você.

– Eu?

– Você e... ela. Algo... no ar. Mudança.

Os nove zumbis param embaixo da alça de acesso e ficam ali, nos olhando sem expressão.

– Olá – eu falo.

Eles balançam e grunhem um pouco. Um deles acena com a cabeça.

– Onde está... a garota? – M me pergunta.

– Ela se chama Julie. – A última palavra sai naturalmente de minha boca, como um delicioso chá de camomila.

– Ju... lie – M repete com algum esforço. – Certo. Onde... está?

– Partiu. Para casa.

M estuda a minha expressão e então põe a mão em meu ombro.

– Você... bem?

Fecho os olhos e respiro fundo.

– Não. – Olho para a estrada, em direção à cidade, e algo floresce em minha cabeça. Primeiro uma sensação, depois um pensamento e então uma escolha. – Acho que vou atrás dela. – Cinco palavras. Quebrei meu recorde.

– No... Estádio?

Concordo com a cabeça.

– Por quê?

– Para... salvá-la.

– Salvar... do quê?

– De... tudo.

M fica olhando para mim durante um bom tempo. Entre os Mortos, um olhar desses pode durar muitos minutos.

Fico imaginando se ele tem alguma ideia do que estou pensando, afinal, nem eu mesmo sei bem o que estou pensando. É só uma sensação. Um róseo e suave zigoto de uma ideia.

Ele olha para o céu e um olhar distante aparece em seus olhos.

– Tive um... sonho... noite passada. Sonho de... verdade. Memórias.

Fico olhando para ele.

– Lembrei... da infância. Verão. Mingau. Uma garota. – Seus olhos voltaram a se fixar em mim. – Como... é que é? – ele perguntou.

– O quê?

– O que... você... sentiu. – Você sabe... o que é?

– Do que você... está falando?

– Meu sonho – ele começa, com o rosto maravilhado como uma criança em um telescópio.

– Coisas tipo... amor?

Um arrepio percorre minha espinha. O que está acontecendo? Para que lugar distante do espaço o nosso planeta está indo? M sonhando, lembrando de coisas e perguntando coisas incríveis. Estou quebrando meu recorde de palavras todos os dias. Nove Mortos desconhecidos estão com a gente aqui, bem longe do aeroporto e dos comandos assobiados dos esqueletos, em pé, parados e esperando por... *algo*.

Um quadro novo está desabrochando na nossa frente. O que devemos pintar nele? Qual é a primeira cor que deve ser espalhada por esse mar de cinza em branco?

– Vou... com você – M diz. – Ajudar você... a entrar. Salvá-la. – Ele se vira para os outros Mortos. – Ajudam a gente? – ele pergunta, sem aumentar o tom de voz que já parece um trovão. – Ajudam a gente... salvar garota? Salvar... – Ele fecha os olhos e se concentra. – Ju... lie?

Os mortos acordam com o som do nome, mexendo os dedos e os olhos. M parece ficar contente.

– Ajudam a encontrar... algo perdido? – Ele pergunta com a voz mais sólida que já ouvi sair de sua garganta esfarrapada. – Ajudam a... exumar?

Os zumbis olham para M, para mim e entre eles. Um dá de ombros, outro concorda com a cabeça.

– Ajudar – um deles grunhe e os outros chiam, concordando.

Percebo que um sorriso se forma em meu rosto. Não sei o que estou fazendo, como vou fazer ou o que acontecerá quando fizer, mas no fundo deste caminho íngreme que vamos começar, pelo menos sei que verei Julie de novo. E sei que não vou dizer adeus. E se esses refugiados cambaleantes querem ajudar, se acham que tem algo maior aqui do que apenas um garoto indo atrás de uma garota, bom, eles podem ajudar, e depois veremos quando dissermos *Sim* e a nossa rigidez cadavérica gritar *Não*.

Começamos a nos arrastar em direção ao norte pela pista sul da estrada e um trovão rufa ao longe, indo para trás da montanha, como se estivesse com medo da gente.

E lá estávamos nós, na estrada. Devíamos estar indo para algum lugar.

segundo passo

atacar

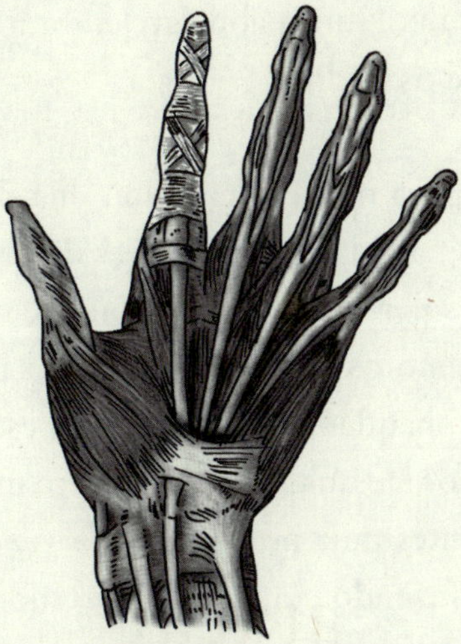

Sou jovem. Sou um adolescente cheio de saúde, forte, viril e transbordando energia. Mas estou ficando velho. Cada segundo me envelhece. Minhas células vão se espalhando mais finas, rijas, frias e escuras. Tenho quinze anos, mas cada morte à minha volta adiciona uma década a este número. Cada atrocidade, cada tragédia, cada pequeno momento de tristeza. Logo serei um idoso.

Aqui estou eu, Perry Kelvin, no Estádio. Ouço pássaros nas paredes. Os gemidos bovinos dos pombos, os silvos musicais dos estorninhos. Olho para cima e respiro fundo. O ar está muito mais limpo ultimamente, mesmo aqui. Fico imaginando se era esse o cheiro do mundo quando eu era pequeno, séculos antes das chaminés. Me frustra e também me fascina o fato de que nunca saberemos com certeza, apesar de todos os esforços dos historiadores, cientistas e poetas, nunca saberemos de algumas coisas com certeza. Como o primeiro som soava. Qual a sensação de ver a primeira fotografia. Quem deu o primeiro beijo, e se foi bom.

– Perry!

Sorrio e aceno com a mão para meu pequeno admirador quando ele e os outros muitos órfãos atravessam a rua em fila e de mãos dadas.

– Oi... amigão! – falo. Nunca consigo lembrar o nome dele.

– Estamos indo até os jardins.

– Que legal!

Julie Grigio sorri para mim, liderando a fila de crianças como uma Mamãe Ganso. Em uma cidade de milhares de pessoas, eu a vejo quase todos os dias, às vezes perto das escolas, onde é mais provável, e às vezes nos cantos mais remotos do Estádio, onde as probabilidades de isso ocorrer pareciam bem pequenas. Será que eu a estou seguindo, ou é ela quem está fazendo isso? De qualquer jeito, sinto um pulso de adrenalina e hormônios estressantes fluir por mim toda vez que a vejo, passando pelas minhas mãos e fazendo com que suem, subindo ao meu rosto e o deixando vermelho. Da última vez que nos encontramos, ela me levou até a cobertura. Ouvimos música durante horas e, quando o sol se pôs, tenho certeza de que quase nos beijamos.

– Quer ir com a gente, Perry? – ela pergunta. – É uma excursão.

– Ah, que divertido, uma excursão até o lugar que acabei de passar oito horas trabalhando.

– Bom, não temos muitas opções aqui dentro.

– Já percebi.

Ela faz um gesto com a mão para que eu vá com eles, e eu concordo imediatamente, mesmo dando o meu melhor para parecer relutante.

– Eles nunca vão lá fora? – eu penso e pergunto, olhando as crianças marchando desordenadamente.

– A sra. Grau diria que estamos fora.

– Quis dizer *lá* fora. Árvores, rios etc.

– Não até terem doze anos.

– Que chato.

– É...

Caminhamos em silêncio a não ser pelo burburinho de vozes das crianças atrás de nós. As paredes do Estádio se estendem de forma protetora, como os pais que essas crianças jamais vão conhecer. Minha excitação por ver Julie se enfraquece diante de uma repentina nuvem de melancolia.

– Como você aguenta ficar aqui? – eu pergunto, embora a minha entonação pouco denote que se trata de uma indagação.

Julie faz uma careta para mim.

– Mas nós saímos. Duas vezes por mês.

– Eu sei, mas...

Ela espera.

– Mas o quê, Perry?

– Você não fica pensando se vale a pena? – Gesticulo vagamente para os muros. – Tudo isso?

A expressão dela se endurece.

– Quer dizer, será que estamos mesmo melhor aqui dentro?

– Perry – ela responde, impetuosa. – Não comece a falar desse jeito. Não comece, porra!

Ela percebe o silêncio abrupto que se forma atrás de nós e se encolhe. – Desculpe – ela diz para as crianças e sussurra para elas: – *Palavrão*.

– Merda! – grita o meu pequeno amigo e o resto da fila explode em risos.

Julie vira os olhos.

– Que ótimo.

– Tsc, tsc...

– E você cala a boca. Eu estava falando sério. Aquele papo é muito ruim.

Olho para ela em dúvida.

– Podemos sair duas vezes por mês. Mais que isso se estivermos ajudando a recuperar coisas. E assim ficamos vivos. – Ela parece estar recitando um verso da Bíblia. Um velho provérbio. E como que sentindo sua própria falta de convicção, ela olha para mim e depois vira os olhos para a frente. – Chega de conversa maligna se quiser nos acompanhar na nossa excursão.

– Desculpe.

– Você não está aqui há muito tempo. Cresceu em um lugar seguro e não entende bem os perigos.

Sentimentos sombrios preenchem meu estômago quando ela diz isso, mas dou um jeito de segurar minha língua. Não sei de qual dor ela está falando, mas sei que é algo profundo, que a faz ser dura e ao mesmo tempo terrivelmente suave. São seus espinhos e sua mão saindo do arbusto.

– Desculpe – repito, e busco aquela mão, tirando-a do bolso de seu jeans. Ela está quente. Meus dedos frios se entrelaçam nos dela e minha mente conjura uma terrível imagem de tentáculos. Pisco para afastar esse pensamento. – Chega de papos malignos.

As crianças me olham ansiosos com seus grandes olhos e bochechas perfeitas. Fico imaginando quem eles são, o que querem dizer e o que vai acontecer com eles.

• • •

– Pai.

– Que foi?

– Acho que estou namorando.

Meu pai abaixou sua prancheta e ajustou o chapéu. Um sorriso começou a surgir nas rugas de seu rosto.

– É mesmo?

– Acho que sim.

– Com quem?

– Julie Grigio.

Ele assente com a cabeça.

– Sei quem é. Ela é... ei! – Ele se inclina e grita para um trabalhador carregando uma armação de aço. – Esta é uma bitola de quarenta, Doug. Estamos usando as de cinquenta para as seções arteriais. – Ele volta a olhar para mim. – Ela é bonita. Mas cuidado, pois parece ser bem espoleta.

– Gosto de gente espoleta.

Meu pai sorri e seus olhos se emocionam.

– Eu também, filho.

O rádio dele toca, ele o pega e começa a ditar instruções. Olho para a feia vista do concreto em construção. Estamos no final de uma parede, a cinco metros de altura, e ela já tem um bom comprimento. Uma outra está paralela a ela, transformando a rua principal em um corredor fechado que passa por todo o coração da cidade. Uma multidão de trabalhadores abaixo da gente mexe com o concreto e vai dando forma à construção.

– Pai?

– Diga.

– Você acha que é burrice?

– O quê?

– Se apaixonar.

Ele faz uma pausa, e então guarda o rádio.

– O que quer dizer, Pear?

– Quero dizer atualmente. Do jeito que as coisas vão... É tudo tão incerto. Será que é burrice perder tempo com essas coisas num mundo desses, quando tudo pode acabar a qualquer momento?

Meu pai me encara por um longo momento.

– Quando conheci sua mãe, me perguntei a mesma coisa. E olha que só tínhamos passado por algumas guerras e recessões. – O rádio dele começa a chamar de novo, mas ele ignora. – Fiquei dezenove anos com sua mãe. Acha que se soubesse que seria apenas um ano, teria desistido dela? Ou só um mês? – Ele dá uma olhada na obra, sacudindo a cabeça devagar. – Não existe uma referência certa de como a vida deve ser, Perry. Não há um mundo ideal que você possa esperar que apareça. O mundo sempre foi o mesmo, depende de você saber o que fará nele.

Olho para os buracos escuros nas janelas de prédios destruídos. Fico imaginando os esqueletos de seus ocupantes, ainda sentados em suas mesas, trabalhando em cima de prazos que nunca chegarão.

– E se tivesse apenas uma semana com ela?

– Perry – meu pai começa a ficar um pouco espantado. – O mundo não vai acabar amanhã, filho. Estamos trabalhando para consertá-lo. Veja. – Ele aponta para os trabalhadores lá embaixo. Estamos construindo estradas. Vamos conectar os outros estádios e esconderijos, juntar nossas pesquisas, reunir nossos recursos e talvez começar a trabalhar em uma cura. – Ele me dá um tapinha no ombro. – Nós dois e todos os outros... vamos sobreviver. Não desista ainda, certo?

Concordo suspirando de leve.

– Certo.

– Promete?

– Prometo.

Meu pai sorri.

– Vou cobrar essa promessa.

• • •

Sabe o que aconteceu depois, morto-vivo? Perry sussurra das sombras profundas da minha consciência. *Consegue adivinhar?*

– Porque está me mostrando tudo isso? – pergunto para a escuridão.

Porque é o que sobrou de mim e quero que você sinta. Não estou pronto para desaparecer ainda.

– Eu também não.

Sinto um sorriso frio em sua voz.

Ótimo.

• • •

– Aí está você.

Julie sobe pela escada, chega ao teto de minha nova casa e fica em pé me encarando. Olho pra ela e depois ponho meu rosto de novo nas mãos.

Ela vem na minha direção com passos cuidadosos na frágil chapa de metal e se senta ao meu lado na borda. Nossas pernas ficam penduradas, balançando devagar no frio ar do outono.

– Perry?

Não respondo. Ela estuda o meu perfil. Depois estica a mão e passa dois dedos pelos meus cabelos desgrenhados. Os olhos azuis dela me puxam como a gravidade, mas resisto e fico olhando a rua enlameada.

– Não acredito que estou aqui – murmuro. – Nesta casa, com todos esses rejeitados.

Ela não responde imediatamente. E quando o faz, é de maneira serena.

– Eles não são rejeitados. Eles eram amados.

– Só durante um tempo.

– Mas os pais deles não fugiram. Eles foram levados.

– E são coisas diferentes?

Ela me olha com um olhar tão duro que não tenho opção a não ser olhar para ela também.

– Sua mãe amava você, Perry. Não duvide disso. E seu pai também.

Não consigo segurar o peso, desisto e o deixo cair sobre mim. Viro o rosto para o outro lado quando as lágrimas começam a cair.

– Se quiser acreditar que Deus rejeitou você, tudo bem, ou o destino, ou sei lá o quê, mas pelo menos você sabe que eles o amavam.

– E de que adianta isso? – eu respondo, evitando o olhar dela. – Quem liga pra essas merdas? Eles morreram. Isso é o presente e é o que importa.

Não falamos nada por alguns minutos. O vento frio faz os pelos de nossos braços se arrepiarem. Folhas vêm voando das florestas lá fora, passam girando pela grande boca do estádio e pousam no telhado da casa.

– Quer saber, Perry? – Ela começa e sua voz é trêmula, carregada com suas próprias mágoas. – Tudo morre alguma hora. Todos sabemos disso. Pessoas, cidades e civilizações inteiras. Nada dura para sempre. Então, se a existência é apenas binária, vida ou morte, estar aqui ou não, qual é a porra do sentido de tudo? – Ela olha para algumas folhas caindo e estica a mão para pegar uma. – Minha mãe dizia que é por isso que temos memórias. E o oposto da memória, a esperança. Assim, as coisas que se foram continuam importando. Assim podemos desconstruir o passado e criar o futuro. – Ela balança a folha em frente ao seu rosto, para a frente e para trás. – Ela dizia que a vida só fazia sentido se víssemos o tempo do mesmo jeito que Deus. Passado, presente e futuro de uma só vez.

Permito-me olhar para Julie. Ela vê minhas lágrimas e tenta pegar uma.

– Então qual é o futuro? – pergunto. – Posso ver o passado e o presente, mas qual é o futuro?

– Bom... – Julie começa a rir. – Acho que essa é a parte difícil. O passado é feito de fatos e história... acho que o futuro é feito de esperança.

– Ou de medo.

– Não. – Ela sacode a cabeça de forma firme e coloca a folha no meu cabelo. – Esperança.

• • •

O Estádio aparece no horizonte enquanto os mortos cambaleiam em sua direção. Ele surge acima das construções à sua volta e ocupa uma área de vários quarteirões, um monumento pomposo para uma era de excessos, um mundo de desperdício, desejos e sonhos mal orientados que agora estão profundamente acabados.

Nosso grupo cadavérico está andando faz um pouco mais de um dia, como se fôssemos *beats* de Kerouac sem dinheiro para gasolina. Os outros estão com fome, e há uma breve discussão quase sem palavras entre M e os outros antes que parem em uma casa de um condomínio para se alimentar. Espero lá fora. Já faz vários dias, mais do que consigo me lembrar, desde minha última refeição, mas me sinto indiferente. Há uma sensação neutra e estranha em minhas veias, exatamente entre a fome e a saciedade. Os gritos das pessoas lá dentro me cortam de forma mais afiada do que em todo o tempo em que eu "metia a mão na massa", e não estou nem perto deles. Fico lá fora, na rua, tapando meus ouvidos com as mãos e esperando que acabe.

Quando emergem de lá, M evita meu olhar. Ele limpa o sangue da boca com a mão e me lança apenas um olhar rápido e culpado antes de limpar a mão na roupa. Os outros ainda não chegaram no nível de consciência de M, mas tem algo de diferente neles também. Eles não levam as sobras, limpam o sangue das mãos nas calças e caminham num embaraço silencioso. Já é um começo.

Quando chegamos perto o suficiente do Estádio para começar a sentir o cheiro dos Vivos, vou em frente com o meu plano. Não é um grande plano, na verdade, é simples como um desenho animado, mas tem uma coisa que pode fazer com que funcione: nunca foi tentado antes, pois não havia força de vontade suficiente para que funcionasse.

Paramos em uma casa abandonada a alguns quarteirões do Estádio. Vou até o banheiro e me examino no espelho, como o antigo residente da casa deve ter feito milhares de vezes. Repasso as repetições enlouquecedoras de uma rotina matinal, entrando no personagem. Despertador, banho, roupas e café. Estou com minha melhor aparência? Estou saindo com o pé direito? Estou preparado para tudo que o mundo pode jogar em mim?

Passo um pouco de gel no cabelo, loção pós-barba no rosto e ajeito a gravata.

– Pronto – falo para os outros.

M me olha de cima a baixo.

– Quase... perfeito.

Vamos em direção aos portões.

• • •

Depois de alguns quarteirões, o cheiro dos Vivos é quase irresistível. É como se o Estádio fosse uma grande Bobina de Tesla soltando raios com aroma de vida cor-de-rosa. Todos olham espantados para ele. Alguns babam. Se não tivessem acabado de comer, nossa estratégia, que já é fraca, teria ruído num instante.

Antes de ficarmos à frente dos portões, pegamos uma rua lateral e paramos em um cruzamento, nos escondendo atrás de um caminhão da UPS. Vou um pouco para o lado e dou uma olhada à frente. A menos de dois quarteirões, quatro guardas estão nos portões principais de entrada do Estádio, com escopetas penduradas em seus ombros e batendo papo. Suas frases ásperas e militares possuem menos sílabas do que a nossa.

Olho para M.

– Obrigado por... fazer isso.

– Imagina – ele responde.

– Não ... morra.

– Vou... tentar. Está... pronto?

Faço que sim com a cabeça.

– Pareça... vivo... por lá.

Sorrio. Penteio o cabelo outra vez, respiro fundo e então começo a correr.

– Socorro! – Grito, agitando meus braços. – Socorro, eles estão... atrás de mim!

Corro em direção à porta com o melhor equilíbrio e balanço que consigo. M e os outros Mortos se arrastam atrás de mim, grunhindo de forma teatral.

Os guardas reagem por instinto, levantando as armas e atirando nos zumbis. Um braço voa longe. Uma perna cai. Um dos nove anônimos perde a cabeça e cai. Mas nenhuma das armas aponta para mim. Projeto o rosto de Julie à minha frente e corro com um foco olímpico. Minhas passadas são boas, posso sentir. Pareço normal, vivo, e por isso me encaixo na categoria deles: “Humano”. Mais dois guardas aparecem com armas na mão, mas quase nem olham para mim. Eles olham, miram em seus alvos e gritam:

– Vamos, entre logo, homem!

Mais dois zumbis sucumbem atrás de mim. Quando passo pelas portas, vejo M e os Mortos que sobraram dar meia volta e fugir. E, ao fazerem isso, o passo deles muda. Eles perdem seu cambalear e correm como coisas vivas. Não tão rápido quanto eu, sem a mesma graça, mas com propósito. Os guardas hesitam e param de atirar.

– Mas que porra é essa? – Um deles murmura.

Depois da entrada tem um homem com uma prancheta e um caderno de anotações. Um oficial de imigração, pronto para anotar meu nome e me fazer preencher vários formulários antes de me deixar entrar. Os Mortos dependem há anos deste homem, que providencia os vagabundos indefesos que comemos nas ruínas lá fora. Ele vem na minha direção virando as páginas do caderno e sem olhar para mim.

– Foi por pouco, hein amigo? Vou precisar que você...

– Ted! Vem ver uma merda estranha!

Ted levanta a cabeça, olha pelos portões abertos e vê seus colegas soldados parados e emudecidos. Então olha para mim.

– Espere bem aqui!

Ted dá uma corridinha e para ao lado dos guardas, observando zumbis assustadoramente articulados desaparecerem ao longe correndo como pessoas de verdade. Imagino a cara dos homens, com seus estômagos borbulhando com a sensação desagradável de que a Terra está se movendo embaixo de seus pés.

Esquecido por um momento, me viro e corro. Corro pelo corredor escuro em direção à luz no final dele, imaginando se aquilo é o canal do nascimento ou um túnel para o Paraíso. Estou vindo ou indo? De qualquer forma, é tarde demais para desistir. Escondido na escuridão e sob o céu avermelhado do fim de tarde, entro no mundo dos Vivos.

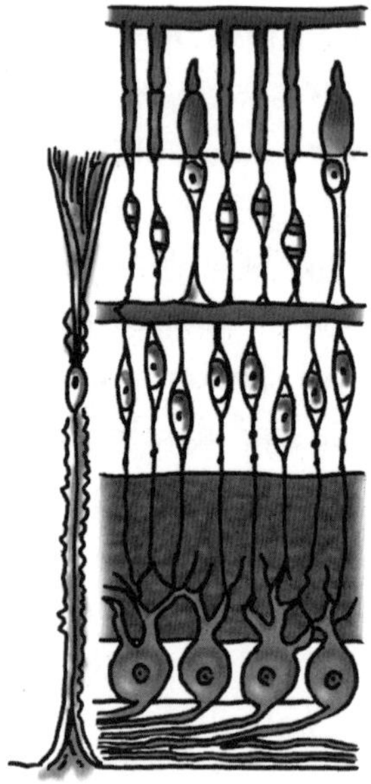

A arena esportiva que Julie chama de lar é absurdamente grande, talvez um daqueles estádios multieventos construídos em uma época na qual o maior problema do mundo era onde acomodar todas as festas. Do lado de fora não se vê nada, apenas um mamute oval de muros intermináveis, uma arca de concreto que nem Deus conseguiria fazer flutuar. Mas o interior revela a alma do Estádio, caótico, mas se apegando à ordem, como se fosse uma grande favela brasileira, só que desenhada por um arquiteto modernista.

As arquibancadas foram destruídas para dar espaço a fileiras de pequenos prédios, casas raquíticas construídas estranhamente altas e finas para que o espaço fosse bem aproveitado. As paredes eram feitas de uma mistura de materiais resgatados – uma das torres mais altas começava como concreto e ia se afinando para cima, passando por aço, plástico, chegando a um precário nono andar feito com compensado de madeira. A maioria das construções parece que vai cair no primeiro ventinho, mas a cidade toda é alavancada por uma teia de cabos rígidos que vão de torre em torre, segurando tudo com firmeza. As paredes internas do Estádio se erguem acima de tudo, cheias de canos cortados e rebarbas saindo do concreto como se fossem uma barba por fazer. Postes de luz com pouca energia lançam uma iluminação alaranjada fraca, deixando a cidade enclausurada envolvida pelas sombras.

No momento que saio do túnel de entrada minhas fossas nasais são inflamadas pela densidade de vida que existe aqui. Está por todos os lados à minha volta, tão doce e potente que é quase doloroso. Sinto como se estivesse me afogando em um vidro de perfume. Mas no meio dessa neblina densa, posso sentir o cheiro de Julie, que faz cócegas no meu nariz, me chamando bem baixinho como uma voz embaixo d'água. E eu sigo o aroma.

As ruas têm a largura de calçadas, estreitas faixas de asfalto construídas por cima da antiga grama, que ainda escapava de cada pequeno buraco não pavimentado como um musgo verde espalhafatoso. Não há nomes nas placas das ruas. Em vez de listas de estados, presidentes ou nomes de árvores, as placas apresentam apenas desenhos brancos, uma maçã, uma bola, um gato, um cachorro, como se fosse um guia alfabético para crianças. Tem lama por todos os lados, deixando o asfalto mais liso e se empilhando nas esquinas junto com os detritos do dia a dia: latas de refrigerante, bitucas de cigarro, camisinhas usadas e cápsulas de balas.

Tento não ficar olhando estupidamente para a cidade como o turista jeca que sou, mas tem algo acima da curiosidade chamando minha atenção a cada calçada e telhado. Apesar de tudo ser novo para mim, também sinto uma sensação fantasma de reconhecimento, nostalgia até, e quando caminho até o que deve ser a Rua Olho, algumas das minhas memórias roubadas começam a se agitar.

Foi aqui que tudo começou. Foi para cá que nos mandaram quando a costa desapareceu. Quando as bombas caíram. Quando nossos amigos morreram e voltaram como estranhos, desconhecidos e cruéis.

Não é a voz de Perry, é a de todos, um murmúrio coletivo de todas as vidas que consumi, se juntando no salão escuro do meu subconsciente para recordar.

Avenida da Bandeira, onde plantaram as cores da nação, quando ainda existiam nações e as cores ainda importavam. Rua das Armas, onde montaram os acampamentos de guerra, planejando ataques e defesas contra os inimigos intermináveis, tanto os Vivos quanto os Mortos.

Ando com a cabeça baixa, me mantendo o mais perto do muro que consigo. Quando encontro com alguém vindo no sentido contrário, mantenho meu olhar diretamente à frente até o último momento, então permito uma troca rápida de olhares, para também não parecer não humano. Passo pelos vivos distribuindo cumprimentos desajeitados.

Não precisou muito para se derrubar os castelo de cartas que era a civilização. Apenas algumas rajadas de vento e estava feito, o equilíbrio estragado e o feitiço quebrado. Os bons cidadãos descobriram que as linhas que haviam moldado suas vidas eram imaginárias e facilmente cruzadas. Eles tinham desejos e necessidades e o poder de satisfazê-las, e foi o que fizeram. No momento em que as luzes se apagaram, todo mundo parou de fingir.

Começo a me preocupar com minhas roupas. Todos que encontro estão usando calças jeans cinzentas e grossas, jaquetas à prova d'água e botas de trabalho sujas de lama. Em que mundo eu vivo que as pessoas ainda se vestiam levando em conta a estética? Se ninguém perceber que sou um zumbi, ainda podem me denunciar por ser um lunático estiloso andando pelas ruas com uma camisa de bom caimento e uma gravata. Acelero o passo, cheirando o ar desesperadamente atrás do aroma de Julie.

Avenida Ilha, onde construíram um pátio para as reuniões da comunidade, onde o "eles" se tornou "nós", ou pelo menos acreditávamos nisso. Nós votamos e escolhemos nossos líderes, homens e mulheres encantadores com dentes brancos e línguas de prata, e colocamos nossos muitos medos e esperanças nas mãos deles, acreditando que aquelas mãos eram fortes por causa de seus firmes apertos de mão. Mas eles falharam conosco, sempre. Eles eram humanos e nós também.

Saio da Rua Olho e começo a procurar meu caminho pelo centro daquele sistema. O aroma de Julie aparece mais distinto agora, mas a direção exata ainda permanece vaga. Continuo torcendo para que surja alguma pista da cantoria em minha cabeça, mas esses antigos fantasmas não têm nenhum interesse na minha busca insignificante.

Rua das Joias, onde construímos escolas quando aceitamos que isto era a realidade, que este era o mundo que nossas crianças herdariam. Ensinamos a elas como atirar, como misturar concreto, como matar e como sobreviver, e se elas conseguissem ir longe, aprendessem todas aquelas habilidades e tivessem tempo ainda sobrando, nós as ensinaríamos a ler e a escrever, a serem racionais, a se relacionarem e a entenderem o mundo delas. No começo, tentamos bastante, pois havia muita esperança e fé, mas era um morro íngreme a ser escalado na chuva, e muitos acabaram escorregando até lá embaixo.

Percebo que os mapas nessas minhas memórias estão um pouco desatualizados; a rua que chamaram de Joia foi renomeada. A placa é nova, de um verde primário, e em vez de ter um símbolo, ela tem um nome escrito. Intrigado, viro na bifurcação e me aproximo de um prédio de metal atípico. O aroma de Julie ainda está distante, por isso sei que não devo parar, mas a luz pálida vinda das janelas parece provocar uma certa angústia nas minhas vozes interiores. Quando encosto o nariz no vidro da janela, meus pensamentos se calam.

É uma sala grande e aberta, com várias fileiras de mesas de metal branco sob luzes fluorescentes. Dúzias de crianças com menos de dez anos estão divididas nas fileiras em grupos de trabalho. Uma fileira repara geradores, outra trata a gasolina, uma limpa rifles, afia facas, costura ferimentos. E no final, bem perto da janela onde estou olhando, uma fileira desseca cadáveres. Mas é claro que não são cadáveres. Quando uma menininha de uns oito anos, com maria-chiquinhas loiras, afasta a pele da boca do seu objeto de estudo, revelando a crosta cinza por baixo, os olhos da coisa se abrem, olham em volta e o ser faz um esforço rápido contra o que o prende, e então relaxa, parecendo cansado e entediado. Ele olha na direção da minha janela e fazemos um rápido contato visual, logo antes de a garota arrancar os olhos dele.

Tentamos construir um belo mundo aqui, as vozes murmuram. Havia aqueles que viam o fim da civilização como uma oportunidade para recomeçar, desfazendo os erros da nossa história – aliviando a desajeitada adolescência da humanidade com a sabedoria da nossa era moderna. Mas tudo estava acontecendo rápido demais.

Ouço o barulho de um violento tumulto vindo do outro lado do prédio, sapatos raspando no concreto, cotovelos batendo em metal. E então um grunhido baixo e molhado. Dou a volta no prédio, procurando uma vista melhor.

Do lado de fora de nosso muros, estavam hordas de homens e monstros ansiosos para roubarem o que tínhamos, e do lado de dentro estava nossa própria mistura louca, tantas culturas, línguas e valores incompatíveis fechados em uma pequena caixinha. Nosso mundo era pequeno demais para ser dividido em paz, o consenso nunca veio e a harmonia era impossível. Então ajustamos nossos objetivos.

Por outra janela, vejo um grande espaço aberto que parece um galpão, com uma luz fraca e cheio de carros quebrados e destroços, como que simulando a paisagem da cidade lá fora. Um grupo de garotos mais velhos está em volta de um curral delimitado por uma cerca de arame e barreiras de concreto. Parece aquelas zonas de discurso livre usadas um dia para conter pessoas que protestavam contra algo atrás de uma barreira policial, mas em vez de estar cheio de manifestantes com cartazes e faixas tremulando, aquela jaula está ocupada por apenas quatro figuras: um garoto armado dos pés à cabeça com todos os apetrechos da tropa de choque da polícia e três Mortos que já tinham sido bem dissecados.

Será que os médicos da Idade Média podem ser culpados pelos seus métodos? As sangrias, os sanguessugas, os furos no crânio? Eles tentavam seguir seus caminhos cegamente, se agarrando aos mistérios de um mundo sem as ciências, mas a praga estava se abatendo sobre eles e eles precisavam fazer algo. Quando chegou a nossa vez, não foi diferente. Apesar de toda a nossa sabedoria e tecnologia, nossos bisturis a laser e serviços sociais, a coisa não foi diferente. Estávamos tão cegos quanto desesperados.

Posso dizer pelo jeito que cambaleiam que os Mortos nesta arena estão famintos. Eles devem saber onde estão e o que está prestes a acontecer, mas já passaram e muito do ponto de terem aquele mínimo controle sobre si mesmos. Eles investem contra o garoto, que aponta sua escopeta.

O mundo lá fora já afundou em um mar de sangue e agora as ondas estão batendo em nossa fortaleza, por isso tivemos que fortalecer nossos muros. Percebemos que o mais perto que podíamos chegar da verdade objetiva era pela decisão da maioria, então elegemos majoritariamente e ignoramos as outras vozes. Designamos generais, empreiteiros, policiais e engenheiros, e descartamos todos os ornamentos não essenciais. Fundimos nossos ideais sob forte calor e pressão, até que as partes sensíveis se queimassem, e o que surgiu dali foi uma moldura temperada e rígida o suficiente para aguentar o mundo que tínhamos criado.

– Está errado! – O instrutor gritou para o garoto na gaiola quando ele atirava nos Mortos que avançavam, abrindo buracos em seus peitos e arrancando dedos e pés. – Acerte a cabeça! Esqueça de todo o resto! – O garoto dispara mais dois tiros que erram completamente o alvo, batendo no pesado teto de compensado. O mais rápido dos três zumbis estica os braços e arranca a arma das mãos dele, luta contra a pulseira de checagem da pulsação de segurança por um momento, depois joga para o lado e empurra o garoto para a grade, mordendo de forma selvagem o capacete totalmente fechado. O instrutor corre para dentro, bate com sua pistola na cabeça do zumbi, dá um tiro e abaixa a arma. – Lembrem-se – ele diz para a classe toda –, que o coice de uma escopeta fará com que o cano suba, especialmente estas velhas Mossberg, então mirem mais para baixo se não quiserem atirar no céu azul. – Ele pega a arma e coloca novamente nas mãos trêmulas do garoto. – Continue.

O garoto hesita, então levanta o cano e atira duas vezes. Pedaços de sangue coagulado batem na proteção transparente do capacete em frente ao seu rosto, pintando-o de preto. Ele arranca o capacete e encara os cadáveres aos seus pés, respirando rápido e lutando para não chorar.

– Muito bom! – elogia o instrutor. – Lindo. Quem é o próximo?

Sabíamos que estava tudo errado. Sabíamos que estávamos nos degradando de maneiras que nem podíamos nomear e nos lamentávamos com memórias de dias melhores, mas não víamos mais nenhuma alternativa. Estávamos fazendo o nosso melhor para sobreviver. As equações nas raízes dos nossos problemas eram complexas e estávamos exaustos demais para resolvê-las.

Um barulho de farejar aos meus pés me faz finalmente desviar o olhar da cena na janela. Olho para baixo e vejo um filhote de Shepherd Alemão estudando minhas pernas com narinas cintilantes e úmidas. Ele olha para mim. Olho para ele lá embaixo, ofegando feliz por um momento e então começa a comer minha panturrilha.

– Trina, não! – Um garotinho vem correndo e segura a coleira, puxando a cadela para longe de mim e a levando até a porta aberta de onde tinha saído. – Cachorrinha malvada.

Trina gira a cabeça para conseguir olhar para mim.

– Desculpe! – diz o garoto do outro lado da rua.

Aceno para ele levemente com uma das mãos. Tudo bem.

Uma garotinha sai da porta e se junta a ele, apertando a barriga e olhando para mim com seus grandes olhos escuros. O cabelo dela é preto e o do garoto é loiro e encaracolado. Os dois devem ter uns seis anos.

– Não conte para nossa mãe, tudo bem? – ela pede.

Faço que não com a cabeça, engolindo um repentino refluxo de emoções. O som das vozes daquelas crianças, a dicção infantil perfeita...

– Vocês conhecem... a Julie? – pergunto.

– Julie Cabernet? – o menino indaga.

– Julie Gri... gio.

– Gostamos muito da Julie Cabernet. Ela lê para gente todas as quartas-feiras.

– *Histórias*! – a garotinha acrescenta.

Não reconheço o nome, mas um fiapo de memória se apruma ao som dele.

– Sabem onde... ela mora?

– Rua das Margaridas – diz o menino.

– Não, Rua das Flores. São flores!

– Margarida é uma flor.

– Ah.

– Ela mora em uma esquina, entre a Rua das Margaridas e a Avenida do Diabo.

– Avenida do Touro.

– Não é um touro, é um diabo. Os dois têm chifres.

– Oh!

– Obrigado – digo a eles e me viro para ir embora.

– Você é um zumbi? – a garotinha pergunta em um guincho tímido.

Congelo na hora. Ela espera a minha resposta, equilibrando o peso em cada um dos pés alternadamente. Relaxo, sorrio para ela e dou de ombros.

– Julie... acha que não.

Uma voz brava grita da janela do quinto andar algo sobre um toque de recolher, fechar a porta e não falar com estranhos, então aceno um adeus para as crianças e me apresso em direção às Margaridas e ao Diabo. O sol se pôs e o céu está cor de ferrugem. Um alto-falante a distância proclama uma sequência de números, e a maioria das janelas à minha volta apaga as luzes. Solto a gravata e começo a correr.

• • •

A intensidade do cheiro de Julie dobra a cada quarteirão. Quando as primeiras estrelas começam a surgir no céu oval do Estádio, viro em uma esquina e paro em frente a um edifício solitário revestido de alumínio branco. A maioria das construções parecem ser complexos de apartamentos multifamiliares, mas este é menor, mais fino e separado dos lotados e apertados vizinhos por uma distância constrangedora. Tem quatro andares, mas a largura mal deve dar para dois quartos. Parece uma mistura de casa de cidade com uma guarita de prisão. As luzes estão todas apagadas, a não ser em uma janela com varanda do terceiro andar. Pendurada em um dos lados da casa, a varanda parece romântica demais naquela estrutura tão austera, até que noto os rifles em bases giratórias em cada um dos cantos dela.

Escondo-me atrás de caixas de suprimentos colocadas onde deveria ser o quintal da casa. Ouço vozes lá dentro e fecho os olhos, me deleitando com seus timbres cantados e ritmos musicais doces. Posso ouvir Julie. Ela e outra garota, discutindo em um tom de voz nervoso e abreviado que parece jazz. Percebo que estou balançando de leve, dançando ao ritmo da conversa delas.

A conversa acaba depois de um tempo e Julie aparece na varanda. Faz apenas um dia desde que ela partiu, mas a sensação de reencontro que sinto é de como se fizesse uma década. Ela apoia os cotovelos na grade, parecendo com frio por usar apenas uma grande camiseta preta comprida e estar com as pernas de fora.

– É, aqui estou novamente – ela diz, aparentemente falando consigo mesma. – Meu pai me deu um tapinha nas costas quando voltei. Um tapinha, como se fosse a porra de um treinador de futebol. Não disse quase nada, apenas "bem-vinda de volta, Julie", e então teve que correr para uma reunião, um projeto ou algo assim. Não acredito no tanto que ele é... quer dizer, ele nunca foi carinhoso, mas... – Ouço o clique baixo e ela fica em silêncio por um momento. Depois outro clique. – Até eu ligar pra ele, provavelmente deveria imaginar que eu tinha morrido, né? Claro que ele mandou grupos de busca, mas quantas pessoas conseguem voltar depois de ataques como aquele? Eu estava morta pra ele. E talvez eu esteja sendo dura demais, mas não consigo imaginá-lo chorando por causa disso. Quem quer que tenha dado a notícia a ele, provavelmente os dois deram tapinhas nas costas um dos outro e disseram: "A vida segue, soldado" e então voltaram ao trabalho. – Ela fica olhando para o chão como se pudesse enxergar até o centro da Terra. – O que está errado com as pessoas? – ela fala quase baixo demais para eu ouvir. – Será que nasceram com algo faltando ou essas coisas caíram ao longo do caminho?

Ela fica em silêncio durante um tempo, e estou prestes a me mostrar quando Julie começa a rir de repente, fechando os olhos e sacudindo a cabeça.

– Por incrível que pareça, sinto falta daquele estúpido... sinto falta do R. Será que isso é tão louco quanto parece? Só porque ele é um... o que quer que ele seja? Quer dizer, zumbi não é só um nome idiota que criamos para um tipo de existência que não entendíamos? E o que tem um nome demais? Se formos mais... se houver um tipo de... – Ela tenta continuar, mas para, e então levanta um mini-gravador na altura do rosto e olha para ele. – Que se foda essa coisa. Diário em áudio... não curti. – Ela joga a coisa da varanda, que bate na casa vizinha e cai aos meus pés. Pego o gravador, guardo no bolso e aperto minha mão contra ele, sentindo seus cantos se enfiarem no meu peito. Se um dia voltar ao meu 747, essa lembrança ficará na pilha perto de onde durmo.

Julie sobe na grade da varanda e senta com as costas para mim, escrevendo em seu velho e surrado diário.

– Um registro ou algo poético?

– As duas coisas, tonto!

– Tem a ver comigo?

Saio das sombras e sussurro:

– Julie.

Ela não se assusta. Apenas se vira devagar e um sorriso se espalha por seu rosto como o lento degelo da primavera.

– Ah... meu Deus – ela diz meio rindo e então desce da grade e se vira totalmente para mim. – R? Você está aqui! Ah, meu Deus!

Sorrio também.

– Oi.

– O que você está fazendo aqui? – ela sibila, tentando falar baixo.

Dou de ombros, pensando que apesar de ser um gesto banalizado ao extremo, funciona em alguns momentos. Talvez seja uma linguagem necessária em um mundo sem palavras como o nosso.

– Vim pra... ver você.

– Mas eu fui embora, R. Precisei ir, lembra? Você deveria ter dito "adeus" e pronto.

– Não sei porque você... diz adeus. Eu digo... olá.

Seus lábios tremem decidindo como reagir, mas ela acaba com um sorriso relutante.

– Deus, como você é fofo. Mas falando sério...

– Ju! – chama uma voz de dentro da casa. – Vem aqui, quero mostrar uma coisa.

– Espera um minuto – Julie responde e olha de novo para mim. – Isso é loucura, R. Você vai acabar morrendo. Não importa o quanto você esteja mudado, as pessoas no comando daqui não ligam, elas não vão ouvir nada, apenas vão atirar em você. Está me entendendo?

– Sim – respondo e aceno com a cabeça.

Começo a subir pelo cano.

– Jesus, R. Não ouviu o que eu falei?

Estou um metro acima do chão quando percebo que apesar de conseguir correr, falar e talvez me apaixonar, escalar ainda é algo que não se desenvolveu de novo. Perco a firmeza e caio de costas no chão. Julie cobre a boca, mas um pouco de sua risada escapa.

– Cabernet! – Nora chama de novo. – O que está acontecendo? Está falando com alguém?

– Dá um tempo. Só tô fazendo meu áudio-diário.

Fico em pé, limpo a poeira da minha roupa e olho para Julie. Suas sobrancelhas estão duras e ela morde o lábio.

– R... – ela diz miseravelmente. – Você não pode...

A porta da varanda se abre e Nora aparece com seus cachos tão densos e revoltos quanto em minhas visões de todos os últimos anos. Mas nunca tinha visto ela em pé, e fico surpreso por ser tão alta, uns trinta centímetros a mais do que Julie, com suas longas pernas marrons aparecendo por baixo de uma saia camuflada. Tinha imaginado que elas eram colegas de classe, mas agora percebo que Nora é um pouco mais velha, tendo uns vinte e poucos anos.

– Ei, o que você... – ela começa a dizer, e então me vê e arregala os olhos. – Oh. Meu. Deus. É ele?

Julie suspira.

– Este é o R, Nora. Ela é a Nora, R.

Ela olha para mim como se eu fosse o Pé Grande, o Abominável Homem das Neves ou talvez um unicórnio.

– Hã... muito prazer... R.

– Muito... prazer. – respondo, e Nora tapa a boca para sufocar um gritinho maravilhado, olha para Julie e depois para mim de novo.

– O que faremos? – Julie pergunta a Nora, tentando ignorar a tontura dela. – Ele simplesmente apareceu aqui. Estou tentando dizer que vão matá-lo.

– Bom, pra começar ele precisa subir aqui – Nora responde, ainda olhando para mim.

– Aqui em casa? Ficou louca?

– Pensa bem, seu pai não vai voltar antes de uns dois dias. É mais seguro ele ficar em casa do que na rua.

Julie pensa por um minuto.

– Tá bom. R, espera um pouco que vou descer.

Dou a volta até a porta da frente e espero nervoso com minha camisa e gravata novas. Ela abre a porta sorrindo timidamente. É como o baile de formatura do fim do mundo.

– Oi, Julie – falo, como se não tivesse existido a conversa anterior.

Ela hesita, então vem até mim e me abraça.

– Senti a sua falta, sabia? – ela diz com a cabeça em meu peito.

– Eu... ouvi você.

Ela se afasta para olhar para mim e um olhar selvagem surge em seus olhos.

– Ei, R, se eu beijasse você, será que seria... tipo... convertida?

Meu cérebro pula como um LP em um terremoto. Até onde sei, apenas uma mordida, uma transferência violenta de sangue e essências, tem o poder de fazer os Vivos se juntarem aos Mortos antes de morrerem de verdade. De acelerar o inevitável. Por outro lado, tenho certeza de que a pergunta de Julie nunca foi feita antes.

– Acho que... não – respondo –, mas...

Uma luz aparece no fim da rua. O som de dois guardas gritando comandos quebra o silêncio da noite.

– Merda, é a ronda noturna – Julie sussurra e me puxa para dentro da casa. – Temos que apagar as luzes, já estamos em toque de recolher. Vamos.

Ela corre escada acima e eu a sigo, com alívio e desapontamento se misturando em meu peito como componentes químicos instáveis.

A casa de Julie parece desocupada. Na sala, cozinha e corredores, as paredes são brancas sem nada nelas. Os poucos móveis são de plástico e fileiras de luzes fluorescentes zumbem do teto e iluminam os carpetes bege à prova de manchas. Parece um escritório de uma companhia que faliu e que foi parcialmente desocupado, com seus cômodos ecoando e o duradouro aroma do desespero.

Julie apaga as luzes, deixando a casa no escuro até chegarmos em seu quarto. Ela apaga a luz do teto e acende um pequeno abajur ao lado da cama. Entro e giro devagar, absorvendo com avidez o mundo privativo dela.

Se a mente dela fosse um quarto, ela se pareceria com isto.

Cada parede era de uma cor diferente. Uma vermelha, uma branca, uma amarela, uma preta e o teto era azul cor do céu decorado com aviões de brinquedo. Cada parede parecia ter sido feita para um tema. A vermelha é quase toda coberta de ingressos de cinema e pôsteres de shows, todos antigos e gastos pelo tempo. A branca está cheia de quadros, começando perto do chão com uma fileira de pinturas acrílicas amadoras e chegando em três pinturas a óleo sobre tela incríveis: uma garota adormecida prestes a ser devorada por tigres, um Cristo de pesadelo em uma cruz geométrica e uma paisagem surreal misturada com relógios derretendo.

– Reconhece estes? – Julie fala com um sorriso que mal consegue conter. – São Salvador Dali. Originais, é claro.

Nora entra no quarto vinda da sacada, me vê com o rosto a centímetros das telas e ri.

– Bela decoração, né? Eu e Perry queríamos dar a Mona Lisa para ela de aniversário por causa daquele sorrisinho que ela sempre... esse sorriso! Esse mesmo! Mas... bom, é um longo caminho a pé até Paris. Tivemos que nos contentar com as exposições locais.

– A Nora tem uma parede inteira de Picassos no quarto dela – Julie acrescenta. – Seríamos ladrões de arte lendários se alguém ainda ligasse para isso.

Agacho-me para ver melhor os quadros de tinta acrílica da fileira de baixo.

– Esses aí são Julies – Nora diz. – Não são ótimos?

Julie vira os olhos com nojo.

– Nora me fez colocá-los aí.

Eu os estudo intensamente, procurando pelos segredos de Julie naquelas pinceladas desajeitadas. Dois são apenas cores brilhantes e uma textura grossa e torturada. O terceiro é um retrato cru de uma loira.

Dou uma olhada para a parede preta, que tem apenas um ornamento: uma foto de Polaroide do que parece ser a mesma mulher. Julie acrescida de mais uns vinte longos anos.

Julie segue os meus olhos e depois ela e Nora trocam um olhar rápido.

– É a minha mãe – Julie explica. – Ela foi embora quando eu tinha doze anos. – Ela limpa a garganta e olha pela janela

Viro-me para a parede amarela, que não tem adorno nenhum. Aponto para ela e levanto a sobrancelha.

– Essa é... minha parede da esperança – ela fala, com uma voz que contém um orgulho envergonhado que faz com que ela soe mais jovem. Quase inocente. – Estou deixando em aberto para algo que aconteça no futuro.

– O quê... por exemplo?

– Ainda não sei. Depende do que acontecer no futuro. Espero que seja algo feliz.

Ela dá de ombros para aquilo e se senta na beirada da cama batendo os dedos na coxa e me observando. Nora se ajeita ao lado dela. Não há cadeiras por ali, então sento no chão. O carpete é um mistério, escondido por baixo de camadas de roupas amassadas.

– Então, R – diz Nora, sentada em uma caixa de CDs e se inclinando para mim com olhos ansiosos. – Você é um zumbi, né? Como é ser assim? Como se sente?

– Eu... hã...

– Como você morreu? Como foi convertido?

– Não... me lembro.

– Não vejo nenhuma mordida grande, ferimento de bala nem nada. Deve ter sido de causas naturais. Não tinha ninguém por perto para descerebrar você?

Dou de ombros.

– Quantos anos tem?

Dou de ombros.

– Você parece ter uns vinte e poucos anos, mas pode ter uns trinta e poucos também. Você é uma dessas pessoas com rosto jovem. Porque não apodreceu mais? Quase nem sinto seu cheiro.

– Eu não... hã...

– Suas funções corporais ainda funcionam? Acho que não, né? Tipo, será que você ainda consegue... hã, você sabe...?

– Caramba, Nora – corta Julie, dando uma cotovelada na amiga – dá um tempo. Ele não veio fazer uma entrevista.

Lanço um olhar de agradecimento para Julie.

– Mas tem uma coisa só que quero saber. Como diabos você entrou aqui, no Estádio?

Dou de ombros.

– Entrei... andando.

– Mas como passou pelos guardas?

– Fingi... ser Vivo.

Ela me encara.

– Deixaram você entrar? Ted deixou você passar?

– Estavam... distraídos.

Ela põe a mão na testa. – Uau. Isso... – Ela faz uma pausa e um sorriso incrédulo aparece em seu rosto. – Sua aparência... melhorou. Você penteou o cabelo, R?

– Ele se travestiu – Nora fala rindo. – Ele se travestiu de Vivo!

– Não acredito que deu certo. Tenho certeza de que isso nunca aconteceu antes.

– Acha que ele consegue passar despercebido? – Nora pergunta. – Nas ruas, com pessoas de verdade.

Julie me estuda em dúvida, como um fotógrafo forçado a considerar uma modelo cheinha.

– Bom, acho que... é *possível*.

Fico sem graça com o exame minucioso delas. Finalmente Julie respira fundo e fica em pé.

– Bom, de qualquer forma, você vai ter que passar a noite aqui até decidirmos o que fazer. Vou esquentar um pouco de arroz. Você quer, Nora?

– Não, comi Carboteína há nove horas. – Ela me olha com cautela. – Está com... hã... fome, R?

Faço que não com a cabeça.

– Estou bem.

– Porque não sei o que poderíamos fazer em relação às suas restrições gastronômicas. Sei que não pode evitar, Julie me explicou tudo sobre você, mas nós não...

– É sério – interrompo. – Estou bem.

Ela não parece se convencer. Posso imaginar o filme que está passando na cabeça dela. Uma sala escura se enchendo de sangue. Eu, me arrastando em direção a Julie, com minhas mãos ensanguentadas esticadas. Julie pode tê-la convencido que sou um caso especial, mas não ficarei surpreso se receber alguns olhares nervosos. Nora fica me olhando em silêncio por alguns minutos. Então desencana e começa a enrolar um baseado.

Quando Julie volta com a comida, pego a colher dela e provo um pouco de arroz, sorrindo enquanto mastigo. Como sempre, parece isopor para mim, mas consigo engolir e Julie e Nora se entreolham e depois olham para mim.

– Qual é o gosto? – Julie pergunta timidamente.

Faço uma careta.

– Tá, mas mesmo assim, já faz tempo que você não come ninguém. E continua andando. Acha que um dia poderia deixar de comer... coisas vivas?

Dou um sorriso meio torto.

– Acho que... é possível.

Julie sorri com aquilo. Um pouco por causa do meu sarcasmo e um pouco por causa da esperança que aquilo traz. Seu rosto se acende e é preenchido com alívio. Espero que eu tenha razão. Espero que seja verdade. Espero não ter apenas aprendido a mentir.

• • •

Por volta de uma da manhã as garotas começam a bocejar. Havia colchonetes na despensa, mas ninguém estava com vontade de se aventurar para fora do quarto de Julie. Este cubo pintado artisticamente é como um pequeno abrigo quente e acolhedor em meio ao vazio gelado da Antártida. Nora fica com a cama e Julie e eu no chão. Nora faz sua lição de casa por mais ou menos uma hora, então apaga a luz e logo começa a roncar como uma delicada e pequena serra elétrica. Julie e eu estamos deitados de costas sobre um fino cobertor, com pilhas de roupa dela embaixo, como colchão, por cima do chão duro como pedra. É uma sensação estranha estar completamente rodeado por ela. A essência vital dela está em tudo. Ela está em mim, abaixo de mim e ao meu lado. É como se o quarto inteiro fosse feito com ela.

– R – ela sussurra, olhando para o teto. – Tem desenhos e frases ali pintados com tinta que brilha no escuro.

– Sim.

– Odeio isso aqui.

– Eu sei.

– Me leve pra algum outro lugar.

Faço uma pausa, ainda olhando para o teto. Queria conseguir ler o que ela escreveu lá. Como não consigo, finjo que as letras são estrelas e as palavras são constelações.

– Aonde você... quer ir?

– Não sei. Algum lugar bem longe. Algum país distante onde nada disso está acontecendo. Onde as pessoas apenas vivam em paz.

Fico em silêncio.

– Um dos amigos mais antigos de Perry era piloto... Poderíamos pegar seu avião/casa e ir a qualquer lugar, seria como voar em um trailer! – Ela vira de lado e sorri para mim. – O que acha, R? Poderíamos ir até o outro lado do mundo.

A excitação em sua voz me faz estremecer. Espero que ela não possa ver a sombra nos meus olhos. Não posso afirmar, mas tem algo no ar, um silêncio mortal quando passei pela cidade e suas cercanias que me diz que os dias de fugir dos problemas acabaram. A praga cobriu o mundo.

– Você disse... – começo, me esforçando para expressar um pensamento complexo. – Você disse... que...

– Força agora – ela me encoraja. – Use suas palavras.

– Você disse que... o avião não é... um mundo fechado.

O sorriso dela desaparece. – Como assim?

– Não dá... pra flutuar... acima da confusão.

Ela faz uma careta.

– Eu disse isso?

– Seu pai... caixas de concreto... paredes e armas... fugir não é melhor... que se esconder. Talvez seja pior.

Ela pensa por um momento.

– Eu sei – ela diz, e me sinto culpado por destruir a breve fantasia dela. – Sei bem disso. É o que venho dizendo a mim mesma há anos, que ainda existe esperança, que podemos mudar as coisas de algum jeito e blá, blá, blá. Só que... está ficando muito difícil acreditar nisso nos últimos tempos.

– Sei – falo, tentando esconder as falhas na minha sinceridade. – Mas não pode... desistir.

A voz dela fica meio sombria e ela paga pra ver o meu blefe.

– Porque ficou tão cheio de esperança de repente? O que está pensando de verdade?

Não respondo nada, mas ela lê o meu rosto como a manchete principal de um jornal, daquelas que anunciam a bomba atômica e as mortes de presidentes em letras maiores que vão ficando menores.

– Não tem para onde fugir, não é?

Quase imperceptivelmente, faço que não com a cabeça.

– O mundo inteiro... você acha que está todo morto? Todo dominado?

– Acho.

– Como pode saber isso?

– Não sei. Mas... sinto isso.

Ela respira e solta longamente o ar, olhando para os aviões de brinquedo pendurados acima da gente. – O que devemos fazer então?

– Temos que... consertar.

– Consertar o quê?

– Não sei. Tudo... acho.

Ela se apoia em um dos cotovelos.

– O que você está dizendo? – A voz dela fica mais alta. Nora se vira e para de roncar. – Consertar tudo? – Os olhos de Julie faíscam no escuro. – E como vamos fazer isso? Se você teve uma grande ideia é hora de contar, por favor, pois eu penso nisso o tempo inteiro, literalmente. Isso queima os meus neurônios todas as manhãs e noites desde que minha mãe partiu. Como consertamos tudo? Está tudo tão quebrado, todos estão morrendo, de novo e de novo, de maneiras mais sombrias e profundas. E o que podemos fazer? Sabe o que está causando isso, qual é essa praga?

Hesito.

– Não.

– Então como pode fazer algo a respeito? Quero saber, R. Como vamos conseguir "consertar" tudo?

Continuo encarando o teto. Olho para as constelações verbais que brilham verdes no espaço distante. Ali, deitado, enquanto minha mente voa até esses paraísos imaginários, duas estrelas começam a mudar. Elas viram, entram em foco e seus formatos ficam claros. Elas se tornam... letras.

T

E

– Te – sussurro.

– Quê?

– Ten... – repito, tentando pronunciar. É um som. É uma palavra. A constelação borrada está virando uma palavra. – O que... é? – pergunto, apontando o teto.

– O quê? As frases?

Levanto-me e aponto o lugar que estou olhando.

– Esta.

– É uma frase de *Imagine*, a música do John Lennon.

– Qual frase?

– *É fácil se você tentar.*

Fico ali parado um minuto, olhando para cima como se fosse um intrépido explorador do cosmos. Então me deito, coloco as mãos atrás da cabeça e abro bem os olhos. Não tenho respostas para as perguntas dela, mas posso sentir que elas existem. Pequenos pontos de luz na escuridão distante.

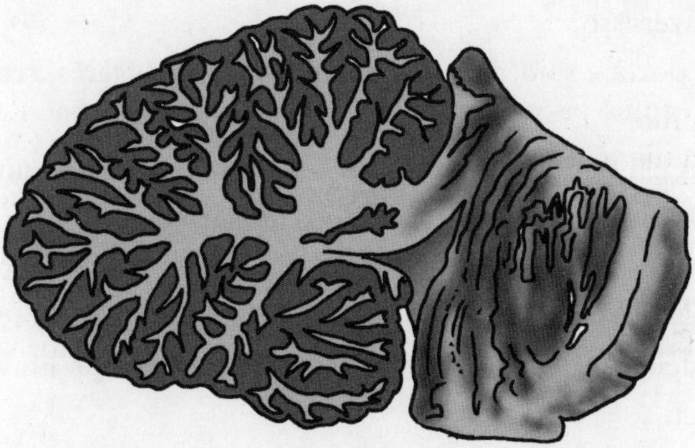

Passos curtos. Lama embaixo dos pés. Não parece lugar nenhum. Mantras estranhos se repetem na minha cabeça. Velhos barbudos sussurrando em becos escuros. *Onde está indo, Perry? Criança idiota. Moleque descerebrado. Onde?* A cada dia o universo fica maior, mais frio e sombrio. Paro em frente a uma porta negra. Uma garota mora nesta casa de metal. Eu a amo? É difícil dizer atualmente. Mas ela é a única coisa que restou. O último sol vermelho em um vazio que não para de crescer.

Entro na casa e a encontro sentada na escada, com os braços cruzados por cima dos joelhos. Ela põe um dedo na frente dos lábios.

– Meu pai – ela sussurra.

Olho escada acima, em direção ao quarto do general. Ouço a voz dele resmungando na escuridão:

– Esta foto, Julie. O parque aquático, lembra dele? Tive que pagar dez pratas por uma descida. Vinte minutos de trabalho para dez segundos de diversão. Mas valeu a pena naquela época, não? Gostava de olhar para o seu rosto enquanto deslizava pelo toboágua. Você era igualzinha a ela desde aquela época.

Julie fica em pé em silêncio e vai em direção à porta.

– Seus olhos. Cabelos. Não parece nada comigo. É ela pura. Como ela pode fazer isso?

Abro a porta e saio. Julie me segue com passos leves, sem fazer nenhum barulho.

– Como ela pode ser tão fraca? – o homem fala com uma voz que parece aço derretendo. Como pôde nos deixar aqui?

Caminhamos em silêncio. A garoa cai em nossos cabelos e os sacudimos como se fôssemos cães de rua. Vamos até a casa do Coronel Rosso. A mulher dele abre a porta, vê a cara de Julie e a abraça. Entramos para nos aquecer.

Encontro Rosso na sala, tomando café e olhando por trás dos óculos para um velho livro todo manchado. Enquanto Julie e a esposa dele conversam na cozinha, me sento em frente ao coronel.

– Perry – ele diz.

– Coronel.

– Como vai indo?

– Estou vivo.

– Já é um bom começo. E como vai de casa nova?

– Vai indo.

Rosso fica em silêncio por um momento.

– O que se passa na sua cabeça?

Procuro pelas palavras, pois parece que me esqueci da maioria delas. Finalmente, quase em silêncio, digo:

– Ele mentiu pra mim.

– Como assim?

– Ele disse que estávamos consertando as coisas e que se não desistíssemos tudo poderia terminar bem.

– Ele acreditava nisso, e eu acredito também.

– Mas então ele morreu. – Minha voz fica trêmula e luto para me controlar. – E foi algo sem sentido. Nenhuma batalha, nenhum sacrifício nobre, apenas um acidente de trabalho estúpido que poderia ter acontecido com qualquer um, a qualquer hora e em qualquer tempo histórico.

– Perry...

– Eu não entendo, senhor. Qual o objetivo de tentar consertar um mundo no qual passamos tão rapidamente? Qual o sentido de todo o trabalho, se ele vai simplesmente desaparecer? E sem nenhum aviso, com a porra de um tijolo caindo na sua cabeça?

Rosso não diz nada. A conversa em voz baixa da cozinha se torna audível com o silêncio, então elas passam a sussurrar, tentando esconder do coronel algo que tenho certeza que ele sabe. Nosso pequeno mundo já está cansado demais para ficar se preocupando com os pecados de seus líderes.

– Quero me juntar à Segurança – anuncio. Minha voz está firme e meu rosto sério.

Rosso solta o ar devagar e põe o livro de lado.

– Por que, Perry?

– Porque é a única coisa que sobrou que vale a pena.

– Pensei que você quisesse escrever.

– Não vale a pena.

– Por quê?

– Temos preocupações maiores atualmente. O General Grigio diz que estes são os últimos dias. Não quero passar meus últimos dias rabiscando letras em um papel.

– Escrever não é apenas por letras em um papel. É comunicação. É memória.

– Nada disso interessa mais. É tarde demais.

Ele me estuda, então pega o livro e vira a capa para mim.

– Você conhece esta história?

– É Gilgamesh.

– Sim. O Épico de Gilgamesh, um dos primeiros trabalhos de literatura conhecido, ou o romance de estreia da humanidade, poderíamos dizer. – Rosso passa as páginas amareladas e frágeis. – Amor, sexo, sangue e lágrimas. Uma jornada em busca da vida eterna e de escapar da morte. – Ele estica o braço por cima da mesa e entrega o livro a Perry.

– Foi escrito há mais de quatro mil anos em tábuas de pedra por pessoas que cultivavam o barro e raramente viviam mais do que quarenta anos. Sobreviveu a incontáveis guerras, desastres, pragas e continua fascinante até hoje, pois aqui estou eu, no meio da ruína moderna, lendo este livro.

Olho para Rosso e não para o livro. Meus dedos estudam a capa de couro.

– O mundo que deu a luz a essa história já sumiu faz tempo e todas as pessoas já morreram, mas ele continua a tocar o presente e o futuro porque alguém se importava o suficiente com seu mundo para mantê-lo, para traduzi-lo em palavras. Para se lembrar dele.

Abro o livro bem no meio. As páginas estão cheias de elipses marcando palavras e linhas que faltam, que apodreceram e se perdem na história. Olho fixo para as marcas e deixo os pontos pretos preencherem minha visão.

– Não quero me lembrar. – Fecho o livro. – Quero entrar para a Segurança. Quero fazer coisas perigosas. Quero esquecer.

– O que quer dizer com isso, Perry?

– Não quero dizer nada.

– Mas está parecendo que quer.

– Não. – As sombras da sala cobrem as linhas dos nossos rostos, drenando a tonalidade dos nossos olhos. – Não tem mais nada que valha a pena dizer.

• • •

Estou entorpecido. À deriva na escuridão dos pensamentos de Perry, reverbero com a dor dele como um sino baixo de igreja.

– Está trabalhando, Perry? – sussurro para o vazio. – Está desconstruindo a sua vida?

Ssshhhhh, Perry diz. *Não quebre o clima. Preciso disso para poder continuar.*

Flutuo em suas lágrimas derramadas, esperando na salgada escuridão.

• • •

O sol da manhã atravessa a janela da varanda de Julie. O grafite verde brilhante já desapareceu do teto branco. As garotas estão dormindo, mas estou acordado quase o tempo todo, a não ser por algumas poucas e desconfortáveis horas. Sem conseguir mais ficar sem me mexer, saio dos cobertores para esticar as juntas, deixando o sol bater em um lado do meu rosto e depois o outro. Nora murmura palavras do jargão médico como "mitose", "meiose" e algo que parece ser "necrose", e então percebo um livro velho aberto e caído sobre a barriga dela. Curioso, me inclino sobre ela um momento e, com cuidado, pego o livro.

Não consigo ler o título. Mas reconheço a capa imediatamente. Um rosto dormindo serenamente oferecendo suas veias expostas ao leitor. É um livro de referência médica, *Gray's Anatomy*.

Olhando nervosamente por cima do meu ombro, levo o pesado livro para o corredor e começo a virar as páginas. Desenhos intrincados da arquitetura humana, órgãos e ossos bem familiares a mim, apesar de que, ali, os corpos desenhados são mostrados limpos e perfeitos, com seus detalhes nem um pouco borrados por sujeira e fluidos. Debruço-me sobre as ilustrações enquanto os minutos passam, tomado por culpa e fascinação, como um púbere católico com uma *Playboy*. Não consigo ler o texto, claro, mas algumas palavras em latim aparecem na minha cabeça enquanto estudo as imagens, talvez alguma lembrança distante de minha velha vida, de uma leitura da faculdade ou um documentário na TV que absorvi em algum lugar. Aquele conhecimento parece grotesco em minha mente, mas eu aperto e me seguro com força a ele, amarrando aquelas informações no fundo da memória. Por que estou fazendo isso? Por que quero saber os nomes e funções de todas as belas estruturas que passei meus anos violando? Porque não mereço mantê-las anônimas. Quero a dor de conhecê-las e, por extensão, me conhecer: quem e o quê eu sou de verdade. Talvez com um bisturi vermelho, quente e esterilizado com lágrimas, eu consiga começar a arrancar a podridão de dentro de mim.

As horas passam. Quando já vi todas as páginas e espremi cada sílaba da minha memória, gentilmente recoloco o livro na barriga de Nora e vou até a varanda na ponta dos pés, esperando que o sol quente me dê algum alívio para a náusea moral que se abate dentro de mim.

Encosto-me na grade e olho para a cidade de Julie. Ontem à noite ela estava muito escura e sem vida, e agora está tão agitada e barulhenta quanto a Times Square. Fico imaginando o que todos estarão fazendo. A vontade coletiva borbulhante dos Vivos é intoxicante, e tenho o desejo repentino de estar lá embaixo com as massas, ombro tocando ombro e me acotovelando por espaço no meio de todo aquele suor e respirações. Se minhas perguntas têm respostas, elas certamente devem estar lá em baixo, nas solas dos pés sujos que pisam com vontade.

Ouço as garotas conversando baixinho no quarto, finalmente acordando. Volto e entro embaixo das cobertas ao lado de Julie.

– Bom dia, R – Nora diz sem muita sinceridade. Acho que falar comigo como seu eu fosse um humano normal ainda é uma novidade. Parece que ela que soltar risos nervosos toda vez que percebe a minha presença. É um pouco chato, mas eu entendo. Sou uma incongruência que leva um tempo para que as pessoas se acostumem.

– Bom dia – Julie diz roucamente. Ela está o menos bonita que já vi, com os olhos inchados e toda descabelada. Fico imaginando se ela dorme bem à noite e que tipo de sonhos tem. Adoraria entrar em seus sonhos do mesmo jeito que ela entra nos meus.

Ela deita de lado, apoia a cabeça na mão e o cotovelo no chão e olha para mim.

– Bom, aqui estamos nós. E agora?

– Quero ver... a sua cidade.

Os olhos dela estudam o meu rosto.

– Por quê?

– Quero ver... como você vive. Pessoas Vivas.

Os lábios dela se endurecem.

– É muito arriscado. Alguém pode descobrir você.

– Ah, vamos lá, Julie – Nora incentiva. – Ele andou até aqui, temos que mostrar o lugar! Podemos dar um trato nele, disfarçá-lo. Ele já passou pelo Ted, tenho certeza de que consegue dar uma volta se formos cuidadosos. Você vai tomar cuidado, né, R?

Faço que sim com a cabeça, ainda olhando pra Julie. Ela fica em silêncio. Depois, deita novamente de costas e suspira com jeito de consentimento.

– Oba! – Nora se anima.

– Podemos tentar. Mas R, se não parecer convincente depois que terminarmos, nada de passeio. E se eu vir alguém olhando muito pra você, o passeio acabou. Combinado?

Faço que sim com a cabeça.

– Nada disso, quero ouvir você falar.

– Combinado.

Ela sai das cobertas e sobe até o lado da cama. Então, me olha de cima a baixo.

– Muito bem – ela fala, com seus cabelos apontando para todas as direções. – Vamos deixar você apresentável.

• • •

Gostaria que a minha vida fosse um filme, assim poderia fazer uma montagem. Uma sequência rápida de cenas com uma música pop de fundo seria bem mais fácil suportar as duas horas que elas gastaram tentando me converter, me mudar de volta ao que é considerado humano. Elas lavam e aparam meu cabelo, depois usam suas escovas de dente em mim, mas não tem como meu sorriso ficar melhor do que o de alguém viciado em café. Depois, tentam me vestir com roupas de adolescente de Julie, mas ela é pequena e eu acabo rasgando camisetas e arrancando botões como se fosse um daqueles marombados fortões. Finalmente elas desistem, e espero pelado no banheiro enquanto minha velha roupa esporte-fino é lavada e secada.

Enquanto espero, decido tomar banho. É um experiência que há tempos eu não experimentava, nem mesmo me lembrava, e aproveito como um primeiro gole de vinho, ou um primeiro beijo. As cascatas de água quente golpeando meu corpo, lavando meses ou anos de sujeira e sangue, um pouco meu, mas a maior parte de outras pessoas. Todas essas espirais imundas descendo pelo ralo e indo para o subsolo, lugar a que pertencem. Minha verdadeira pele aparece, um cinza pálido, marcada por cortes, arranhões e ferimentos de bala, mas limpa.

Esta é a primeira vez que vejo meu corpo.

Quando minhas roupas secaram, Julie costurou os buracos mais feios e me visto sentindo uma sensação estranha de limpeza. Minha camisa não gruda mais em mim. Minha calça não me arranha mais.

– Você devia deixar pelo menos a gravata pra lá – Nora diz. – Você fica uns dez anos para trás da curva da moda com esse acessório.

– Não, fique com ela – Julie afirma, olhando para aquela pequena tira de pano com um olhar caprichoso. – Gosto da gravata. É a única coisa que impede você de ser cinza por inteiro.

– Mas com certeza não vai ajudá-lo a se misturar às pessoas, Ju. Lembra de todos os olhares que atraímos quando resolvemos começar a usar tênis em vez das botas de trabalho?

Mas é exatamente a questão. As pessoas já sabem que eu e você não usamos uniforme. Enquanto R estiver com a gente, ele pode usar até *shorts* de lycra e uma cartola e ninguém irá falar nada.

Nora sorri.

– Gostei dessa ideia.

Assim a gravata fica, com toda a sua incongruência vermelha de seda. Julie me ajuda a fazer o nó. Ela penteia meu cabelo e passa gel nele. Nora me dá um ano de perfume masculino para o corpo.

– Eca, Nora – Julie reclama. Odeio esse negócio. Ele nem fede.

– Ele fede um pouco.

– É, agora ele fede um pouco.

– Melhor ele cheirar como uma fábrica de produtos químicos do que como um cadáver, né? E vai afastar os cães dele.

Há um pequeno debate sobre eu usar ou não óculos escuros, mas acabam decidindo que seria mais suspeito do que deixar o cinza levemente etéreo aparecendo.

– Quase não dá para notar – Julie diz – É só você não ficar encarando ninguém por muito tempo.

– Vai dar certo – Nora completa. – Ninguém olha pra ninguém por aqui.

O último passo da transformação é a maquiagem. Fico sentado em frente ao espelho, como uma atriz se preparando para sua grande cena, enquanto elas passam base, pó e dão tonalidade à minha pele monocromática. Quando terminam, encaro o espelho surpreso.

Estou vivo.

Sou um jovem e belo profissional, feliz, bem-sucedido, saudável, saindo de uma reunião de negócios que deu certo e indo para a academia. Solto uma risada alta. Olho-me no espelho e a alegria daquele absurdo explode dentro de mim.

Rir alto. Outra coisa que faço pela primeira vez.

– Nossa... – Nora diz, indo para trás para me olhar melhor, enquanto Julie solta um "Uau" com os lábios meio comprimidos, se segurando para não soltar algo.

– Você ficou...

– Você ficou um gato! – Nora confessa. – Posso ficar com ele, Julie? Só uma noite!

– Cala a boca, galinha – Julie diz rindo e ainda me inspecionando. Ela toca com cuidado a minha testa, no buraquinho feito por sua faca. – Acho melhor cobrirmos isso. Desculpe, R. – Ela cobre o buraco com um *band-aid* e pressiona gentilmente as pontas. – Pronto – Ela dá um passo atrás e me estuda como uma pintora perfeccionista, satisfeita, mas cautelosa.

– Con... vincente?

– Huumm – ela fala.

Ofereço minha melhor tentativa de um sorriso vitorioso, esticando bem os lábios.

– Ah, meu Deus. Não faça mais isso, definitivamente.

– Aja naturalmente – Nora diz. – Finja que está em casa, no aeroporto, cercado pelos seus amigos, se é que vocês têm isso.

Volto ao passado pensando na primeira vez que Julie disse meu nome, enquanto dividíamos uma cerveja e um prato de comida tailandesa.

– Muito bom, ficou bem melhor.

Julia assente, pressionando os dedos contra os lábios como se fosse conter uma explosão de emoção. Um coquetel vertiginoso de diversão, orgulho e afeição.

– Ficou muito bom, R.

– Obrigado.

Ela respira fundo, uma respiração decisiva.

– Muito bem. – Ela coloca um gorro de lã e fecha o zíper do agasalho. – Está pronto para ver o que a humanidade anda fazendo desde que você partiu?

Levanto-me e dou os toques finais, ajeitando a gravata. Ela entrelaça os dedos nos meus e olha para mim.

– Vamos?

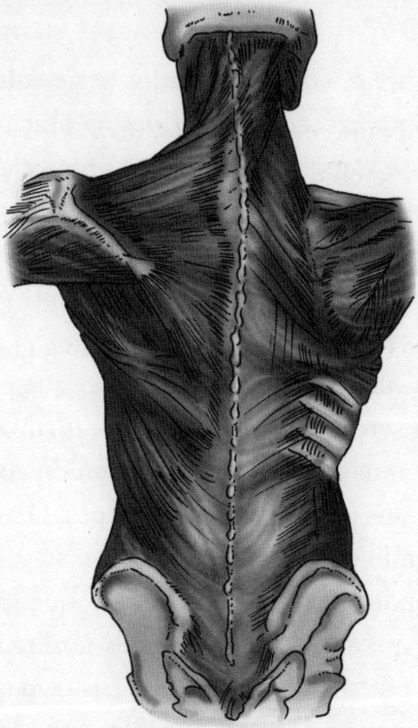

Antigamente, nos meus dias de procurar coisas na cidade, eu sempre olhava para as paredes do Estádio e imaginava um paraíso lá dentro. Pensava que era perfeito, que todos eram felizes, bonitos e não queriam mais nada, e em minha visão estúpida e limitada, sentia inveja e queria todos eles mais ainda. Mas olhe para este lugar. As folhas de metal ondulado brilhando sob o sol. O zumbido das moscas sobre o ruminar do gado cheio de hormônios. As roupas manchadas penduradas nos cabos de suporte que existiam entre os prédios, balançando ao vento como bandeiras de rendição.

– Bem-vindo à Cidade Estádio – diz Julie, abrindo bem os braços. – A maior habitação humana no que antes era chamado de América.

Porque ficamos? Dizem as vozes dentro de mim enquanto Julie mostra lugares interessantes e cartões postais. *O que é uma cidade e porque continuamos construindo cidades? Leve embora a cultura, o comércio, os negócios e o prazer, sobra mais alguma coisa? Apenas uma rede de ruas sem nome cheia de pessoas sem nome?*

– Tem mais de vinte mil de nós enfiados neste aquário – Julie explica enquanto passamos por grandes multidões na praça central. – Logo estará tão apertado que vamos ter que nos espremer. A humanidade será uma grande ameba sem mente.

Porque não nos espalhamos? Fugir para as montanhas e plantar nossas raízes onde o ar e a água eram limpos? O que é que precisávamos tanto uns dos outros neste amontoado de corpos?

Tento manter os olhos no chão o máximo que posso, tentando me misturar e evitando ser notado. Dou olhares furtivos para as torres de guarda, tanques de água, novos prédios surgindo sob o brilho das soldadoras, mas olho mais para meus próprios pés. O asfalto. Barro e cocô de cachorro amaciando os cantos afiados.

– Estamos colhendo menos da metade do que precisamos para sobreviver – Julie diz quando passamos pelos jardins, apenas um sonho embaçado de verde por trás das paredes translúcidas das estufas. – Por isso, as porções de comida de verdade são racionadas e completamos a nossa dieta com Carboteína.

Um trio de adolescentes em macacões amarelos puxa um carrinho de laranjas e passa por nós. Percebo que um deles tem estranhas feridas descendo pelo lado de seu rosto, machucados marrons como amassados em uma maçã, como se as células simplesmente tivessem entrado em colapso. – Sem falar que gastamos quase uma farmácia inteira por mês. As equipes de recuperação de coisas mal conseguem dar conta. É só questão de tempo até entrarmos em guerra contra os outros enclaves por causa das últimas caixas de Prozac.

Será que foi só medo? As vozes se perguntam. *Tínhamos medo nas épocas boas, como poderíamos resistir nas ruins? Então achamos os muros mais altos e nos fechamos dentro deles. E continuamos lá dentro até sermos os maiores e mais fortes, elegemos grandes generais e achamos as maiores armas, pensando que esse maximalismo, de um jeito ou de outro, geraria felicidade. Mas nada tão óbvio assim poderia funcionar.*

– O que me impressiona – Nora diz, se encolhendo para passar pelo barrigão de uma mulher morbidamente grávida – é que apesar das coisas que faltam e que precisamos, as pessoas continuam a fazer filhos.

Inundando o mundo com cópias deles mesmo apenas porque é tradição, porque é o que fazemos.

Julie olha para Nora e abre a boca, mas depois fecha novamente.

– E apesar de estarmos próximos de morrer de fome sob uma montanha de fraldas sujas, ninguém tem coragem de sugerir que as pessoas guardem suas sementes durante um tempo.

– Sim, mas... – Julie começa, com uma voz estranhamente tímida. – Sei lá... tem algo bonito nisso, não acha? Que continuamos vivendo e crescendo, mesmo em um mundo moribundo? Que continuamos voltando, não importa quantos de nós morram?

– Por que é bonito que a humanidade continue voltando? Herpes também faz isso.

– Ah, cala a boca, Nora. Você adora as pessoas. Ser um misantropo era coisa do Perry.

Nora ri e dá de ombros.

– Não é por manter a população, é o fato de passarmos adiante quem somos e o que aprendemos, para que as coisas *continuem* andando. Para que nós não terminemos pura e simplesmente. Claro que é meio egoísta, mas de que outro jeito nossas curtas vidas significariam algo?

– Acho que tem razão – Nora concorda. – Não é como se tivéssemos alguma outra coisa para deixar nessa era pós tudo.

– Isso. Tudo está se apagando. Ouvi dizer que o último país do mundo entrou em colapso em janeiro.

– É mesmo? E qual era?

– Não me lembro. Suécia, talvez?

– Então o globo está finalmente em branco. Isso é deprimente.

– Pelo menos você tem uma herança cultural a qual se apegar. Seu pai era etíope, né?

– Sim, mas o que isso significa para mim? Ele não se lembra de seu país, eu nunca estive lá e agora ele não existe mais. Tudo que sobrou pra mim é a pele marrom, e quem liga pra cor da pele hoje em dia? – Ela faz um gesto com a mão em direção ao meu rosto. – Em um ou dois anos, todos seremos cinza de qualquer forma.

Fico um pouco para trás enquanto as duas continuam o debate. Observo-as falar e gesticular, ouvindo suas vozes sem prestar atenção nas palavras.

O que sobrou de nós? Resmungam os fantasmas, escorregando de volta para as sombras do meu subconsciente. *Nenhum país, nenhuma cultura, nenhuma guerra, mas também não temos paz. O que sobra dentro de nós, então? O que continua se contor*cendo em nossos ossos quando todo o resto foi arrancado?

• • •

No fim da tarde, chegamos à rua que antes era chamada de Rua da Joia. Os prédios escolares nos esperavam à frente, pequenos e satisfeitos, e sinto meu estômago revirar. Julie hesita em uma esquina, olhando, pensativa em direção às janelas brilhantes da escola.

– Aquelas são as instalações de treino. Mas você não vai querer ver as coisas lá dentro. Vamos em frente.

Sigo-a contente, indo embora daquele lugar sombrio, mas encaro fortemente a placa verde quando passamos por ela. Tenho quase certeza de que a primeira letra é J.

– Qual o nome dessa rua? – pergunto, apontando para a placa.

Julie sorri.

– Ah, é a Rua Julie.

– Antes era o desenho de um diamante ou algo assim – Nora explica –, mas o pai dela rebatizou com o nome dela quando as escolas foram construídas. Não é fofo?

– Foi fofo – Julie admite. – É o tipo de gesto que meu pai consegue fazer de tempos em tempos.

Ela nos leva próximo ao perímetro das paredes para um túnel grande e escuro que vem diretamente da entrada principal. Percebo que este túnel devia ser onde as equipes faziam suas entradas triunfais no campo, na época em que milhares de pessoas ainda podiam torcer por coisas tão triviais. E como a outra ponta do túnel leva ao mundo dos Vivos, parece certo que este outro lado leve ao cemitério.

Julie mostra sua identidade para os guardas e eles nos deixam entrar. Saímos em um campo montanhoso cercado por uma cerca de centena de metros. Espinheiros negros se curvam em direção ao céu cinza e dourado, guardando tumbas de verdade. Cruzes e imagens de santos completam a paisagem. Suspeito que essas coisas foram pegas em algum cemitério antigo, pois os nomes e datas foram cobertos com letras cursivas com tinta branca. Os epitáfios parecem muros pichados.

– Aqui é onde enterramos... o que sobra de nós – Julie diz. Ela anda um pouco à frente de Nora e eu fico parado na entrada. Aqui fora, com a porta atrás de nós fechada, o barulho pulsante das pessoas se foi, substituído pelo silêncio estoico dos mortos de verdade. Cada um dos corpos descansando aqui está sem cabeça, com um tiro na cabeça ou é apenas um monte de carne e ossos meio comidos em uma caixa. Entendo porque decidiram construir o cemitério fora do Estádio. Além de ser maior dos que as terras utilizadas lá dentro, também não seria algo para levantar a moral das pessoas. Seria uma lembrança bem mais aterradora do que os antigos campos ensolarados do velho mundo, com ruelas tranquilas e descanso eterno. Isto é uma pequena visão do nosso futuro. Não como indivíduos, cujas mortes nós podemos aceitar, mas como espécie, como civilização, como mundo.

– Tem certeza de que quer entrar aqui exatamente hoje? – Nora pergunta a Julie com cuidado.

Julie olha para o morro de grama marrom irregular.

– Venho todos os dias. Hoje é um dia, é terça-feira.

– Sim, mas... hã, quer que esperemos aqui?

Ela dá uma olhadela para mim e pensa naquilo por um momento.

– Não. Vamos. – Ela começa a andar. Eu a sigo e Nora vem atrás de mim constrangida, mantendo uma certa distância.

Não há aleias neste cemitério, por isso Julie anda em linha reta, passando por lápides e túmulos, alguns recém-cavados. Os olhos dela estão focados em uma torre alta com um anjo de mármore em cima. Paramos na frente dela, eu e Julie lado a lado e Nora ainda atrás de nós. Esforço-me para ler o nome na sepultura, mas ele não se revela para mim. Mesmo as primeiras letras ficam ilegíveis.

– Esta é... minha mãe – diz Julie. O vento frio do fim de tarde joga o cabelo dela nos olhos, mas ela apenas cruza os braços. – Ela foi embora quando eu tinha doze anos.

Nora se contorce atrás de nós e então vai dar uma volta, fingindo examinar os epitáfios.

– Ela perdeu a cabeça, eu acho – Julie me conta. – Saiu correndo sozinha para a cidade uma noite e foi isso. Acharam alguns pedaços dela, mas... não tem nada nesta sepultura. – A voz dela sai casual demais. Lembro-me dela tentando imitar os Mortos no aeroporto, exagerando, como se usasse uma máscara fina de papel. – Acho que tudo isso foi demais pra ela. – Julie aponta vagamente para o cemitério e depois o Estádio atrás de nós. – Ela era uma daquelas pessoas muito livres, sabe? Uma deusa boêmia e selvagem vestida com fogo. Ela conheceu meu pai quando tinha dezenove anos, e ele a levou às nuvens. É difícil de acreditar, mas ele era músico, tocava teclado em uma banda de rock e era muito bom. Eles se casaram jovens e então... não sei bem como... o mundo virou uma merda e meu pai mudou. Tudo mudou.

Tento decifrar os olhos dela, mas o cabelo na frente atrapalha. Ouço um tremor em sua voz.

– A mamãe tentou. De verdade, ela era uma pessoa ótima. Fazia a parte dela para manter tudo certo, seu trabalho diário e depois tudo girava em torno de mim. Eu era tudo. Meu pai nunca estava lá, por isso era só ela e a pequena pentelha. Lembro-me de me divertir tanto, numa época, ela me levava num parque aquático...

Um pequeno soluço de choro a pega de surpresa, afogando as palavras. Ela cobre a boca com a mão e seus olhos falam comigo por entre as mechas de cabelo. Gentilmente, retiro o cabelo de seu rosto. Ela desvia os olhos de mim e volta a olhar para a sepultura. Sua voz sai fraca e falseando:

– Ela simplesmente não foi feita pra esta droga de lugar. Sua voz falhando. O que ela podia fazer aqui dentro? Tudo que a fazia se sentir viva tinha acabado. Tudo que sobrou foi uma garota estúpida de doze anos com dentes feios que a acordava todas as noites pedindo que ela espantasse a porra de um pesadelo. Ela só podia querer fugir mesmo.

– Chega – falo com firmeza, e viro seu rosto para mim. – Chega.

Lágrimas rolam de seu rosto, secreções salgadas passando por dutos e tubos, passando por células brilhantes e pulsantes e bravos tecidos vermelhos. Limpo essas lágrimas e a puxo para mim.

– Você está... viva – murmuro para seus cabelos. – Vale a pena... viver por você.

Sinto-a tremer encostada no meu peito, grudando em meu peito conforme a envolvo mais com meus braços. Há um silêncio no ar a não ser pelo leve assobio da brisa. Nora está olhando em nossa direção agora, passando um dos dedos pelos seus cachos. Nossos olhares se encontram e ela me dá um sorriso triste como que se desculpando por não me alertar sobre isso. Mas não tenho medo dos segredos obscuros de Julie. Quero muito ficar sabendo de todos, encará-los de frente e apertar a mão deles com firmeza e com toda a força.

Enquanto ela molha minha camisa com lágrimas, percebo que estou prestes a fazer outra coisa que nunca fiz antes. Respiro fundo e tento cantar:

– *Você é... sensacional...* – limpo a garganta, tentando pelo menos parecer um pouco com a melodia do Frank – *Sensacional... isso é tudo*.

Há uma pausa e então algo muda o comportamento de Julie. Percebo que ela está rindo.

– Caramba... – ela fala entre risos, e levanta a cabeça para olhar pra mim, com os olhos brilhantes e um sorriso no rosto. – Isso foi lindo, R, nossa. Você e o Zumbi Sinatra deveriam gravar *Duetos Volume 2*.

Eu tusso.

– *Não pude... me aquecer.*

Ela arruma meu cabelo e depois olha novamente para o túmulo, retirando do bolso de trás da calça uma margarida murcha com quatro pétalas restantes. Ela a coloca na terra na frente da lápide.

– Desculpa, mãe – ela diz suavemente. – Foi a melhor que consegui encontrar. – Então, ela pega minha mão. – Mãe, este é o R. Ele é ótimo, você o adoraria. A flor é um presente dele também.

Mesmo sabendo que a sepultura estava vazia, imaginei a mão da mãe dela saindo da terra e pegando o meu tornozelo. Afinal, sou uma célula do câncer que a matou. Mas se Julie for indício de algo, suspeito que a mãe dela pode me perdoar também. Essas pessoas, estas belas mulheres Vivas parecem não fazer uma conexão entre mim e as criaturas que continuam matando tudo que elas amam. Elas permitem que eu seja uma exceção, e me sinto humilhado por esse presente que não mereço. Quero retribuir de algum jeito, merecer o perdão delas. Quero ajudar a consertar o mundo que ajudei a destruir.

Nora se junta a nós quando deixamos o túmulo da sra. Grigio. Ela acaricia o ombro de Julie e a beija na cabeça.

– Você está bem?

Julie faz que sim com a cabeça.

– Tão bem quanto é possível.

– Quer ouvir algo bacana?

– Quero muito.

– Vi algumas flores do campo perto da minha casa. Estão crescendo em um vala.

Julie sorri, limpa as últimas lágrimas de seus olhos e não diz mais nada.

Dou uma olhada nas lápides enquanto caminhamos e percebo que elas são tortas e colocadas a esmo, dando ao cemitério um ar antigo, apesar das dúzias de túmulos novos. Fico pensando sobre a morte, sobre o quanto a vida é breve comparada a ela. Imagino o quão profundas são as covas, quantas camadas de caixões têm aqui, uma em cima da outra, e que porção do solo da Terra é criada com o nosso apodrecimento.

Então algo interrompe minhas reflexões mórbidas. Sinto um frio na barriga, uma sensação estranha parecida com o que eu imagino que seja um bebê chutando o útero da mãe. Paro no meio de um passo. Uma lápide inexpressiva e retangular me observa de um morro próximo.

– Esperem um pouco – falo para as garotas e começo a subir o morro.

– O que ele está fazendo? – Ouço Nora perguntando. – Aquele não é...

Paro em frente ao túmulo e fico olhando para o epitáfio. Uma sensação de vertigem surge nas minhas pernas, como se um poço fundo estivesse se abrindo na minha frente, me atraindo para sua borda com sua inexorável força sombria. Meu estômago se revira, sinto uma pontada no meu crânio e então... caio dentro dele.

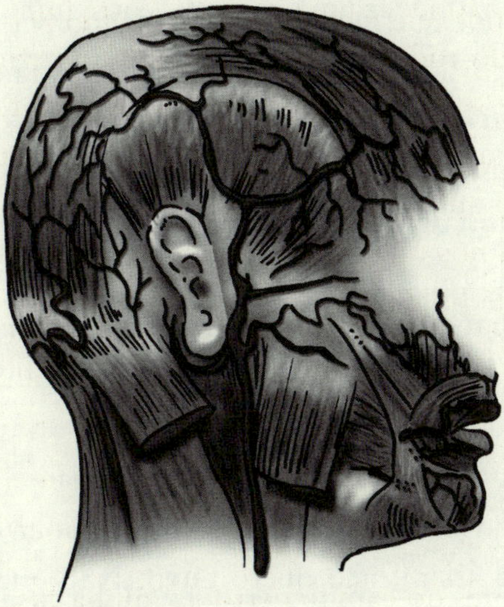

Meu nome é Perry Kelvin e este é meu último dia de vida.

É uma sensação estranha acordar com essa consciência.

Lutei com o alarme a minha vida toda, apertando o botão de soneca repetidamente com pena de mim mesmo até que a vergonha finalmente fica grande o suficiente e me faz levantar. Apenas nas manhãs mais claras, aqueles raros dias de energia, propósito e razões claras para se viver que eu acordava com facilidade. É estranho que eu faça o mesmo hoje.

Julie resmunga quando saio de seus braços arrepiados e me levanto da cama. Ela puxa a minha metade das cobertas para ela e se vira para a parede. Ainda vai dormir algumas horas, sonhando com paisagens intermináveis e estrelas coloridas, maravilhosas e assustadoras. Se eu ficasse, ela acordaria e descreveria tudo para mim. Todas as tramas com reviravoltas e imagens surrealistas, tão vívidas para ela quanto sem sentido para mim. Houve um tempo que eu adorava ouvi-la, quando achava a comoção da alma dela agridoce e linda, mas não consigo mais aguentar. Me inclino para dar um beijo de tchau nela, mas meus lábios congelam e me afasto. Não posso. Não posso. Vou entrar em colapso. Saio sem tocar nela.

Hoje faz dois anos que meu pai foi esmagado pelo muro que estava construindo, e me tornei órfão. Tenho sentido a falta dele há setecentos e trinta dias e muito mais que isso da minha mãe, mas amanhã não sentirei mais. Penso nisso enquanto desço as escadas estreitas do meu lar adotivo, esta bagunça de pessoas descartadas, e saio para a cidade. Pai, mãe, meu avô, amigos... amanhã não sentirei falta de ninguém.

É cedo e o sol mal aparece sobre as montanhas, mas a cidade já está totalmente acordada. As ruas estão cheias de trabalhadores, reparadores, mães empurrando carrinhos e mães adotivas levando filas de crianças como se fossem gado. Em algum lugar distante, alguém toca um clarinete. Suas notas trêmulas voam pelo ar da manhã como o canto dos pássaros e, mesmo assim, não quero ouvir. Não quero ouvir música, não quero que o nascer do sol seja rosa. O mundo é uma mentira. Sua feiúra é deprimente, e os fiapos de beleza só pioram as coisas.

Vou até o prédio administrativo que fica na Rua da Ilha e falo para a recepcionista que tenho uma reunião marcada às sete com o General Grigio. Ela me leva até o escritório e fecha a porta depois que entro. O general não levanta a cabeça dos papéis que está olhando. Ele levanta um dedo para mim. Fico em pé esperando e deixo meus olhos vagarem pela sala. Uma foto de Julie. Uma foto da mãe de Julie. Uma foto gasta dele e do Coronel Rosso em uniformes do exército dos EUA, fumando em frente ao céu de Nova York repleto de aviões. Perto dele tem outra dos dois fumando, mas olhando para uma Londres bombardeada. Outra de Paris bombardeada. Uma de Roma fumegante.

Finalmente o general põe a papelada de lado, tira os óculos e olha para mim.

– Sr. Kelvin.

– Senhor.

– Sua primeira missão de resgate de coisas como líder da equipe.

– Sim, senhor.

– Acha que está pronto?

Minha língua estala enquanto imagens de cavalos, violoncelos e lábios vermelhos em uma taça de vinho passam pela minha cabeça, tentando me tirar do curso. Eu as queimo como filmes antigos.

– Sim, senhor.

– Ótimo. Aqui está seu passe de saída. Procure o Coronel Rosso no centro comunitário para saber quem serão os membros de sua equipe.

– Obrigado, senhor – Pego os papéis e me viro para sair, mas paro bem na porta. – Senhor? – Minha voz falha, mesmo tendo me prometido que não deixaria isso acontecer.

– Sim, Perry?

– Permissão para falar sinceramente, senhor?

– Pode falar.

Umedeço os lábios secos.

– Existe uma razão para tudo isso?

– Como assim?

– Existe uma razão para continuarmos a fazer tudo isso? A recuperação de coisas e tudo o mais?

– Acho que não estou entendo sua pergunta, Perry. Os suprimentos que recuperamos nos mantêm vivos.

– Estamos tentando ficar vivos porque achamos que o mundo vai melhorar um dia? É nisso que estamos trabalhando?

A expressão dele é vazia.

– Talvez.

Minha voz fica trêmula e indignada, mas eu não consigo mais me controlar.

– Mas e o agora? Tem alguma coisa que você ama neste momento que faz valer a pena estar vivo?

– Perry...

– Pode me dizer o que é, senhor? Por favor?

Os olhos dele são de mármore. Um som como o começo de uma palavra se forma em sua garganta e então para. Sua boca se endurece.

– Esta conversa não é apropriada. – Ele descansa as mãos abertas sobre a mesa. – Está na hora de você ir. Temos trabalho a fazer.

Engulo em seco.

– Sim, senhor. Desculpe, senhor.

– Procure o Coronel Rosso no centro comunitário para saber quem serão os membros de sua equipe.

– Sim, senhor.

Saio pela porta e a fecho atrás de mim.

No escritório do Coronel Rosso, me comporto com total profissionalismo. Peço a lista de membros da minha equipe e ele me dá um envelope com os olhos cheios de orgulho e calor. Depois me deseja sorte e eu agradeço. Rosso me convida para jantar e eu declino do convite educadamente. Minha voz não falha e não perco a compostura.

Marcho pelo saguão do centro comunitário e, quando dou uma olhada para a academia, vejo Nora me encarando através das grandes janelas. Ela usa shorts pretos colados e um top branco, igual a todas as pré-adolescentes na quadra de vôlei atrás dela. É o Time Nora, a tentativa triste dela de distrair algumas crianças duas horas por semana. Passo por ela fazendo apenas um aceno de cabeça e quando começo a empurrar as portas da frente para sair, ouço os tênis dela assobiando no chão atrás de mim.

– Perry!

Paro e deixo as portas se fecharem. Viro-me e olho para ela.

– Olá.

Ela fica parada na minha frente com os braços cruzados e o olhar duro.

– Então hoje é o grande dia, né?

– Acho que sim.

– Em que área você vai agir? Já tem tudo planejado?

– O velho prédio da Pfizer, na Oitava Avenida.

Ela assente com a cabeça.

– Bom, esse parece um bom plano, Perry. E você deve terminar tudo e estar em casa às seis da tarde, certo? Você lembra que vamos levá-lo ao Pomar hoje à noite? Não vamos deixar você choramingando sozinho igual você fez no ano passado.

Assisto as crianças no ginásio pulando, jogando, batendo, rindo e xingando.

– Não sei se vou conseguir. Essa saída pode ser mais longa do que o normal.

Nora continua assentindo com a cabeça.

– Ah, sim, certo. Porque o prédio é torto, cheio de rachaduras e becos sem saída e você precisa tomar um cuidado extra, certo?

– Isso.

– Bom! – Ela faz um movimento de cabeça em direção ao envelope em minha mão. – Já deu uma olhada?

– Ainda não.

– Acho que seria bom olhar, Perry. – Ela bate o pé no chão e seu corpo vibra com uma raiva contida. – Você precisa ter certeza de que conhece o perfil de todos, pontos fortes, pontos fracos e tudo o mais. O meu, por exemplo, porque estarei com você.

Meu rosto fica branco.

– O quê?

– É claro que eu vou também, o Rosso me colocou na equipe ontem. Você sabe quais os meus pontos fortes e fracos? Tem algo nos seus planos que acha que será pesado demais para mim? Porque eu odiaria botar em risco sua primeira missão como líder da equipe de recuperação de coisas.

Rasgo a parte de cima do envelope e começo a olhar os nomes.

– Julie também se ofereceu para a missão. Ela comentou com você?

Meus olhos sobem rapidamente saindo da página.

– Isso mesmo, mané. Vai ser um problema pra você? – A voz dela indica tensão e lágrimas aparecem em seus olhos. – Acha que há um conflito?

Empurro as portas e saio rapidamente para o ar frio da manhã. Pássaros voam lá em cima. Pombos de olhos brancos, gaivotas gritando, todas as moscas e besouros que comem os excrementos deles – a dádiva do voo que recaiu sobre as criaturas mais inúteis da Terra. E se fosse eu no lugar delas? Aquela perfeita liberdade e leveza. Nenhuma cerca, muros ou fronteiras; eu voaria para todos os lugares, sobre oceanos e continentes, montanhas e florestas, planícies intermináveis e em algum lugar do mundo, em algum lugar na beleza distante e intocada, eu acharia a razão.

• • •

Estou flutuando na escuridão de Perry. Estou bem fundo na terra. Bem acima de mim estão as raízes, vermes e um cemitério invertido onde os caixões são os marcadores e as lápides são o que está enterrado, perfurando o vazio do céu azul, escondendo todos os nomes e belos epitáfios e me deixando com a podridão.

Sinto algo se esticar na terra à minha volta. Uma mão passa por ela e encosta no meu ombro.

– Olá, defunto.

• • •

Estamos no 747. Minhas pilhas de lembranças estão separadas e arrumadas. Tapetes orientais suavizam o corredor. Dean Martin canta, melodioso, no toca discos.

– Perry?

Ele está na cabine, sentado na cadeira do piloto e com as mãos nos controles. Está usando um uniforme de piloto, com sua camisa branca manchada de sangue. Ele sorri para mim e depois aponta as janelas, onde as nuvens passam rápido por nós.

– Estamos nos aproximando da altitude de cruzeiro. Já pode andar pela cabine.

Com movimentos vagarosos e cautelosos, me levanto e vou até ele na cabine. Olho para Perry com desconforto. Ele sorri e eu passo a mão nas camadas de poeira familiares do painel do avião.

– Esta não é uma de suas memórias, né?

– Não. É sua. Queria que ficasse confortável.

– Estou parado bem em frente ao seu túmulo, não?

Ele dá de ombros.

– Acho que sim. Mas provavelmente só meu crânio vazio está lá. Você e seus amigos levaram a maior parte de mim para um lanchinho, lembra?

Abro a boca para me desculpar de novo, mas ele fecha os olhos e sacode a mão para que eu pare.

– Nada disso, por favor, já passamos dessa fase. Sem falar que não fui eu quem você matou, aquele era o Perry mais velho e sábio. Acho que você tem conversado a maior parte do tempo com o Perry do começo do ensino médio, jovem, otimista e escrevendo um livro chamado *Fantasmas contra Lobisomens*. Não quero pensar em estar morto agora.

Olho para ele um pouco incerto.

– Você é bem mais alegre aqui do que em suas memórias.

– Aqui eu tenho perspectiva. É difícil levar a vida a sério quando se pode vê-la toda de uma vez.

Eu o examino atentamente. Parece mesmo Perry, com as espinhas e tudo o mais.

– Você é... você mesmo? – pergunto.

– Como assim?

– Todo esse tempo que temos conversado... o que você é, as sobras do seu cérebro? Ou você é você mesmo?

Ele dá um risada.

– Isso importa pra alguma coisa?

– Você é a alma de Perry?

– Talvez. Acho que mais ou menos isso, ou como você preferir chamar.

– Você está... no Céu?

Ele ri e puxa sua camisa molhada de sangue.

– Bom, não exatamente. O que quer que eu seja, R, estou dentro de você. – Ele ri de novo da minha expressão. – Puta loucura, né? Mas o Velho e Sábio saiu desta vida de forma muito sombria. Talvez esta seja a nossa chance de alcançá-lo e consertar algumas coisas antes que... bom, você sabe, antes do que quer que venha depois.

Olho pela janela e não vejo nenhum sinal de terra ou mar, apenas montanhas sedosas de nuvens espalhadas abaixo de nós e empilhadas acima.

– Para onde estamos indo?

– Em direção ao que quer que venha a seguir. – Ele olha para o céu com uma solenidade sarcástica e depois ri. – Você vai me ajudar a chegar lá e eu vou ajudar você.

Sinto minhas entranhas se revirarem quando o avião chacoalha por causa das correntes de ar.

– Porque você me ajudaria? Sou a razão de você estar morto.

– Vamos lá, R, você ainda não entendeu? – Ele parece chateado com a minha pergunta. Seus olhos encaram os meus e parece haver uma intensidade febril neles. – Nós dois somos vítimas da mesma doença. Estamos lutando a mesma guerra, mas em batalhas e palcos diferentes, e é tarde demais para que eu o odeie por qualquer coisa, porque somos a mesma maldita parada agora. Minha alma, sua consciência, e o que quer que tenha sobrado de mim está incrustado no que quer que tenha sobrado de você, tudo misturado e junto como irmãos siameses. – Ele me dá um tapa no ombro que quase dói. – Estamos nisso juntos, defunto.

Um pequeno tremor sacode o avião. O manche se move diante de Perry, mas ele o ignora. Não sei o que dizer, por isso falo apenas: – Tá bom.

Ele assente com a cabeça.

– Ótimo.

Sinto outra pequena vibração no chão do avião, como ondas de choque de bombas distantes.

– Então – ele diz –, Deus nos escolheu como colegas de estudo. Precisamos conversar a respeito de nosso trabalho – Ele respira fundo, olha para mim e segura o queixo com a mão. – Tenho ouvido vários pensamentos inspiradores passando pela sua cabeça nos últimos tempos. Mas acho que você não entende de verdade o tamanho da tempestade para a qual estamos nos dirigindo.

Algumas luzes vermelhas piscam na cabine e ouvimos um barulho de algo raspando do lado de fora do avião.

– O que está faltando? – pergunto.

– Estratégia, pra começar. Estamos andando pela cidade como um gato em um canil. Você fica falando em mudar o mundo, mas só fica sentado lambendo as patas enquanto todos os *pitbulls* circulam a nossa volta. Qual é o plano, gatinho?

Lá fora, as nuvens de algodão escurecem e viram lãs de aço. As luzes piscam e minhas pilhas de lembranças chacoalham um pouco.

– Não tenho um... ainda.

– E vai ter quando? As coisas estão andando, sabia? Você está mudando, seus amigos Mortos estão mudando e o mundo está pronto para que algo aconteça. O que está esperando?

O avião chacoalha e começa a mergulhar. Arrasto-me até a cadeira de copiloto sentindo meu estômago subir até a garganta.

– Não estou esperando. Estou fazendo agora mesmo.

– Fazendo? Está fazendo o quê?

– Estamos tentando. – Mantenho o olhar firme enquanto Perry me encara e me seguro nos encostos da poltrona enquanto o avião chacoalha e faz barulho. – Estou querendo fazer algo. Estou aprendendo a me importar com as coisas.

Os olhos de Perry se estreitam e seus lábios se endurecem, mas ele não diz nada.

– É o primeiro passo, não? – eu grito por cima do barulho do vento e dos motores. – É onde tudo tem que começar.

O avião dá uma guinada violenta e minhas pilhas caem, espalhando pinturas, filmes, pratos, bonecas e cartas de amor por toda a cabine. Mais luzes se acendem no painel e uma voz chama no rádio.

R? Alôôôô? Você está bem?

O rosto de Perry está frio, toda a alegria se foi.

– Coisas ruins estão para acontecer, R. Aliás, já estão esperando por você atrás da porta deste cemitério. Você tem razão, querer é o primeiro passo. Mas o segundo é atacar o problema. Quando a inundação chegar, não quero ver você tentando vencê-la com seus sonhos. Você está com a minha garota agora.

Você tá me assustando, R. Acorda!

– Sei que eu não a merecia – Perry prossegue com seu murmúrio baixo se fazendo ouvir por sobre o barulho. – Ela me ofereceu tudo e eu acabei com tudo. Agora é a sua vez, R. É hora de protegê-la, ela é muito mais frágil do que aparenta.

Concordo com a cabeça e Perry faz o mesmo gesto. Então ele se vira para a janela e cruza os braços, com o manche ainda chacoalhando muito. As nuvens se abrem e estamos mergulhando em direção ao chão, indo direto para o Estádio, e lá estão eles, os belos R e J, sentados em um cobertor no teto molhado pela chuva. R olha para cima e nos vê, seus olhos se arregalam quando nós...

•••

Meus olhos se abrem de repente e pisco até a realidade aparecer. Estou de pé em frente a uma pequena cova em um cemitério amador. A mão de Julie está no meu ombro.

– Você voltou? – ela pergunta. – Que diabos foi isso?

– Desculpe. Sonhei acordado.

– Deus, como você é estranho. Vamos nessa. Não quero ficar aqui. – Ela vai em direção à saída.

Nora e eu a seguimos.

– Sonhando acordado? – ela pergunta.

Faço que sim com a cabeça.

– Você estava falando um pouco com você mesmo.

Olho para ela.

– Algumas palavras bem grandes. Acho que ouvi uma como que por milagre.

Dou de ombros.

A cachoeira de ruídos da cidade volta aos nossos ouvidos quando fazemos acenos de cabeça para os guardas e voltamos para dentro do Estádio. As portas mal se fecharam e sinto aquele bebê chutar meu estômago novamente. Uma voz sussurra: *E vai começar. Está pronto?*

– Ah não, só pode ser brincadeira. – Julie fala.

E lá está ele, marchando na esquina da rua, o general, o pai de Julie. Ele vem direto para nós, com dois oficiais de algum tipo, um de cada lado, apesar de nenhum deles usar um uniforme militar tradicional. A vestimenta deles é cinza-clara e sem ornamentos, tem apenas muitos bolsos e cintos de ferramentas. Armas de grosso calibre brilham nos coldres em suas cinturas.

– Mantenha a calma, R – Julie sussurra. – Não diga nada, apenas, hã... finja que é tímido.

– Julie! – o coronel chama de uma distância constrangedora.

– Oi, pai – ela responde.

Ele e sua comitiva param à nossa frente. O general sorri e aperta de leve o ombro de Julie.

– Como está?

– Estou bem. Só fui ver a mamãe.

Os músculos de sua mandíbula se torcem, mas ele não responde, apenas olha para Nora, faz um aceno de cabeça rápido e olha para mim. E olha bastante para mim. Então pega seu rádio.

– Ted, você disse que o indivíduo que passou por você ontem era um jovem de gravata vermelha. Alto, magro e com a pele ruim.

– Pai – diz Julie.

O rádio faz um barulho. O general o guarda e tira um par de algemas do cinto.

– Você está preso por entrada não autorizada. Vai ficar sob custódia até...

– Jesus Cristo, pai. – Julie diz dando um passo para a frente e empurrando as mãos dele. – Qual o seu problema? Ele não é um intruso, é de Domo Goldman e só veio nos visitar. E quase morreu no caminho, então dá um desconto de toda essa parte legal, pode ser?

– Quem é ele? – o general pergunta.

Julie fica na minha frente, como que para me impedir de responder.

– O nome dele é R... hã... Archie... É Archie, né? – Ela olha para mim e faço que sim com a cabeça. – Ele é o novo namorado da Nora. Eu o conheci hoje.

Nora sorri e aperta meu braço.

– Dá pra acreditar em como ele se veste bem? Não achei que existissem homens que ainda soubessem como usar gravata hoje em dia.

O general hesita, o que parece ser algo doloroso para ele, então guarda as algemas e força um sorriso tímido.

– Muito prazer, Archie. Você sabe que se quiser ficar mais do que três dias, vai precisar se registrar com nosso oficial de imigração.

Faço que sim com a cabeça e tento evitar seu olhar, mas não consigo tirar os olhos do rosto dele. Tem algo de errado com o pai de Julie. Ainda me lembro dele do dia que participei do jantar com Julie e Perry, mas ele mudou desde aquela ocasião. Apesar de aquele jantar ter acontecido há apenas alguns anos, ele parece dez anos mais velho. Seus traços ainda parecem com os de um homem de quarenta e tantos anos, mas sua pele ficou fina como papel. As maçãs do rosto estão salientes e as veias de sua testa estão azuis, quase pretas.

Um dos oficiais limpa a garganta.

– Sinto muito sobre o Perry, Srta. Cabernet. Ele era um bom oficial e uma ótima pessoa. Vamos sentir muito a falta dele. – O Coronel Rosso é mais velho que Grigio, mas parece ter envelhecido de uma maneira bem mais natural. Seus cabelos são um pouco brancos e seus olhos são grandes e se enchem d'água atrás dos óculos grossos. Julie responde com um sorriso que parece genuíno.

– Obrigado, Rosy, eu também. – Os sons que eles trocam parecem corretos, mas tudo soa falso, como se estivessem remando acima de correntes contrárias. Suspeito que já trocaram momentos de sofrimento de maneira bem menos profissional e longe do olhar oficial de Grigio. O general sorri sem mostrar nenhum dente. – Obrigado pelas suas condolências, coronel Rosso. Entretanto, peço que não use apelidos quando falar com minha filha, mesmo que ela peça.

O homem fica ereto

– Perdão, senhor. Não falei por mal. – Ele olha para Julie. – Desculpe-me, Srta. Grigio.*

– É só um apelido – Nora fala. – Eu e Perry sempre achamos que ela parecia mais com um cabernet do que com...

Ela para diante do olhar de Grigio. O general lança um olhar frio para mim. Evito olhar nos olhos dele até que ele para de me encarar.

– Temos que ir. Prazer em conhecê-lo, Archie. Julie, vou trabalhar durante a noite no Corredor 2 e depois vou ao Domo Goldman de manhã para discutir a fusão. Espero voltar para casa em poucos dias.

Julie assente com a cabeça. Sem falar mais nada, o general e seus homens partem. Julie olha para o chão, parecendo estar longe dali. Depois de um momento, Nora quebra o silêncio:

– Nossa, isso foi assustador.

– Vamos para o Pomar. Preciso de uma bebida. – Julie murmura.

* O sobrenome Grigio remete a um tipo famoso de vinho branco italiano, o Pinot Grigio, por isso os amigos de Julie a chamam de Cabernet, que é o tipo de vinho tinto mais difundido no mundo, e originário da França. (N. T.)

Continuo olhando o coronel diminuir a distância. Antes de virar a esquina, ele dá uma olhada em mim e minha pele se arrepia. Será que a inundação que Perry falou será de águas calmas e limpas ou será de outro tipo? Sinto o movimento abaixo dos meus pés. Uma suave vibração, como se os ossos de todos os homens e mulheres enterrados estivessem cavando a terra, quebrando a camada rochosa e agitando o magma.

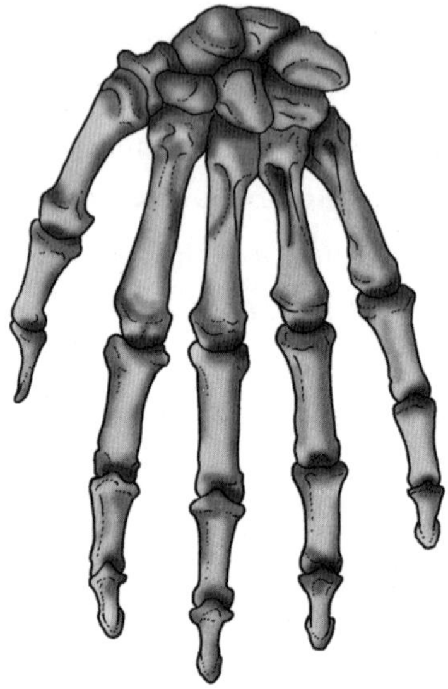

O Pomar acaba se mostrando diferente do que eu imaginava, não uma parte da fazenda do Estádio, e sim o único *pub* deles. Ou pelo menos o mais próximo que eles têm de um *pub* neste novo bastião de proibições. Chegar na entrada dele requer uma árdua jornada vertical pelas escadas e corredores do Estádio, tendo uma vista de toda a cidade. Primeiro, subimos quatro lances de escada em uma torre de habitação caindo aos pedaços enquanto os residentes nos observavam da porta de seus apartamentos. Depois, temos um cruzamento vertiginoso para o prédio vizinho. Garotos lá embaixo tentam olhar por baixo da saia de Nora enquanto andamos por uma passarela de tela de arame presa entre as torres pelos cabos de segurança. Já dentro do prédio vizinho, subimos mais três lances de escada antes de finalmente emergir em um pátio arejado bem acima das ruas. Um barulho de multidão surge pela porta do outro lado. Há uma grande tábua de carvalho com uma árvore amarela pintada.

Passo desajeitadamente por Julie para abrir a porta para ela. Nora sorri e Julie vira os olhos. Elas entram e eu as sigo.

O lugar está lotado, mas o clima é estranhamente calmo e parado. Ninguém grita, se cumprimenta e nem há nenhum pedido insistente de número de telefone. Apesar do sigilo mudo de sua localização obscura, o Pomar não serve bebidas alcoólicas.

– Agora eu pergunto a você – Julie diz assim que entramos e vamos passando pelas pessoas –, existe algo mais idiota do que um bando de ex-fuzileiros navais e trabalhadores de construção grisalhos afogando suas mágoas na porra de um bar de sucos? Ainda bem que podemos trazer um extra.

O Pomar é a primeira construção do Estádio que vejo que tem algum traço de personalidade. Todos os acessórios de um bar como esse estão aqui: jogo de dardos, mesas de sinuca e TVs de plasma com transmissões de futebol americano passando. No começo, fico impressionado por haver jogos. Será que ainda existe entretenimento? Será que existem pessoas por aí engajadas em frivolidades, independentemente dos tempos atuais? Mas, então, no começo do terceiro quarto, as imagens tremem como em uma fita de VHS e mudam para outro jogo, com times e placar diferentes no meio de uma interceptação. Cinco minutos depois, a imagem muda de novo, com apenas uma pequena e rápida tremida marcando a mudança. Nenhum dos torcedores parece notar. Eles assistem esses campeonatos abreviados e em repetição eterna com olhos vazios, tomando suas bebidas como atores reencenando um momento histórico.

Alguns clientes percebem que estou olhando para eles e por isso desvio o olhar. Mas depois volto a observar, pois tem algo nessa cena que mexe com minha cabeça. Um pensamento está se formando como os fantasmas das fotos da Polaroide.

– Três pomelos – Julie grita para o barman, que parece um pouco envergonhado ao preparar as bebidas. Sentamos no balcão e as garotas começam a conversar. A música da voz delas substitui o rock clássico estridente da *jukebox*, mas mesmo isso acaba virando apenas um zumbido abafado. Fico olhando a TV. Fico olhando as pessoas. Posso ver o desenho dos seus ossos por baixo dos músculos. As pontas juntas pinicando por baixo da pele esticada. Ombros, mandíbulas e clavículas, vejo os esqueletos deles e a ideia que vai se formando na minha cabeça é algo que eu não esperava: uma planta ou um design dos Ossudos. Um vislumbre de suas mentes secas e distorcidas.

O universo está se comprimindo. Todas as memórias e possibilidades estão se compactando nos menores pontos enquanto o resto de sua carne sucumbe. Existir nessa singularidade, preso em um estado imutável e estático por toda a eternidade: este é o mundo dos Ossudos. Eles são os olhares de peixe morto das fotos de identidade, congelados no exato momento que desistiram de sua humanidade. Esse instante em que eles cortam o último fio de ligação e despencam em silêncio no abismo. Então não sobrou mais nada. Nenhum pensamento, sentimento, passado ou futuro. Não existe nada, apenas a necessidade desesperada de manter as coisas como estão, como sempre foram. Ele tem que se manter nos trilhos do seu círculo fechado ou serão subjugados, queimados e consumidos pelas cores, sons e o enorme céu aberto.

E esse pensamento passeia pela minha cabeça, sussurrando para meus nervos como vozes em linhas telefônicas: e se pudermos tirá-los dos trilhos? Já abalamos a estrutura deles o suficiente para provocar sua raiva cega. E se pudermos criar uma mudança tão grande, nova e surpreendente que eles simplesmente desistam? Rendam-se, virem pó e sejam levados da cidade pelo vento.

– R. – Julie cutuca meu braço. – Onde você está? Sonhando acordado de novo?

Sorrio e dou de ombros. Mais uma vez meu vocabulário falha comigo. Vou ter que achar um jeito de fazê-la entrar em minha mente, e logo. O que quer que seja isso que estou querendo fazer, sei que não tenho nenhuma chance de fazer sozinho.

O barman volta com nossas bebidas e Julie ri para mim e Nora enquanto avaliamos os três copos do pálido néctar amarelo.

– Lembra de quando éramos crianças e o suco de pomelo puro era só pra quem era durão? Era tipo o uísque das bebidas de crianças?

– Claro – Nora responde rindo. – Suco de maçã, laranja e o resto era tudo coisa de mulherzinha.

Julie levanta seu copo.

– Um brinde ao nosso novo amigo Archie.

Levanto meu copo um centímetro do bar e as garotas baixam os delas e batem no meu. Bebemos. Não sinto exatamente o gosto, mas o suco arde a minha boca ao passar por velhos cortes nas minhas bochechas, mordidas que não me lembro de ter dado.

Julie pede outra rodada e, quando chega, ela põe sua bolsa no ombro e pega os três copos. Depois, chega mais perto de nós e dá uma piscadela.

– Já volto. – diz se levantando e indo ao banheiro com nossas bebidas.

– O que ela... está fazendo? – pergunto a Nora.

– Sei lá. Roubando nossas bebidas?

Ficamos ali sentados, num silêncio um pouco constrangedor, amigos de amigos sentados sem a presença de Julie como tecido conector. Depois de alguns minutos, Nora se inclina para mim e fala em voz baixa:

– Você entende por que ela disse que você era o meu namorado, né?

Dou de ombros e depois faço que sim com a cabeça.

– Claro.

– Não foi por mal, ela só queria desviar a atenção de você. Se ela dissesse que você era o namorado dela, ou amigo ou qualquer coisa ligada a ela, o Grigio faria um puta interrogatório com você. E claro que se ele olhasse com cuidado para você... bom, a maquiagem não é perfeita.

– Eu enten... do.

– E só pra você saber, ela levar você pra ver a mãe dela foi algo muito importante.

Levanto as sobrancelhas.

– Ela não conta esse tipo de coisa para as pessoas. Até para o Perry, ela demorou três anos para contar. Não sei explicar o que isso quer dizer exatamente para ela, mas é algo novo.

Estudo o bar, meio envergonhado. Um sorriso estranhamente amável se espalha pelo rosto de Nora.

– Sabe que você me lembra um pouco o Perry?

Fico tenso. Sinto o remorso quente queimando minha garganta novamente.

– Não sei bem o que é, quer dizer, com certeza você não é falante como o Pear, mas tem o mesmo *brilho* que ele tinha quando era jovem.

Devia costurar minha boca para mantê-la fechada. A honestidade é algo que já me prejudicou mais de uma vez. Mas simplesmente não consigo mais segurar. As palavras se constroem e explodem de mim como um espirro impossível de ser contido.

– Eu o matei. E comi... seu cérebro.

Nora contrai os lábios e assente devagar com a cabeça.

– É... imaginei que você tivesse feito isso.

Meu rosto fica sem expressão.

– Como?

– Não vi acontecer, mas andei pensando no assunto, juntei dois mais dois. Faz todo o sentido.

Olho para ela atordoado.

– Julie... sabe?

– Acho que não. Mas se souber, tenho quase certeza de que não se importa.

– Ela encosta na minha mão, que está sobre o bar. – Você pode contar, R. Acho que ela vai perdoar você.

– Por quê?

– Pela mesma razão que eu o perdoei.

– Qual?

– Porque não foi você. Foi a praga.

Espero por mais. Ela assiste à TV acima do bar e uma luz verde pálida pisca em seu rosto.

– Julie contou a você sobre quando Perry a traiu com a garota órfã?

Hesito, depois faço que sim com a cabeça.

– Bom... era eu.

Meus olhos se viram em direção ao banheiro, mas Nora não parece estar escondendo nada.

– Estava aqui fazia uma semana. Ainda não conhecia Julie. Aliás, foi como a conheci. Transei com o namorado dela e ela me odiou, e então o tempo passou, muita coisa aconteceu e de algum jeito acabamos ficando amigas. Bem louco, né? – Ela vira o copo na boca para tomar as últimas gotas que sobraram e depois o coloca no balcão. – O que quero dizer é que o mundo é uma bosta e coisas fodidas acontecem, mas não precisamos nos banhar na merda. Dezesseis anos atrás, R, meus pais viciados em drogas me colocaram para fora de casa em uma área infestada de zumbis, simplesmente porque não tinham como me alimentar. Vaguei sozinha durante anos antes de encontrar o Estádio Cidade, e não tenho dedos suficientes para contar quantas vezes eu quase morri. – Ela levanta a mão esquerda e mostra o dedo pela metade como se fosse uma noiva mostrando o anel de diamantes. O que quero dizer é que, quando se tem um peso destes na vida, ou você começa a ver as coisas de uma outra perspectiva, ou simplesmente afunda.

Olho Nora nos olhos, mas não consigo decifrar o que querem expressar, sendo o analfabeto que sou.

– Qual... a outra perspectiva... de matar Perry?

– Ah, R. – Ela dá um tapinha do lado da minha cabeça. – Você é um zumbi. Você tem a praga em você. Ou pelo menos tinha quando matou o Perry. Talvez seja diferente agora, e espero muito que seja mesmo, mas naquela época você não tinha escolha. Não é um crime, não é assassinato, é algo muito mais profundo e inevitável. – Ela dá um tapinha na própria cabeça. – Julie e eu entendemos isso, viu? Tem um ditado Zen que diz: "Sem elogios, sem culpa, apenas ser." Não ligamos pra ficar culpando alguém pela condição humana, só queremos achar uma cura pra ela.

Julie emerge do banheiro e coloca nossos copos no bar com um sorriso malicioso.

– Até o suco de pomelo pode ter uma ajudinha às vezes.

Nora dá um gole para experimentar e se vira, cobrindo a boca.

– Meus Deus! – ela fala tossindo. – Quanto você colocou aqui?

– Só umas garrafinhas de uísque – Julie sussurra com uma inocência juvenil. – Cortesia do nosso amigo Archie e a Aerolinhas Mortos-vivos.

– Mandou bem, Archie.

Faço que não com a cabeça.

– Por favor... não me chamem de...

– Tá bom, tá bom – Julie diz. – Nada mais de Archie. Mas vamos brindar a quê agora? É sua bebida, R, então você decide.

Seguro o copo à minha frente. Dou uma cheirada, insistindo comigo mesmo que consigo sentir o cheiro de outras coisas além de morte e morte em potencial, que ainda sou humano, completo. Um cheiro cítrico pinica minhas narinas. Pomares brilhantes da Flórida no verão. O brinde que me vem à mente é bem piegas, mas falo mesmo assim:

– Á... vida.

Nora abafa uma risada.

– Jura?

Julie dá de ombros.

– Totalmente piegas, mas que se dane. – Ela levanta o copo e brinda comigo. – Á vida, Sr. Zumbi.

– *L'chaim*[*] – diz Nora e toma todo o conteúdo de seu copo.

Julie toma o dela.

Eu bebo o meu.

O uísque desce pela minha garganta como se fosse chumbo grosso. Desta vez não é só um suco. A bebida é forte e eu a sinto. Estou sentindo isso. Como é possível?

Julie pede outra rodada e batiza de novo as bebidas. Torço para que as garotas sejam pesos-leve como eu, afinal o álcool é proibido por aqui, mas então imagino que quando vão à cidade recuperar coisas, devem dar uma passada em lojas de bebidas. Elas me passam enquanto ainda bebo meu segundo drinque, maravilhado com as sensações diferentes que rodopiam pelo meu corpo. O barulho do bar fica abafado e olho apenas para Julie, meu único ponto focal em uma composição borrada. Ela está rindo um riso livre e sem reservas que nunca vi antes, jogando a cabeça para trás e simplesmente deixando o riso fluir dela. Nora e ela estão relembrando alguma história. Julie se vira para mim e diz algo, me convidando para aquela piada com uma palavra e um flash de den-

* Brinde em hebraico que quer dizer "À Vida". (N. T.)

tes brancos, mas não respondo. Apenas olho para ela, descansando o queixo na mão com o cotovelo apoiado no bar, e sorrio. Será que é isso que é sentir satisfação?

Depois de tomar toda a minha bebida, sinto uma pressão em minhas partes baixas, e percebo que preciso mijar. Como os Mortos não bebem nada, urinar é um evento raro. Espero me lembrar de como fazer isso.

Cambaleio até o banheiro e encosto a testa na parede acima do mictório. Abro o zíper, olho para baixo e lá está ele. O instrumento mítico de vida, morte e transa no primeiro encontro no banco traseiro. Ele está ali pendurado, mole e inútil no momento, me julgando silenciosamente por todos os maus usos que fiz dele durante os anos. Penso em minha esposa e seu novo amor batendo seus corpos frios, um contra o outro. Penso nas anônimas misteriosas do meu passado, provavelmente todas mortas ou Mortas agora. E então penso em Julie encolhida ao meu lado na cama *kingsize*. Penso em seu corpo naquelas engraçadas roupas de baixo que não combinavam, a respiração dela batendo nos meus olhos enquanto estudo cada linha de seu rosto, tentando adivinhar que mistérios insondáveis se escondem dentro dos núcleos brilhantes de cada uma de suas células.

Ali, naquele banheiro, cercado pelo fedor de mijo e merda, penso se é tarde demais para mim. Será que consigo arrancar uma outra chance dos dentes fechados da boca do céu? Quero um novo passado, novas memórias, um novo primeiro aperto de mão com o amor. Quero recomeçar de todos os jeitos possíveis.

Quando saio do banheiro, o chão está girando. As vozes estão amortecidas. Julie e Nora conversam animadas, chegando perto uma da outra e rindo. Um homem de uns trinta e poucos anos se aproxima do bar e dá uma cantada em Julie. Nora olha para ele e diz algo que parece sarcástico, e Julie o enxota sorrindo. O rapaz dá de ombros e volta para a mesa de sinuca, onde o amigo o aguarda. Julie acena para ele e diz algum insulto, o amigo ri, mas o homem faz apenas uma careta fria e replica mordazmente. Julie parece congelada por um momento, então ela e Nora ficam de costas para a mesa de bilhar e Nora sussurra algo no ouvido de Julie.

– O que... aconteceu? – pergunto, me aproximando do bar. Posso sentir os dois homens na mesa de bilhar olhando para mim.

– Nada – Julie responde, mas ela parece abalada. – Está tudo bem.

– Pode nos dar licença um minuto, R? – Nora pede.

Olho de uma para a outra. Elas esperam. Viro-me e saio do bar, sentindo muitas coisas ao mesmo tempo. No pátio, dou um encontrão na cerca, com as ruas rodando a sete andares lá embaixo. A maioria das luzes da cidade está apagada, mas as luzes da rua piscam e pulsam com sua bioluminescência. O minigravador de Julie é um peso insistente no bolso da minha camisa. Eu o pego e fico olhando para ele. Sei que não devia, mas... sinto que preciso...

Fecho os olhos, me apoio na grade com um braço, volto um pouco a fita e aperto o play.

... é tão louco quanto parece? Só porque ele é um... o que quer que ele seja? Quer dizer, zumbi não é só um nome idiota...

Aperto para voltar mais. Ocorre-me que o espaço entre o começo desta gravação e o fim da anterior compreende o tempo que conheço Julie. Cada momento importante da minha vida cabe dentro de poucos segundos de assobio da fita.

Paro e aperto o *play* novamente.

...acha que ninguém sabe, mas todos sabem, eles só estão com medo de fazer alguma coisa a respeito. E ele está piorando. Essa noite ele disse que me ama. E usou as palavras dessa vez. Disse que eu era linda e que sou tudo o que ele amava na mamãe e que se algo acontecesse comigo, ele perderia a cabeça. E sei que ele queria mesmo dizer aquilo, sei o que existe de verdade dentro dele... mas o fato de precisar estar mega bêbado para demonstrar um pouco... faz com que tudo pareça meio doentio. Odeio isso.

Há uma grande pausa na fita. Dou uma olhada por cima do ombro para a porta do bar, sentindo-me envergonhado, mas desesperado. Sei que são confidências que eu deveria conquistar com meses de lenta intimidade, mas não consigo me segurar. Quero ouvi-la.

Pensei em registrar uma queixa. Marchar até o centro comunitário e fazer com que Rosy o prendesse. Não que eu seja contra beber, ao contrário, adoro a coisa, mas com meu pai é diferente. Não é uma celebração, parece que é algo assustador e doloroso, como se estivesse se dopando para poder fazer uma cirurgia medieval terrível. E sim, eu sei por que, e não é como se eu não tivesse feito coisa pior pelas mesmas razões, mas é que... acho que... A voz dela oscila e para, e ela funga alto como se autorreprovasse. Deus – ela diz entre respirações. – Merda.

Vários segundos de vazio no gravador. Ouço atentamente. Então a porta se abre e eu me viro, jogando o gravador na escuridão. Mas não é Julie, são os dois homens da mesa de bilhar. Eles tropeçam para fora da porta, empurrando um ao outro e rindo pelos cantos da boca, enquanto acendem seus cigarros.

– Ei – o que estava dando em cima de Julie fala pra mim, e os dois começam a vir em minha direção. Ele é alto, bem apessoado e seus braços musculosos estão cheios de tatuagens de cobras, esqueletos e logos de antigas bandas de rock. – Tudo bem, cara? Você é o novo namorado da Nora?

Hesito, depois dou de ombros. Os dois riem como se eu tivesse contado uma piada suja.

– É, com ela nunca se sabe, né? – Ele dá um soco no peito do amigo enquanto continua a falar comigo. – Quer dizer que você conhece a Julie, cara? É amigo dela?

Faço que sim com a cabeça.

– Conhece ela há muito tempo?

Dou de ombros, mas sinto algo se espalhar-se pelo meu corpo.

Ele para perto de mim e se encosta na parede, dando uma tragada lenta.

– Ela era bem louca antigamente. Fui professor de tiro dela.

Preciso sair daqui. Preciso me virar e sair daqui agora.

– Ela ficou toda certinha depois que começou a namorar o tal do Kelvin, mas, cara, durante um ano mais ou menos ela era bem liberal. – Ela solta uma fumaça que pinica meus olhos secos. – Cem pratas não pagam mais nem um maço de cigarros, mas faziam a putinha fazer muitas coisas.

Vou em direção a ele e bato sua cabeça contra a parede. É bem fácil, apenas ponho a mão em seu rosto e empurro, acertando a parede com a parte de trás do crânio dele. Não sei se o matei, e sinceramente nem ligo. Quando o amigo dele tenta me pegar, faço exatamente o mesmo com ele, duas grandes pancadas nas laterais metálicas do Pomar. Os dois homens escorregam e caem no chão. Sigo meu caminho para baixo e depois para a passarela. Alguns garotos fumam um baseado encostados nos cabos de suportes e olham para mim enquanto passo, apressado. *Com licença*, tento dizer, mas parece que não consigo encontrar as palavras. Deslizo os quatro andares que faltam e saio na Rua da Fada, ou Rua da Sininho, ou o que quer que seja a porra do nome da rua. Só preciso de um minuto longe de todas aquelas pessoas para clarear meus pensamentos. Estou com fome. Deus, estou morrendo de fome.

Depois de alguns minutos, estou completamente perdido e desorientado. Está garoando e me encontro sozinho em uma rua estreita. O asfalto brilha escuro e molhado sob a luz fraca das lâmpadas da rua. Um pouco à frente vejo dois guardas que conversam embaixo de um poste de luz, grunhindo um para o outro com a dureza de meninos querendo se passar por homens.

– ... lá no Corredor 2 a semana passada toda, fazendo as fundações. Estamos a menos de dois quilômetros do Domo Goldman, mas estamos quase sem a porra de uma equipe agora. Grigio continua tirando homens da Construção e jogando na Segurança.

– E a equipe do Goldman? Como vai o lado deles?

– Eles são uma merda. Mal saíram da porta deles. E tenho ouvido que a fusão não vai bem, de qualquer forma, graças ao porra do Grigio e a diplomacia pirada dele. Fico pensando se ele quer mesmo a fusão, depois de como lidou com o Corredor 1. Não ficaria surpreso se ele mesmo não deu um jeito de fazer a coisa toda desabar.

– Você sabe que isso é besteira. Não fique espalhando essa história por aí.

– É. Bom, de qualquer forma, a área de Construções desandou depois que o Kelvin foi esmagado. Agora só cavamos buracos e depois os preenchemos.

– Foda-se. Prefiro sair e construir algo do que ficar aqui e brincar de policial de aluguel. Tem tipo alguma ação lá fora?

– Só uns dois Carnudos saindo das árvores. Pop, pop e fim de jogo.

– Nenhum Ossudo?

– Não vejo um deles faz pelo menos um ano. Eles não saem mais de suas colmeias hoje em dia, uma merda.

– Você gostava de encontrar aquelas coisas?

– Claro, são bem mais divertidos que os Carnudos. Os putos são rápidos.

– Divertidos? Você tá de sacanagem comigo? Tem algo *errado* com aquelas coisas. Não gosto nem que minhas balas encostem neles.

– É por isso que seu nível de acerto é de um tiro em vinte?

– Eles nem parecem com algo que já foi humano, entende? É como se fossem alienígenas, demônios ou algo assim. Eles me dão um medo do caralho.

– Ah sim, bom, isso acontece porque você é uma mulherzinha.

– Vai se foder. Preciso mijar.

O Guarda desaparece no escuro. Seu parceiro continua embaixo da luz, fechando bem o sobretudo quando a chuva aperta. Continuo caminhando. Não estou interessando nesses homens. Procuro um canto tranquilo no qual possa fechar os olhos e me recompor. Mas quando me aproximo, ele me nota e percebo que tenho um problema. Estou bêbado. Meu passo estudado cuidadosamente deu lugar a um cambalear instável. Arrasto-me para a frente com a cabeça caindo de um lado para o outro. Pareço exatamente com o que sou.

– Pare – grita o guarda.

Eu paro.

Ele anda um pouco em minha direção.

– Ande até a luz, senhor, por favor.

Dou um passo até a luz, parando no limite do círculo amarelo no chão. Tento ficar o mais ereto e parado do que de fato consigo. Então percebo outra coisa. A chuva está pingando do meu cabelo e escorrendo pelo meu rosto, levando minha maquiagem de humano vivo e revelando a carne cinza-pálida embaixo. Dou um passo desajeitado para trás, saindo um pouco da luz.

O guarda está a um pouco menos de dois metros de mim, com a mão na arma. Ele chega mais perto e olha nos meus olhos meio fechados.

– Por acaso bebeu bebidas alcoólicas esta noite, senhor?

Abro a boca para dizer *Não senhor, é claro que não, apenas alguns copos do delicioso e saudável suco de pomelo com minha boa amiga Julie Cabernet.* Mas as palavras fogem de mim. Minha língua está grossa e morta na minha boca, e tudo que sai de lá é:

– Uuuhhhnnnn...

– Que porra é essa... – Os olhos do guarda se arregalam enquanto ele pega a lanterna e ilumina minha cara cinzenta. Não tenho escolha a não ser sair das sombras e atacá-lo, derrubando sua arma e mordendo sua garganta. A força vital dele invade meu corpo faminto e meu cérebro, acalmando a agonia de meus desejos hediondos. Começo a arrancar algumas partes, mastigando os deltoides e o abdômen tenros enquanto o sangue ainda pulsa neles, e então paro.

Julie parada na porta do quarto... me observando com um sorriso tentador.

Fecho os olhos e cerro os dentes. "Não", grito na minha cabeça. "Não!"

Solto o corpo e me afasto. Agora sei que tenho escolha, e escolho o não. Se sou um galho próspero da Árvore dos Mortos, vou soltar minhas folhas. Se precisar morrer de fome para matar suas raízes distorcidas, farei isso.

O feto em meu estômago chuta, e ouço a voz de Perry, gentil e tranquilizadora. *Você não vai morrer de fome, R. Na minha vida tão curta, fiz várias escolhas só porque achava que eram necessárias, mas meu pai tinha razão. Não existe um livro de regras para o mundo. Está tudo na nossa cabeça, nossa mente humana coletiva. Nós fazemos as regras. E podemos mudá-las quando quisermos.*

Cuspo a carne da minha boca e limpo o sangue do meu rosto. Perry chuta minhas entranhas de novo e vomito. Inclino-me e me esvazio de tudo, a carne, o sangue e a bebida. Assim que me levanto e limpo a boca, estou sóbrio de novo, a tontura se foi. Minha cabeça está clara como um disco novinho e brilhante.

O guarda começa a voltar à vida. Seus ombros se levantam lentamente, arrastando com eles os outros membros, como se estivesse sendo levantado e manipulado por dedos invisíveis. Preciso matá-lo. Sei que preciso matá-lo, mas não posso fazer isso. Depois da promessa que acabei de fazer, o pensamento de despedaçar este homem novamente e sentir seu sangue ainda quente me paralisa, me deixando horrorizado.

Ele estremece e regurgita, engasga e raspa o chão com as mãos, se esticando e voltando, com os olhos se esbugalhando quando o lodo cinzento do novo morto-vivo os preenche. Um grunhido molhado e desajeitado sai de sua boca, e aquilo é demais para mim. Viro-me e corro. Mesmo em meu momento de maior coragem, ainda sou um covarde.

• • •

A chuva cai forte. Meus pés pisam em poças nas ruas e espalham lama em minhas roupas recém-lavadas. Meus cabelos caem em meu rosto como algas marinhas. Em frente a uma grande construção de alumínio com uma cruz de madeira compensada em cima, ajoelho-me em uma poça e jogo água no rosto. Lavo a boca com a água que corre na sarjeta suja e cuspo até não sentir mais o gosto de nada. O sagrado "T" de madeira está bem acima de mim, e fico imaginando se o Senhor encontrará um motivo para me aprovar, quem quer que ele seja e onde quer que esteja.

Você já se encontrou com ele, Perry? Ele está vivo e bem? Diga-me que ele não é apenas a boca do céu. Diga-me que tem mais aí olhando para baixo do que apenas um crânio azul.

Sabiamente, Perry não responde, e aceito o silêncio. Levanto-me e volto a correr.

Evitando as luzes das ruas, volto para a casa de Julie. Encolho-me de encontro à parede, encontrando abrigo da chuva embaixo da varanda, e espero enquanto a chuva bate no teto de metal da casa. Depois de um tempo que parece horas, ouço as vozes das garotas a distância, mas desta vez a melodia não incita nenhuma alegria em mim. A dança é um canto fúnebre e a música é algo menor.

Elas correm até a porta da frente. Nora está com a jaqueta sobre a cabeça e Julie está com o capuz de seu moletom vermelho levantado cobrindo quase todo seu rosto. Nora chega primeiro à porta e corre para dentro. Julie para. Não sei se ela me viu ou sentiu o perfume da colônia, mas algo a faz olhar o lado da casa. Ela me vê encolhido no escuro, como um cãozinho assustado. Ela anda devagar em minha direção, com as mãos nos bolsos do moletom. Então se agacha e olha para mim pela pequena fresta deixada pelo seu capuz.

– Você está bem?

Faço que sim com a cabeça, mentindo.

Ela se senta ao meu lado no pequeno espaço seco e se encosta na parede. Ela tira o capuz e o gorro da cabeça para tirar o cabelo molhado do rosto, depois o abaixa de novo.

– Você desapareceu. Fiquei assustada.

Olho para ela com um olhar miserável, mas não digo nada.

– Quer me contar o que aconteceu?

Faço que não com a cabeça.

Depois de um minuto, ela põe a mão no meu joelho e sorri.

– A gente se divertiu hoje, né?

Não posso sorrir, mas faço que sim com a cabeça.

– Estou meio tonta, e você?

Faço que não com a cabeça.

– Que pena. Isso é divertido. – Seu sorriso vai ficando contido e seus olhos voam longe. – Sabe que bebi pela primeira vez aos oito anos? – Há um pequeno tom de desprezo em sua voz. – Meu pai era um entendido de vinhos e ele e minha mãe faziam umas festas de degustação sempre que meu pai não estava em uma guerra. Eles convidavam os amigos, abriam vinhos de uma boa safra e todos ficavam bem chapados. Eu sentava no meio do sofá e dava golinhos dos copos que eles deixavam. Simplesmente me sentava e ria dos adultos bestas. Rosy ficava muito vermelho! Um copo e ele parecia o Papai Noel. Ele e o papai brincaram de braço de ferro uma vez e quebraram um abajur. Era tão... legal.

Ela começa a mexer na terra com um dos dedos. O sorriso de Julie agora é tímido, tentador e direcionado a ninguém em especial.

– As coisas não eram sempre tão austeras, entende, R? O papai tinha seus momentos, e mesmo quando o mundo começou a se despedaçar, a gente ainda se divertia. Fazíamos uns passeios pra pegar coisas por aí e achávamos os vinhos mais fodões que você pode imaginar. Alguns Romane Conti 1997 de mil dólares a garrafa espalhados pelo chão, abandonados em porões. – Ela ri de si mesma. – Meu pai enlouqueceria completamente por um vinho desses alguns anos antes. Quando nos mudamos para cá, ele estava meio... calado. Mas, meu Deus, bebemos umas coisas absurdas.

Assisto ela falar. Observo sua mandíbula se mover e coleto suas palavras, uma por uma, quando vão saindo de seus lábios. Não as mereço. Suas memórias calorosas. Quero pintá-las nas paredes rebocadas da minha alma, mas tudo que pinto parece descascar.

– Então minha mãe fugiu. – Ela tira o dedo da terra e examina o serviço. Ela desenhou uma casa. Uma pequena casinha exótica com uma nuvem de fumaça saindo da chaminé e um sol benevolente sorrindo acima do telhado. – Meu pai pensou que ela devia estar bêbada, por isso baniu o álcool, mas eu a vi, e ela não tinha bebido. Mamãe estava totalmente sóbria.

Ela ainda está sorrindo, como se isso tudo fossem apenas memórias tranquilas, mas seu sorriso é frio e sem vida.

– Ela veio ao meu quarto aquela noite e só ficou me olhando por um tempo. Fingi que estava dormindo. Quanto eu estava prestes a pular e gritar “buuu”, ela saiu do quarto.

Ela estica a mão para apagar o desenho, mas seguro seu pulso, olho para ela e faço que não com a cabeça. Ela me olha por um momento, e então se vira, fica de frente, a centímetros do meu rosto, e sorri.

– R, se eu beijar você, vou morrer?

Fico olhando para ela. Seus olhos estão firmes, ela quase não está bêbada.

– Você disse que não, certo? Não serei infectada? Porque estou com muita vontade de beijar você. – Ela fica inquieta. – E mesmo que me passe algo, talvez não seja de todo o mal. Quero dizer, você está diferente agora, não é? Você não é um zumbi, você virou... algo novo. – O rosto dela está bem próximo. Seu sorriso desaparece. – E então, R?

Olho nos olhos dela e me debato em suas águas geladas como um naufrágo tentando se agarrar ao bote. Mas não há bote.

– Julie – falo. – Preciso mostrar uma coisa a você.

Ela ergue a cabeça com uma curiosidade gentil.

– O quê?

Fico em pé, pego ela pela mão e começo a andar.

A noite está parada a não ser pelo barulho primordial da chuva, que molha a terra e mancha o asfalto, liquefazendo as sombras numa tinta preta e brilhante. Ando pelas ruas secundárias e becos sem luz. Julie me segue um pouco atrás, olhando para o lado do meu rosto.

– Onde estamos indo?

Paro em um cruzamento para reexaminar o mapa de minhas memórias roubadas, olhando imagens de lugares que nunca estive e pessoas que nunca encontrei.

– Estamos... quase lá.

Depois de mais alguns olhares cuidadosos em esquinas e corridinhas furtivas em cruzamentos, nós chegamos. Uma casa de quatro andares está à nossa frente, alta, fina e cinza, como o resto desta cidade--esqueleto, com um amarelo piscando em suas janelas como se fossem olhos desconfiados.

– Que porra é essa, R? – Julie sussurra, encarando a casa. – Esta é... – ela me olha como se eu fosse um fantasma.

Levo Julie até a porta e ficamos ali, protegidos da chuva pelo beiral, enquanto o teto tilinta com um tambor militar na chuva.

– Pode emprestar... seu gorro? – pergunto, sem olhar para ela.

Ela não se mexe por um momento, e então tira o gorro e passa para mim. Ele é azul-escuro, de lã, e tem uma faixa vermelha perto da ponta...

A Sra. Rosso costurou ele para o aniversário de dezessete anos de Julie. Perry achava que ela parecia um elfo com o gorro e por isso sempre falava em línguas criadas por Tolkien quando ela punha o gorro. Ela dizia que ele era o maior nerd que ela conhecia e ele concordava, enquanto a beijava no pescoço e...

Ponho o gorro quase cobrindo minha cara e bato devagar na porta, mantendo os olhos colados no chão como um moleque tímido. A porta se abre fazendo barulho. Uma mulher de meia-idade usando calça de moletom olha para nós. Seu rosto está inchado e ela tem olheiras embaixo dos olhos vermelhos.

– Srta. Grigio? – ela diz.

Julie olha para mim.

– Oi, Sra. Grau. Hum...

– O que está fazendo na rua? Nora está com você? Já passou a hora do toque de recolher.

– Eu sei, nós... nos perdemos quando saímos do Pomar. Nora vai dormir na minha casa esta noite, mas... hã... podemos entrar um minuto? Preciso falar com os meninos.

Mantenho a cabeça abaixada enquanto a Sra. Grau me inspeciona superficialmente. Ela abre a porta para nós com um suspiro um pouco irritado.

– Não pode ficar aqui, você sabe. Isto é um abrigo para órfãos, não um albergue da juventude e o seu amigo é velho demais para virar residente.

– Eu sei, me desculpe, vamos... – Ela olha novamente para mim. – Vamos demorar só um minuto.

Não tenho tempo para as formalidades agora. Passo logo pela mulher e entro na casa. Uma criança espia da porta de um dos quartos e a Sra. Grau olha para ele

– O que foi que eu falei? – ela grita, alto o suficiente para acordar o resto das crianças. – Já pra cama, agora, e nada de brincar amanhã. – O menino desaparece no escuro. Levo Julie escada acima.

O segundo andar é idêntico ao primeiro, a não ser pelas fileiras de pré-adolescentes dormindo no chão em pequenos colchões. São tantos hoje em dia. Novos orfanatos pipocam enquanto mães e pais desaparecem em todo lugar, mastigados e engolidos pela praga. Pulamos alguns pequenos corpos a caminho até a escada quando uma garotinha segura no tornozelo de Julie.

– Tive um pesadelo – ela sussurra.

– Está tudo bem, querida. – Julie responde. – Você está segura agora, está bem?

A menina fecha os olhos. Subimos a escada. O terceiro andar ainda está acordado. Jovens adolescentes e quase adultos barbados estão sentados em cadeiras de armar e debruçados sobre mesas, escrevendo em cadernos e lendo manuais. Alguns garotos roncam em beliches dentro de quartos minúsculos. Todas as portas estão abertas, menos uma.

Um grupo dos garotos mais velhos deixa o estudo de lado e nos olham com surpresa.

– Ei, Julie, como vai? Está tudo bem com você, né?

– Oi, gente. Estou bem... – Ela para, mas suas reticências formam uma boa resposta. Julie olha para a porta fechada. Olha para mim. Segurando sua mão, vou em frente, abro a porta e depois a fecho atrás de nós.

O quarto está escuro, a não ser pela luz amarela que vem da rua pelas janelas. Não tem nada aqui, apenas uma cômoda de madeira e uma cama, com algumas fotos de Julie coladas no teto acima dela. O ar está mofado e mais frio do que o resto da casa.

– R... – Julie diz em uma voz trêmula e perigosa. – Por que estamos aqui, porra?

Finalmente me viro e olho para ela. Naquela penumbra amarela, parecemos atores de um drama mudo.

– Julie... aquela teoria... de por que nós... comemos o cérebro...

Ela começa a sacudir a cabeça de forma negativa.

– É verdadeira.

Olho em seus olhos vermelhos por um longo momento e então me ajoelho e abro a última gaveta da cômoda. Lá, no meio de uma pilha de selos antigos, um microscópio e um exército de soldadinhos de chumbo, há uma pilha de papéis presos em uma pilha por uma fita vermelha. Pego e dou para ela. De um jeito estranho e distorcido, acredito que o manuscrito é meu também. Como se eu tivesse dado a ela meu coração em uma bandeja. E estou preparado para que ela o rasgue em pedaços.

Ela pega o manuscrito, solta a fita e olha para a capa por um minuto, respirando rápido. Então limpa as lágrimas e a garganta.

– *Dentes vermelhos* – ela lê em voz alta. – Por Perry Kelvin. – Ela olha a parte de baixo da página. – Para Julie Cabernet, a única luz que sobrou. – Ela afasta o manuscrito e olha para o lado por um momento, tentando esconder o espasmo em sua garganta, e então se acalma e vira as páginas até o primeiro capítulo. Enquanto lê, um sorriso fraco aparece por entre as lágrimas. – Uau! – Ela passa um dos dedos pelo rosto e limpa o nariz. – Não é que... até que é bom. Ele costumava escrever coisas secas e sem comprometimento. Isso é meio bobinho, mas de um jeito fofo. Como ele era de verdade. – Ela olha de novo a capa. – Ele começou isto há menos de um ano. Não tinha ideia de que continuava escrevendo – Ela vai até a última página. – Não está terminado. O texto é cortado no meio de um parágrafo: "Sem mais homens e armas, com a certeza da morte, ele continuou lutando porque...

Ela esfrega os dedões no papel, sentindo sua textura. Depois, leva até perto do rosto e inspira. Então fecha os olhos, fecha o livro, passa a fita de novo e olha para mim. Sou pelo menos uns trinta e cinco centímetros mais alto que ela e provavelmente uns trinta quilos mais pesado, mas me sinto pequeno e leve como uma pluma. Como se ela pudesse me derrubar e me esmagar com apenas um sussurro.

Mas ela não fala nada. Apenas coloca o manuscrito de novo na gaveta e a fecha gentilmente. Então se endireita, enxuga o rosto com a manga e me abraça, descansando um dos ouvidos em meu peito.

– Tum-tum – ela murmura. – Tum-tum, Tum-tum.

Meus braços continuam esticados para baixo, ao lado do meu corpo.

– Me... desculpe – falo.

Com os olhos fechados, sua voz sai abafada pela minha camisa. – Perdoo você.

Levanto uma das mãos e passo em seu cabelo dourado.

– Obrigado.

Essas três frases, tão simples e primitivas, nunca soaram tão completas. Tão verdadeiras aos seus significados mais básicos. Sinto sua bochecha se mexer contra meu peito e seus músculos zigomáticos mexerem seus lábios em um sorriso.

Sem mais nenhuma palavra, fechamos a porta do quarto de Perry Kelvin e vamos embora da casa dele. Descemos as escadas passando por adolescentes barulhentos, crianças girando e dormindo, e bebês sonhando profundamente, e então estamos na rua. Sinto um cutucão de leve em meu peito, mais perto do coração do que do estômago, e ouço uma voz suave em minha cabeça.

Obrigado, Perry diz.

• • •

Adoraria acabar aqui. Seria muito legal se eu pudesse editar a minha vida. Se pudesse parar no meio de uma frase, parar e deixar tudo descansando em uma gaveta escura em algum lugar, consumar minha amnésia e esquecer de tudo que aconteceu, que está acontecendo e que está para acontecer. Fechar os olhos e ir dormir feliz.

Mas não, "R". Nada de sono dos inocentes para você. Ou já se esqueceu que tem sangue nas mãos? E nos lábios. E nos dentes. Sorria para as câmeras.

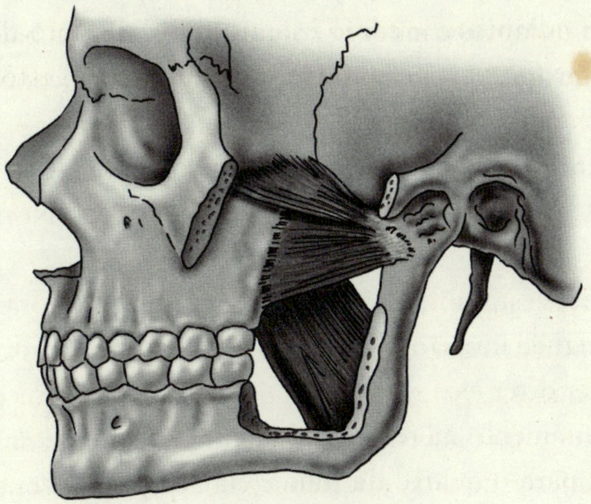

– Julie – falo, ensaiando para confessar meu último pecado. – Preciso... contar que...

BANG.

A antiga iluminação do Estádio se acende como uma supernova e a meia-noite se torna luz do dia. Posso ver todos os poros do rosto de Julie.

– Que porra é essa? – Julie fala, girando a cabeça para olhar em volta. Um alarme estridente rasga o silêncio da noite e então nós vemos: o enorme placar eletrônico está ligado. Pendurado lá no alto do teto aberto, como uma tábua de mandamentos descendo do Céu, a tela mostra uma animação de um jogador correndo do que parece ser um zumbi com os braços esticados e tentando pegá-lo. Ela pisca entre essa imagem e uma palavra que imagino que seja:

INVASÃO

– R... – Julie fala horrorizada – você comeu alguém?

Olho para ela, desesperado.

– Não tive... es... escolha. – Minha dicção falha graças ao pânico. – Guarda me... parou. Não... queria. Não era... pra...

Ela aperta os lábios e me fura com os olhos, depois balança a cabeça uma vez como que descartando um pensamento e concordando com um outro.

– Certo, então precisamos entrar. Mas que droga, R.

Corremos para dentro da casa e ela bate a porta. Nora está no alto da escada.

– Onde vocês estavam? O que está acontecendo lá fora?

– É um sinal de invasão – Julie responde. – Tem zumbi no Estádio.

– Você quer dizer ele?

O desapontamento na resposta dela me faz estremecer. – Sim e não.

Corremos para o quarto de Julie e ela apaga as luzes. Sentamo-nos no chão em cima das roupas jogadas e, durante um tempo, ninguém diz nada. Ficamos apenas sentados ouvindo os sons lá de fora. Guardas correndo e gritando, tiros e nossas respirações pesadas.

– Não se preocupe – Julie fala para Nora, mas sei que aquilo é para mim. – Não vai se espalhar. Os tiros devem ser dos guardas acabando com ele.

– Estamos limpos, então? – Nora pergunta. – R vai ficar bem?

Julie olha para mim. Seu rosto está sério.

– Mesmo que expliquem o alarme como alguém que teve um ataque cardíaco, o guarda não mordeu a si mesmo. A Segurança vai saber que tem pelo menos mais um zumbi por aí.

Nora segue o olhar de Julie até os meus olhos, e posso jurar que sinto meu rosto ficar vermelho. – Foi você? – ela pergunta, tentando parecer neutra.

– Não... queria. Ele... ia... me matar.

Ela não diz nada, e seu rosto não demonstra nada.

Olho nos olhos dela e torço para que veja o remorso esmagador que sinto.

– Foi o último – falo, me esforçando para que minha língua idiota fale direito. – Aconteça o que for. Juro pela boca do céu.

Alguns momentos agonizantes se passam. Então Nora assente com a cabeça, e fala com Julie:

– Precisamos tirá-lo daqui.

– Você sabe que eles fecham tudo quando há um alerta de invasão. Todas as portas estarão trancadas e com guardas. Pode até ser que fechem o teto se ficarem com muito medo.

– Bom, e que diabos vamos fazer então?

Julie dá de ombros, e esse gesto feito por ela parece triste, não combina. Ela olha para mim e diz:

– Não sei. Mais uma vez, eu não sei.

• • •

Julie e Nora acabam dormindo. Elas lutaram contra isso por horas, tentando pensar em um plano para me salvar, mas acabaram sucumbindo. Fico deitado em uma pilha de calças e olho para o teto estrelado e esverdeado. *Não é tão fácil assim, Sr. Lennon. Mesmo se você tentar.*

Parece trivial agora, mas tem um pequeno brilho no meio dessas nuvens carregadas. Se é que vale alguma coisa, acho que estou aprendendo a ler. Enquanto olho para a galáxia fosforescente lá no teto, as letras se juntam e começam a formar palavras. A formação de sentenças ainda está fora de meu alcance, mas saboreio a sensação daqueles pequenos símbolos se juntando em minha cabeça e explodindo em bolhas de som. Se eu vir a minha esposa de novo algum dia, poderei pelo menos ler seu nome no crachá.

As horas passam devagar. Já passou faz tempo da meia-noite, mas está claro como se fosse meio-dia lá fora. Os refletores jogam sua luz branca contra a casa, espremendo seus raios pelas sombras da janela. Meus ouvidos ficam ligados nos sons à minha volta. A respiração das garotas. Seus pequenos movimentos enquanto dormem. E então, por volta de quatro da manhã, um telefone toca.

Julie acorda e se apoia em um cotovelo. O telefone continua a tocar em algum outro cômodo da casa. Ela joga as cobertas de lado e fica em pé. É estranho vê-la por esse ângulo, em pé e me rebocando, em vez de embaixo de mim se protegendo. Sou eu quem precisa de proteção agora. Um erro, um lapso do meu julgamento recém-descoberto e posso por tudo a perder. É uma responsabilidade enorme viver como um ser com moral. Julie sai do quarto e eu a sigo pela escuridão da casa em direção ao telefone tocando. Entramos em um lugar que parece ser um escritório. Há uma mesa grande coberta de papéis e plantas de coisas, e, nas paredes, vários telefones estão ali parafusados, de marcas e modelos diferentes, cada um de uma época, todos de volta ao velho sistema de discagem.

– Eles refizeram todo o sistema de telefonia – Julie explica. – É mais como um interfone agora. Temos linhas diretas com todas as áreas importantes.

Cada telefone tem um adesivo com um nome colado abaixo dele, com o destino colocado no espaço em branco depois da frase: *Oi, meu nome é:*

JARDINS
COZINHA
MERCADO
GARAGEM
ARSENAL
CORREDOR 2
DOMO GOLDMAN
ARENA AIG
CAMPO LEHMAN

E por aí afora.

O telefone que tocava, coberto por uma camada de poeira, tinha a etiqueta:

LINHA EXTERIOR

Julie olha para o telefone, depois para mim.

– Isso é assustador. Esta linha é para os telefones das áreas abandonadas lá fora. Desde que conseguimos nossos rádios de comunicação, ninguém mais usa esses telefones.

O telefone toca alto e insistentemente. Não acredito que Nora não acordou com o barulho.

Julie pega o fone devagar e o leva ao ouvido.

– Alô? – Ela espera. – Quê? Não estou enten... – A testa dela se enruga indicando concentração. Então seus olhos se arregalam. – Oh – E ficam semicerrados. – É você. Sim, é a Julie. O que você... – Ela faz uma pausa. – Tudo bem. Sim, ele está aqui do lado.

Ela segura o telefone em minha direção.

– É pra você.

Olho para o telefone na mão dela.

– Como assim?

– É aquele... cara. O gordo fodido do aeroporto.

Pego o fone e o coloco perto da boca. Julie faz que não com a cabeça e o vira para mim. Então falo em uma voz surpresa:

– M?

A voz grossa dele preenche meu ouvido.

– Olá... namoradinho.

– O que... onde você está?

– Estou na... cidade. Não sabia... se o telefone iria... funcionar. Mas tinha... que tentar. Você está... bem?

– Sim, mas... preso. Trancaram... o Estádio.

– Merda.

– O que... está acontecendo? Aí fora?

Há um silêncio durante um momento.

– R – ele começa – Mortos... continuam vindo. Mais. Do aeroporto. Outros lugares. Muitos... de nós agora.

Fico em silêncio e o fone se afasta da minha orelha. Julie me olha com expectativa.

– Alô? – M chama.

– Desculpe. Estou aqui.

– Bom, nós estamos... aqui. E agora? O que... fazemos?

Descanso o fone no ombro e olho para a parede, para o nada. Olho para os papéis e planos na mesa do General Grigio. As estratégias dele são grego para mim. Não tenho dúvida de que são coisas importantes:

alocação de comida, planos de construções, distribuição de armas e táticas de combate. Ele está tentando manter todo mundo vivo, e isso é algo bom. É a fundação. Mas como Julie disse, tem que haver algo mais profundo que isso. A terra embaixo da fundação. Sem um chão firme por baixo, tudo entrará em colapso e cairá, uma, duas, três vezes, não importa quantas camadas de tijolos se coloque. É nisso que estou interessado. A terra por baixo dos tijolos.

– O que está acontecendo? – Julie pergunta. – O que ele está dizendo?

Quando olho para o rosto ansioso dela, sinto minhas entranhas se revirarem e a voz do jovem impaciente em minha cabeça.

Está acontecendo, defunto. O que quer que você e Julie tenham começado, a coisa está se movendo. Uma doença boa, um vírus que cria a vida! Entendeu isso, seu monstro idiota do caralho? Está dentro de você, por isso tem que sair daqui de dentro e espalhar esse vírus.

Viro o fone um pouco em direção a Julie para que ela também possa ouvir. Ela se inclina mais para perto de mim.

– M – eu falo.

– Diga.

– Conta pra Julie.

– Quê?

– Conte o que... está acontecendo.

Há uma pausa.

– Mudando – ele começa. – Muitos de nós... mudando. Como R.

Julie olha para mim e quase posso sentir os pelos de seu pescoço se arrepiando.

– Não é só você? – ela pergunta, se afastando do telefone. – Essa coisa de... reviver? – A voz dela é baixa e tentadora, como uma garotinha colocando a cabeça para fora de um abrigo antibombas depois de anos vivendo no escuro, quase tremendo de tanta esperança. – Está dizendo que a praga está sendo curada?

Faço que sim com a cabeça.

– Estamos consertando... as coisas.

– Mas como?

– Não sei. Mas... temos que... fazer mais disso. Lá onde... M está. Lá fora.

A excitação dela dá uma refreada e endurece.

– Então precisamos sair daqui.

Faço que sim com a cabeça.

– Nós dois?

– Os dois – fala M pelo telefone, como se fosse uma mãe bisbilhotando a conversa da filha. – Julie é... parte da coisa.

Ela me lança um olhar de dúvida.

– Você quer que eu, uma garota humana pequena e magrela, ande lá fora pelo mundo selvagem com um bando de zumbis?

Faço que sim com a cabeça.

– Você tem noção do quão insano é isso?

Faço que sim com a cabeça.

Ela fica em silêncio por um momento, olhando para o chão.

– Você acha mesmo que pode me manter segura? – ela indaga. – Saindo lá fora, com todos eles?

Minha honestidade incurável me faz hesitar, e Julie faz uma careta.

– Sim – M responde por mim, exasperado. – Ele pode. E eu... ajudarei.

Concordo rapidamente com a cabeça.

– M vai ajudar. Os outros... ajudarão. Fora que... – Dou um pequeno sorriso antes de continuar – você sabe... se defender também.

Ela dá de ombros com indiferença.

– Sei. Só queria saber o que você ia dizer.

– Então você...

– Vou com você!

– Tem... certeza?

Os olhos dela estão distantes e duros.

– Tive que enterrar só o vestido da minha mãe, já que não havia um corpo. Espero por este dia há muito tempo.

Concordo com a cabeça e respiro fundo.

– O único problema com o seu plano – ela continua – é que você parece estar se esquecendo de que comeu uma pessoa ontem à noite, e este lugar ficará completamente fechado até eles acharem e matarem você.

– Quer que... ataquemos? – M pergunta. – E resgatamos... você?

Ponho o fone de novo na orelha, e o aperto com força.

– Não – respondo.

– Temos... exército. Onde é... a batalha?

– Não sei. Não é aqui. Eles são... pessoas.

– E então?

Olho para Julie, que olha para o chão e esfrega os lados da cabeça, pensando.

– Apenas espere – falo para M.

– Esperar?

– Um pouco mais. Vamos... dar um jeito.

Há um longo silêncio, e então M diz:

– Se apresse.

Depois o telefone é desligado.

• • •

Julie e eu ficamos acordados o resto da noite. Ainda com nossas roupas molhadas pela chuva, sentamos no chão da fria sala de estar e não trocamos nenhuma palavra. Meus olhos se fecham eventualmente e eu desligo. E nessa estranha calmaria, no que podem ser minhas últimas horas de vida na terra, minha mente cria um sonho para mim. Claro, nítido e em cores, se abrindo na escuridão brilhante como uma rosa fora de seu tempo.

No meu sonho, estou flutuando rio abaixo na cauda cortada da minha casa/avião. Estou deitado de costas sob um céu da meia-noite, assistindo às estrelas passarem lá em cima. O rio é desconhecido, mesmo nesta época de mapas e satélites, e não faço a menor ideia para onde ele corre. O ar está parado e é uma noite quente. Só trouxe duas coisas comigo. Uma caixinha de Phad Thai e o livro de Perry. Grosso, antigo e encadernado em couro. Eu o abro bem no meio e vejo uma frase não terminada em uma língua que nunca vi, e mais nada além disso. Um tom épico de páginas vazias, brancas, apenas esperando. Fecho o livro e deito a cabeça no aço frio. O cheiro do Phad Thai pinica meu nariz, adocicado, apimentado e forte. Sinto o rio se alargando e ganhando força.

Ouço uma queda d'água.

• • •

– R.

Meus olhos se abrem e eu me sento. Julie está perto de mim, de pernas cruzadas, observando-me com cara de divertimento.

– Estava sonhando, é?

– Não... sei. – murmuro, esfregando os olhos.

– Por acaso não sonhou com uma solução para o nosso pequeno problema?

Faço que não com a cabeça.

– É, nem eu. – Ela olha para o relógio na parede e aperta os lábios pesarosamente. – Tenho que estar no centro comunitário em algumas horas pra contar histórias. David e Marie vão chorar se eu não aparecer.

David e Marie. Repito os nomes em minha cabeça, saboreando seus contornos. Deixaria Trina comer minha perna inteira só para poder ver aquelas crianças de novo. Para ouvir mais umas palavras desajeitadas saindo de suas bocas antes de eu morrer.

– O que... está lendo pra eles?

Ela olha para a cidade através da janela, cada rachadura e falha suavizadas pela luz branca cegante.

– Estou tentando levá-los ao mundo da série de livros *Redwall*. Imaginei que as músicas, banquetes e ratos guerreiros corajosos seriam uma boa para que se esquecessem um pouco do pesadelo no qual estão vivendo. Marie sempre me pergunta de livros sobre zumbis e eu insisto que não posso ler livros de não-ficção na hora das histórias, mas... – Ela percebe o olhar que estou fazendo e para. – Você está bem?

Faço que sim com a cabeça.

– Está bem? Responda direito, porra.

– Estou bem.

Ela sorri.

– *DOIS. OITO. VINTE E QUATRO.*

Pulamos para longe um do outro quando a caixa de som do teto solta uma série de números e um som de alarme agudo em seguida.

– *Aqui é o Coronel Rosso e tenho um comunicado a todos. A falha na segurança foi contida. O guarda infectado foi neutralizado e não tivemos notícias de mais nenhuma ocorrência.*

Respiro fundo, aliviado.

– *Entretanto...*

– Bosta – Julie fala.

– *...a causa do alerta continua foragido aqui dentro. Patrulhas começarão a fazer uma busca de porta em porta em todos os imóveis do Estádio. Como não sabemos onde a coisa está se escondendo, todos devem sair de suas casas e se reunir em uma área comum. Não fiquem em lugares pequenos e apertados. – Rosso faz uma pausa para tossir. – Desculpe por isso, gente. Vamos resolver tudo... aguentem firme.*

Ouvimos um clique e o alto-falante fica mudo.

Julie fica de pé num pulo e corre para o quarto. Abre as cortinas de uma vez só e deixa a claridade explodir através da janela. – Bom dia, Srta. Greene. Você se lembra de alguma antiga saída nas paredes dos túneis? Não tinha uma saída de incêndio perto de um camarote? Você consegue subir em uma escada de mão, R?

– Ei, espera, o que tá rolando? – Nora fala com voz rouca, tentando proteger os olhos com as mãos. – O que está acontecendo?

– De acordo com o amigo do R, talvez o fim desta merda de mundo de mortos-vivos, se não morrermos primeiro.

Nora finalmente acorda.

– Desculpe, mas como assim?

– Depois conto tudo. Acabaram de anunciar uma varredura, por isso só temos uns dez minutos, talvez menos. Temos que achar... – A voz de Julie morre junto com a frase e vejo sua boca se mover. O formato de seus lábios formando cada palavra, a língua se movendo contra os dentes brancos. Ela se apega à esperança, mas minha mão está escorregando.

Ela mexe no cabelo enquanto fala, com seus cachos loiros duros e emaranhados precisando de uma lavagem.

O cheiro gostoso de seu xampu, flores, ervas e canela dançam com seus óleos naturais. Ela nunca vai contar qual a marca que usa. Ela gosta de manter o cheiro dela como um mistério.

– R!

Julie e Nora estão olhando para mim e esperando. Abro a boca para falar, mas não tenho nenhuma palavra. Então a porta da casa é aberta com tanta violência que o som reverbera pelo metal até onde estamos. Ouvimos passos pesados de botas subindo as escadas.

– Ah, meu Deus, é o meu pai. – Julie diz em pânico. Ela nos empurra para fora do quarto, nos escondendo num banheiro no corredor. – Faça a maquiagem de novo – ela sibila para Nora e fecha a porta.

Enquanto Nora usa o pó compacto, tentando, desajeitada, aplicar alguma cor novamente em meu rosto, ouvimos duas vozes no corredor.

– O que está acontecendo, pai? Já acharam o zumbi?

– Ainda não, mas vamos achar. Você viu algo errado?

– Não, fiquei aqui o tempo todo.

– Você está sozinha.

– Sim, estou aqui desde ontem à noite.

– Porque a luz do banheiro está acesa?

Passos em nossa direção.

– Pai, espera! Só um segundo! – Ela baixa um pouco a voz. – Nora e Archie estão aí.

– E por que diabos falou que estava sozinha? Agora não é hora de brincadeira, Julie, isso não é um jogo de esconde-esconde.

– Bom, porque eles... sabe como é, estão *juntos* lá dentro.

Há uma breve hesitação.

– Nora e Archie – ele grita para a porta com uma voz comprimida e muito alta – Como acabaram de ouvir pelos alto-falantes, temos uma falha de segurança. Não consigo imaginar uma hora pior para alguém transar. Saiam daí imediatamente.

Nora me empurra contra a pia e enterra meu rosto no meio de seus peitos bem na hora que o General Grigio abre a porta.

– Pai! – Julie fala, lançando um olhar rápido para Nora quando ela pula para trás se soltando de mim.

– Saiam agora mesmo – Grigio ordena.

Saímos do banheiro com Nora arrumando as roupas e ajeitando o cabelo, fazendo um ótimo trabalho ao fingir embaraço. Apenas olho para Grigio, que vem em minha direção para fazer seu primeiro, e provavelmente último, grande teste. Ele olha para mim com seu rosto anguloso e esticado, examinando meus olhos. Estamos a menos de um metro um do outro.

– Olá, Archie.

– Olá, senhor.

– Você e a Srta. Greene estão apaixonados?

– Sim, senhor.

– Isso é maravilhoso. Já falaram sobre casamento?

– Ainda não.

– Não há motivo para pensar demais. Os tempos são de decisões rápidas. Onde você mora, Archie?

– Campo... Goldman

– Domo Goldman?

– Sim, senhor. Desculpe.

– E o que você faz lá?

– Jardinagem.

– Você conseguirá sustentar seus filhos com esse trabalho?

– Nós não temos filhos.

– As crianças nos substituem quando morremos. E quando se tem filho, é preciso alimentá-los. Disseram-me que as coisas não vão bem no Domo Goldman. Disseram-me que falta muita coisa. Estamos vivendo em um mundo sombrio, não acha, Archie?

– Às vezes. Nem sempre.

– Fazemos o melhor com o que Deus nos dá. Se Deus nos dá pedras quando pedimos pão, vamos afiar nossos dentes e comeremos as pedras.

– Ou faremos... nosso próprio pão.

Grigio sorri.

– Você está usando maquiagem, Archie?

Então ele me dá uma facada.

Nem vi a faca saindo da bainha dele. A lâmina de quatro centímetros se afunda no meu ombro e sai do outro lado, me prendendo à parede de gesso. Não sinto nada, não recuo e o ferimento não sangra.

– Julie! – Grigio berra recuando e sacando a pistola, com os olhos furiosos. – Você trouxe um Morto para a minha cidade! Para minha casa! E deixou o Morto tocar em você.

– Pai, me ouve! – Julie diz com as mãos apontando para mim. – R é diferente. Ele está mudando.

– Os Mortos não mudam, Julie! Eles não tem mente nem alma!

– Como você sabe? Só porque não falam com a gente e não nos contam de suas vidas? Não entendemos seus pensamentos, então assumimos que eles não têm nenhum?

– Nós fizemos testes! Os mortos nunca demonstraram nenhum sinal de consciência ou resposta emocional!

– Nem você pai! Jesus Cristo... R salvou minha vida! Ele me protegeu e me trouxe para casa. Ele é *humano*! E têm outros como ele.

– Não. – Grigio fica abruptamente calmo. Suas mãos param de tremer e a arma fica em posição, a centímetros do meu rosto.

– Por favor, me ouça, pai. Por favor? – Ela dá um passo para perto de nós. Está tentando parecer calma, mas sei que está apavorada. – Quando eu estava no aeroporto, aconteceu algo. Nós iniciamos alguma coisa, alguma coisa que está se espalhando. Os Mortos estão voltando à vida, estão deixando suas colmeias e tentando mudar o que são, e temos que achar um jeito de ajudar. Imagina se pudermos curar a praga, pai! Imagina se conseguirmos arrumar essa bagunça toda e recomeçar!

Grigio faz que não com a cabeça. Posso ver os músculos de sua mandíbula se contraindo por baixo da pele.

– Você é jovem, Julie, e não entende o mundo. Podemos nos manter vivos e podemos matar as coisas que tentam nos matar, mas não existe uma solução definitiva. Pesquisamos durante anos e não achamos nada, e agora nosso tempo acabou. O mundo acabou. Não pode ser salvo, nem resgatado e muito menos curado.

– Claro que pode – Julie grita para ele perdendo toda a compostura. – Não tem que ser um pesadelo! Quem criou essa regra? Podemos consertá-lo, apenas nunca tínhamos tentado de verdade antes! Sempre fomos distraídos, egoístas e assustados demais!

Grigio range os dentes.

– Você é uma sonhadora, uma criança. Você é igual a sua mãe.

– Pai, escute o que estou dizendo!

– Não.

Ele destrava a arma e a pressiona contra minha cabeça, exatamente sobre o *band-aid* de Julie. Lá vamos nós. É a ironia sempre presente de M. Minha morte inevitável, que me ignorou durante todos aqueles anos que eu a desejava diariamente, chegando apenas depois de eu decidir que gostaria de viver para sempre. Fecho os olhos e me preparo.

Um jorro de sangue esquenta meu rosto, mas não é meu sangue. Meus olhos se abrem a tempo de ver a faca de Julie saindo da mão de Grigio, deixando um belo corte. A arma voa da mão dele e dispara ao cair no chão, depois dispara de novo e de novo, quando a força de cada tiro a empurram para a parede do corredor estreito, como uma bolinha perereca ricocheteando. Todos se abaixam tentando se proteger, então a arma para de pular e bem aos pés de Nora. Em meio ao silêncio surdo ela olha para baixo com os olhos arregalados e depois olha para o general. Segurando a mão cortada, ele dá o bote em direção à arma, mas Nora a pega primeiro e aponta para o rosto dele. Grigio congela. Ele então, flexiona a mandíbula e se move alguns centímetros, como se fosse atacar do mesmo jeito. Nora, porém, tira o pente de munição gasto, pega um novo na bolsa, coloca na arma e a engatilha, um movimento tão fluido que em nenhum momento Nora chega a tirar os olhos dos dele. Grigio dá um passo para trás.

– Vão logo – ela diz, olhando rapidamente para Julie. – Tentem sair de algum jeito.

Julie me pega pela mão e vamos saindo de costas enquanto o pai dela fica ali em pé, parado e tremendo de raiva.

– Adeus, pai – Julie diz suavemente. Viramo-nos e descemos correndo as escadas.

– JULIE! – Grigio berra, e aquele som me lembra de um outro, um som surdo saindo de um berrante quebrado que me faz tremer em minha camisa molhada.

• • •

Estamos correndo. Julie vai na frente, mostrando o caminho pelas ruas apertadas. Atrás de nós ouvimos gritos raivosos vindo da direção da casa dela. E então ouvimos o chiado de rádios de comunicação. Estamos fugindo e sendo perseguidos. A liderança de Julie não é muito firme, e andamos em ziguezague e vamos e voltamos. Somos ratos correndo em uma jaula. Corremos enquanto os telhados das construções vão passando e girando a nossa volta.

Então chegamos em uma parede. Com as arquibancadas destruídas, o Estádio termina em uma enorme parede cheia de andaimes, com escadas e rampas que não levam a lugar nenhum. Mas uma parte não foi demolida ainda. Um corredor largo e escuro acena para nós do alto de uma escadaria. Corremos em direção a ele. Tudo que havia ao lado das escadas foi desmontado ou demolido, deixando-a flutuando no espaço. Na hora em que chegamos na abertura, um grito voa lá de baixo:

– Srta. Grigio!

Viramos e olhamos para baixo. O Coronel Rosso está à beira das escadas, cercado por um grupo de oficiais da Segurança. Ele é o único que não está com uma arma nas mãos.

– Não fuja, por favor – ele pede a Julie.

Julie me puxa para o corredor e corremos para dentro da escuridão.

O espaço interno está claramente em construção, mas tudo o que sobrou está exatamente igual ao que era antigamente. Barracas de cachorro quente, quiosques de lembrancinhas e uma cabine de *pretzels* caríssimos, todos frios e abandonados nas sombras. Os gritos da equipe de segurança ecoam atrás de nós. Fico esperando a gente chegar em um beco sem saída, que nos forçará a parar, voltar e enfrentar o inevitável.

– R! – Julie fala enquanto corremos. – Vamos sair daqui, tá bom? Nós vamos sair! – A voz dela está falhando, em um misto de exaustão e choro. Não consigo me fazer responder.

Chegamos ao fim do corredor. Na fraca luz que entra pelas frestas do concreto, vejo algo escrito na porta:

SAÍDA DE EMERGÊNCIA

Julie corre mais rápido e me arrasta com ela. Trombamos com a porta e ela se abre totalmente.

– Ahh, mer... – ela tenta falar ao mesmo tempo em que gira e se segura na porta, enquanto um de seus pés pende sobre um abismo de quase três metros.

Um vento frio assobia em volta da entrada, onde pedaços de uma escada de incêndio estão pendurados na parede. Pássaros voam e, lá embaixo, a cidade se espalha como um grande cemitério, com os prédios parecendo lápides.

– Srta. Grigio! – Rosso e seus guardas param a uns vinte passos de nós. Ele está respirando pesado, claramente velho demais para uma perseguição como esta.

Olho para a porta e o chão abaixo. Olho pra Julie, pra baixo e pra Julie de novo.

– Julie – falo.

– Quê?

– Tem certeza de que quer... vir comigo?

Ela olha para mim, tentando fazer o ar entrar a força em seus brônquios fechados. Há perguntas nos olhos dela, talvez dúvidas, medos, mas ela assente com a cabeça.

– Tenho.

– Não fuja, por favor – Rosso pede, curvado e se apoiando nos joelhos. – Não é esse o caminho certo.

– Preciso ir – ela responde.

– Srta. Cabernet. Julie. Não pode abandonar seu pai. Você é tudo que restou a ele.

Ela morde o lábio inferior, mas seus olhos continuam duros.

– Meu pai morreu, Rosy. Apenas não começou a apodrecer ainda.

Ela segura minha mão, a mesma que usei para dar um soco em M, e aperta tão forte que parece até que ela é capaz de causar um dano ainda maior do que o daquele dia. Então olha para mim.

– E aí, R?

Eu a puxo para mim. Enrolo meus braços em torno dela e a aperto forte o suficiente para fundir nossos genes. Estamos de frente um para o outro e eu quase a beijo, mas em vez disso dou dois passos para trás e caímos através da porta aberta.

Mergulhamos como um pássaro que levou um tiro. Meus braços e pernas envolvendo-a, praticamente envolvendo todo o seu pequeno corpo.

Batemos em um beiral de telhado, uma barra de suporte rasga minha coxa, minha cabeça bate em uma viga, furamos um *outdoor* de propaganda de telefone celular e então, finalmente, atingimos o chão. Um coro de estalos e outros barulhos ocorre quando minhas costas pousam no chão e o peso de Julie recai sobre meu peito. Ela rola para o lado, sufocando e tossindo, tentando respirar, enquanto eu fico ali deitado, olhando para o céu. Aqui estamos.

Julie rasteja de joelhos até a bolsa e pega sua bombinha, dá uma espirrada e continua segurando o aparelho na boca, se apoiando no chão com apenas uma das mãos. Quando consegue respirar de novo, rasteja até mim com terror nos olhos. Seu rosto esconde o sol.

– R! – ela sussurra. – Ei!

Tão devagar e trêmulo quanto no dia que voltei da morte, vou me levantando e fico em pé com dificuldade. Vários ossos se estalam e crepitam pelo meu corpo. Sorrio e com minha voz de tenor sem melodia, eu canto: *Você me faz sentir... tão jovem...**

Ela explode em risos e me abraça. Sinto a pressão colocar algumas de minhas juntas no lugar.

* Trecho de "You Make Me Feel So Young", de Frank Sinatra. (N. T.)

Julie olha para cima, para a porta aberta. Rosso está lá, olhando para nós. Julie acena para ele, que desaparece para dentro do Estádio com uma rapidez que sugere uma perseguição. Tento não julgar suas ações. No mundo dele, ordens são ordens.

Julie e eu corremos para a cidade. A cada passo sinto meu corpo se estabilizando, ossos se realinhando, tecidos se enrijecendo em volta das coisas quebradas para evitar que meu corpo desmorone. Nunca senti nada assim antes. Será algum tipo de fator de cura?

Nós nos apressamos através das ruas vazias, passando por incontáveis carros enferrujados, montes de folhas mortas e detritos variados. Entramos na contramão e passamos nos faróis vermelhos. À nossa frente vemos a cidade, uma colina alta e gramada onde os prédios se abrem e a estrada passa, levando as pessoas a algum outro lugar. Atrás de nós, ouvimos o rugido de veículos de assalto saindo dos portões do Estádio. *Isso não pode continuar!*, declaram os homens com mandíbulas de aço que fazem as leis. *Encontrem essas pequenas brasas e as apaguem logo!* Com esses clamores atrás de nós, começamos a subir a colina.

Estamos frente a frente com um exército.

Eles estão em pé, no gramado ao lado das rampas de acesso a rodovia. Centenas deles, andando em círculos sobre a grama, olhando para o céu ou para o nada, com seus rostos cinzas estranhamente serenos. Mas quando a linha de frente deles nos vê, eles param e então vão se virando em nossa direção. O foco se espalha como uma onda, até que toda a multidão está parada e prestando atenção em nós. Julie me lança um olhar de deleite como se dissesse *Está brincando*? Então uma pequena bagunça ocorre no meio das linhas e um zumbi de quase dois metros, corpulento e careca, vai passando pela multidão e vem em nossa direção.

– M – eu falo.

– R – ele responde e faz um aceno de cabeça para ela. – Julie.

– Oiiii... – ela diz, se inclinando para perto de mim com cautela.

Ouvimos pneus cantando e depois mais sons de motor. Nossos perseguidores estão bem perto. M anda até a parte mais alta da colina e a multidão o segue. Julie fica bem perto de mim quando eles passam por nós, nos absorvendo em seu "perfumado" exército, cada um marchando em seu posto. Pode ser minha imaginação, ou uma ilusão causada pela luz, mas a pele de M parece um pouco menos cinza do que o habitual. Seus lábios parecem mais expressivos e, pela primeira vez desde que o conheço, a barba bem aparada dele não está manchada de sangue.

Os veículos de assalto vêm em fila em nossa direção, mas quando o enxame de Mortos fica à vista no topo da colina, eles reduzem e então param. São apenas quatro Hummers H2 pintados pseudomilitarmente de verde-oliva com tinta *spray*. Essas máquinas monstruosas parecem pequenas e dignas de pena de onde olhamos. Uma das portas se abre e o Coronel Rosso emerge de dentro do carro. Engatilhando seu rifle, ele examina as fileiras de corpos que balançam, pensando em possibilidades e estratégias. Seus olhos estão arregalados por trás dos óculos grossos. Ele engole em seco e então baixa a arma.

– Desculpe-me, Rosy – Julie fala para ele e aponta para o Estádio. – Não aguento mais, entende? É uma grande mentira. Pensamos que estamos bem lá dentro, mas não estamos.

Rosso está olhando bastante para os zumbis mais próximos dele, examinando seus rostos com cuidado. Ele tem idade o suficiente para, provavelmente, ter estado no começo disso tudo. Ele sabe como os Mortos devem se parecer, por isso pode ver que tem algo diferente, não importando o quão sutil, subliminar ou subcutâneo seja.

– Você não pode salvar o mundo sozinha! – ele grita. – Volte e podemos discutir o assunto.

– Não estou sozinha – Julie responde e gesticula para os zumbis que se balançam em volta dela. – Estou com esses caras.

Os lábios de Rosso se contorcem em uma careta de dor, e então ele pula em seu veículo, fecha a porta e parte em direção ao Estádio, com os outros três carros atrás. Uma breve pausa, um rápido respiro é o que teremos, pois sei que eles não vão desistir, estão apenas reunindo suas tropas.

E precisam fazer isso mesmo, pois basta olhar para nós para perceber isso. Somos várias centenas de monstros e uma garota de quarenta e cinco quilos parados nos limites da cidade deles e com fogo nos olhos. Bem abaixo de nossos pés, a Terra agita seu magma enquanto os ossos de gerações que se foram nos assistem e aguardam.

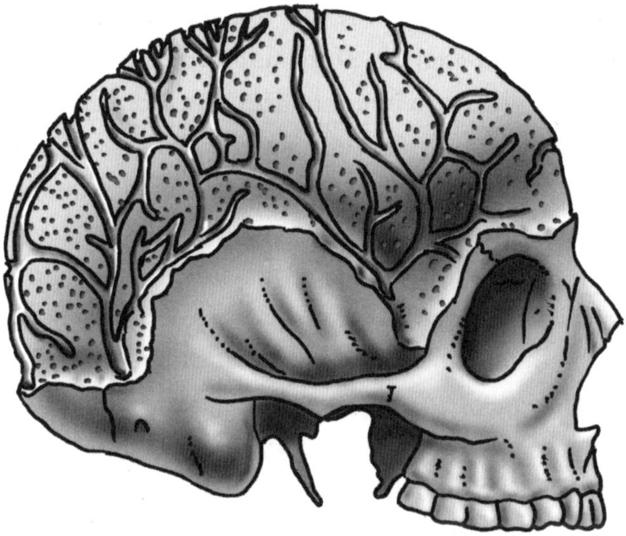

Estamos amontoados em uma rampa de acesso à rodovia. Atrás de nós está a cidade. À frente, colinas angulares de árvores e paisagens intermediárias que nos levavam de volta ao aeroporto. Julie se mantém ao meu lado, bem perto, parecendo muito menos confiante de sua postura revolucionária e impetuosa do que representou para o Coronel Rosso. Coloco uma mão em seu ombro e falo para a multidão:

– Julie!

A massa treme, e ouço um ou dois pares de dentes fazerem barulho de mordida. Falo mais alto ainda:

– Julie! Nós mantemos Julie segura.

Alguns deles parecem tentados, mas o que vejo nos olhos da maior parte deles não é fome. É a mesma fascinação que vi no aeroporto, mas intensificada. Mais focada. Eles não estão só olhando, estão estudando, estão cativados por ela. Espasmos estranhos atravessam seus corpos a curtos intervalos de tempo.

Percebo M encarando Julie de um jeito diferente e estalo os dedos perto de seu rosto.

– Ah, tenha dó – ele diz, como se eu não estivesse sendo razoável.

Sento-me no acostamento, esforçando-me para pensar. O som dos veículos de Rosso ainda vão diminuindo a distância. Todos estão olhando para mim. Olhares impacientes de todas as direções, que parecem dizer: *Bom, e agora?*, que me dão vontade de gritar: *E agora o quê?* Não sou um general, coronel ou construtor de cidades, sou apenas um defunto que não quer ser um defunto.

Julie senta perto de mim e põe uma das mãos em meu joelho. Só então percebo os arranhões e machucados que ela ganhou em nosso mergulho sem paraquedas. Um deles é na bochecha, um corte raso que a faz tremer um pouco quando sorri. Odeio isso.

– Você se machucou – falo.

– Só de leve.

Odeio o fato de Julie ter se machucado. Odeio o fato de ela ter sido machucada por mim e por outros durante a vida. Mal lembro o que é sentir dor, mas quando vejo esse sentimento nela, sinto como se fosse em mim, e em uma medida desproporcional. Sinto nos olhos, que começam a queimar.

– Por que você... veio? – pergunto a ela.

– Para ajudar, lembra? E pra manter você a salvo.

– Mas por quê?

Ela me lança um sorriso doce e o corte na bochecha brilha com o sangue fresco.

– Porque gosto de você Sr. Zumbi. – Ela limpa o sangue com a mão, olha para ele e então passa em meu pescoço. – Pronto. Agora estamos quites.

Olhando para ela sentada ao meu lado, um anjo de cabelos dourados e olhos azuis cercada de Mortos babando, uma garota frágil sorrindo com lábios cor de sangue em relação a um futuro incerto, sinto algo ondular dentro de mim. Minha visão fica embaçada e algo molhado desce pelo meu rosto. Meus olhos não estão mais ardendo.

Julie toca minha bochecha e olha para o dedo. Ela olha para mim com tanta fascinação que não consigo retornar seu olhar. Em vez disso, me levanto e grito:

– Vamos voltar ao aeroporto.

Os Mortos olham para mim, e depois para M.

– Por quê? – M pergunta.

– Porque é onde... nós vivemos. Onde... começaremos.

– Começaremos... o quê? Guerra? Contra os Ossudos?

– Guerra não. Não... desse tipo.

– O quê então?

Enquanto tento responder, destilo o redemoinho de imagens que passam pela minha cabeça. A música nos corredores escuros do aeroporto, meus filhos saindo de seus esconderijos e limpando a poeira de seus corpos, um movimento, uma mudança – enquanto estou ali, sonhando, o ar silencioso da cidade treme com um grito, desesperado e gorgolejante, como o de uma vaca correndo já meio cortada.

Alguém vem em nossa direção pela rodovia. Ele está correndo, mas seu jeito cambaleante acaba traindo seu status biológico. M se apressa em se encontrar com o recém-chegado. Assisto à conversa dos dois, o novato agitando as mãos e gesticulando de um jeito que começa a me dar um frio na barriga. Ele está trazendo más notícias, com certeza.

Ele se mistura à multidão enquanto M caminha devagar até mim, sacudindo a cabeça de forma negativa.

– O que foi? – pergunto.

– Não... podemos voltar.

– Por que não?

– Os Ossudos... enlouqueceram. Apareceram de... todos os lugares. Matando todos que... discordam.

Olho para o recém-chegado e percebo que, o que tinha achado que eram sinais de decomposição, na verdade são vários machucados, mordidas e arranhões. Ao longe, vejo outros como ele, uns na rodovia, outros cambaleiam na lama e na grama em volta dela, centenas deles, bem dispersos.

– Os como nós... tentando escapar – M continua. – E os Ossudos... estão perseguindo.

Exatamente quando ele diz isso, como que esperando a deixa, os agentes de publicidade dos Mortos fazem sua entrada. Um, depois dois, cinco e seis formas brancas e finas aparecem por trás das árvores a distância e dominam dois zumbis que estavam fugindo. Assisto os esqueletos os derrubarem e baterem suas cabeças contra o pavimento. Assisto os Ossudos arrancarem seus cérebros como se fossem frutas podres. E então vejo que eles se multiplicam, saindo de trás das árvores aos montes, descendo pela rampa da rodovia e se reunindo na estrada como um enxame vasto e ruidoso.

– Ah, que merda... – Julie sussurra.

– Novo plano? – M pergunta com uma calma forçada.

Fico ali parado em um transe de indecisão. Estou de volta ao quarto de Julie, deitado ao lado dela em uma pilha de roupa suja, e ela está dizendo *Não tem para onde fugir, não é?* Faço que não com a cabeça de forma austera e digo que o mundo está coberto de mortos. No fundo da minha consciência posso ouvir o ronco dos SUVs, muito mais do que quatro deles, vindo pela rua principal para acabar comigo e levar Julie de volta ao caixão de concreto deles, embalsamá-la como uma princesa e expô-la por toda a eternidade em um ossário fluorescente e brilhante. E aqui estou eu, preso no vão entre o berço e o túmulo e sem me encaixar mais em nenhum dos dois.

– Novo plano! – M fala, despertando-me de meu devaneio. – Vamos pra... cidade.

– E por que diabos iríamos para a cidade? – Julie pergunta.

– Levar Ossudos lá. Deixar os Vivos... resolverem isso.

– Errado! – Julie responde rispidamente. – A Segurança não faz distinção entre Ossudos e Carnudos. Eles acabarão com vocês também.

– Nós nos... esconderemos – M fala e aponta para uma saída da rodovia que dá em um vale cheio de casas vagabundas e seus gramados e jardins estragados. É o extremo norte do subúrbio onde Julie e eu passamos a noite. Era uma vez um conto de fadas embolorado.

– Como assim? Se esconder e torcer que a Segurança e os esqueletos cuidem uns dos outros?

M faz que sim com a cabeça.

Julie não fala nada por dois segundos.

– É um plano terrível, mas vamos nessa. Ela se vira para começar a correr, mas M põe a mão em seu ombro. Ela arranca a mão dele e rodopia saindo de perto dele. – O que você está fazendo? Não toque em mim, porra!

– Você... vai com o R – M fala.

– Como assim? – pergunto, chamando a atenção dele, que fixa os olhos cinza e secos em mim enquanto se esforça buscando as palavras.

– Nós os atraímos... por aqui. Você leva ela... por ali.

– Como assim? – Julie guincha. – Ele não vai me levar a lugar nenhum. Por que caralho a gente se separaria?

M aponta para um machucado e um corte sangrando no braço dela, depois para o corte da bochecha.

– Porque você é... frágil – ele diz em uma voz surpreendentemente terna. – E... importante.

Julie olha para M, mas não diz nada. Eu e ela conseguimos sair do meio da multidão, e todos olham para nós. Os Ossudos estão perto o suficiente para podermos ouvi-los. Seus pés frágeis raspando o chão e o zumbido baixo de qualquer que seja a força obscura que os move. O tutano sombrio que ferve dentro de seus ossos.

Faço um aceno de cabeça para M e ele retribui.

Pego a mão de Julie. Ela resiste rapidamente, mantendo os olhos na multidão, então se vira, olha para mim e corremos. M e os outros desaparecem de vista quando descemos um pequeno aterro em direção às ruas destruídas do centro. Os antigos fantasmas da minha mente acordam e correm ao nosso lado, torcendo em silêncio pela nossa corrida desesperada.

Algo desconhecido para nós, algo que nunca vimos. A memória não pode dominar o presente: a história tem seus limites. Será que somos todos médicos medievais, blasfemando ao lado de nossas sanguessugas?

Ansiamos por uma ciência melhor. E queremos que provem que estamos errados.

• • •

Depois de alguns minutos, ouvimos a batalha. Tiros de metralhadora ecoam pelas ruas estreitas. Explosões surdas que ressoam em nosso peito como o som de um baixo a distância. O guincho ocasional de um Ossudo, tão estridente e perfurante que é conduzido através da distância com se fosse eletricidade na água.

– Devemos nos esconder em um desses? – Julie pergunta, apontando para umas poucas torres de tijolo e aço. – E esperar até acabar?

Faço que sim com a cabeça, mas hesito. Não sei por que. O que mais poderíamos fazer além de nos esconder?

Julie corre para o prédio mais próximo e tenta abrir a porta.

– Fechada. – Ela atravessa a rua até um complexo de apartamentos. – Trancado. – Então, vai até outra porta. – Ei, este aqui parece... – O vidro da janela acima dela se despedaça. Um esqueleto sai por ela e desce como uma aranha pela parede e pula nas costas dela.

Atravesso a rua correndo, agarro a criatura pela espinha e tento tirá-la de cima de Julie, mas seus dedos pontudos estão se enfiando na carne dela como farpas. Quando o Ossudo tenta morder o pescoço dela, pego a cabeça dele com as duas mãos e a torço. Apesar dos tendões murchos em seu pescoço, ele é absurdamente forte. Sua mandíbula estrala, se esticando em direção a ela.

– Contra a... parede! – grito para Julie. Ela cambaleia de costas e bate o esqueleto com força na parede. A força da criatura parece falhar o suficiente para que eu gire a cabeça dela para longe de Julie e a bata no parapeito da janela. O crânio se racha e sua cara sem rosto, espremida entre minhas mãos, parece olhar diretamente para mim. E apesar da expressão do Ossudo ser um sorriso permanente, consigo ouvir seus gritos ultrajados em minha cabeça.:

PARE. PARE. NÓS SOMOS O PRODUTO DE TODOS OS SEUS ANOS.

Bato a cabeça dele contra a parede de novo. Seu crânio se abre ainda mais e ele solta Julie.

VOCÊ SE TORNARÁ UM DE NÓS. E NÓS VENCEREMOS. SEMPRE GANHAMOS, E SEMPRE GA...

Jogo a criatura no chão e piso em seu rosto, amassando o crânio de uma vez. O zumbido acaba.

– Nem me pergunte se estou bem! – Julie diz com as mãos para o alto e respirando fundo e devagar. – Não pergunte nada.

Estou a ponto de pegar Julie e forçar a entrada em um dos prédios quando algo que não entendo acontece. O crânio debaixo do meu pé se contrai e, quando o cérebro amassado de desintegra, a mandíbula se abre e solta um chamado triste e miserável, como o de um pássaro ferido. Não se parece nem um pouco com o zumbido ou o barulho de corneta deles, nem o grito estridente que é a voz dos esqueletos, e fico imaginando, horrorizado, se ele foi um ser humano um dia e se esse é o último suspiro de sua alma seca e congelada se dissolvendo no vácuo. Os pelos do meu pescoço ficam eriçados. Julie treme com um calafrio. E como que em resposta àquele gemido lamentoso, um som começa a surgir nas ruas distantes. Um barulho de coisas raspando vindo de todas as direções, um círculo de som se fechando em direção ao local onde estamos. Capto um leve movimento com o canto do olho e viro a cabeça para cima. Todas as janelas de todos os prédios estão cheias de rostos de órbitas vazias. Seus dentes nus sorriem silenciosamente atrás dos vidros, com os rostos virados para baixo como um júri de um pesadelo.

– O que está acontecendo? – Julie me pergunta, com a exaustão transparecendo em seu rosto.

Não quero responder. Estou preocupado que ela esteja à beira do abismo, e a resposta que tenho não é muito esperançosa. Mas olhando para os crânios que não piscam por trás das janelas de vidro, não chego a nenhuma outra conclusão.

– Acho que eles querem... a gente – falo. – Você e eu. Eles sabem... quem somos nós.

– E quem somos nós?

– Os que... começaram isso.

– Você está louco? – ela explode, com os olhos verificando as ruas enquanto o som de pés se arrastando vai ficando mais alto. – Está me dizendo que essas coisas são rancorosas? Que vão nos caçar porque causamos, por acidente, uma pequena briga na porra do aeroporto assombrado deles?

Julie, Julie, Perry sussurra em minha cabeça. Posso ouvi-lo sorrindo. *Olhe pra mim querida. Olha bem para o R e leia o que está escrito lá. Não é rancor. Essas criaturas são pragmáticas demais para se preocuparem com vingança. Eles não a querem porque você começou uma briguinha. É porque eles sabem que você vai terminar a briga.*

O olhar de pânico de Julie se congela, transformando-se em compreensão.

– Ah, meu Deus, ela sussurra.

Concordo com a cabeça.

– Eles estão com *medo* de nós?

– Isso.

Ela pensa no assunto por um momento e então concorda com a cabeça, começando a examinar o lugar onde estamos, mordendo o lábio e virando os olhos de um lado para o outro.

– Certo – ela diz. – Tá certo, sim, isso, já sei. Vamos.

Ela me pega pela mão e sai correndo em direção ao som da turba que se aproxima.

– O que está... fazendo? – pergunto, ofegante, enquanto corro atrás dela.

– Esta é a rua principal – ela responde. – Foi aqui que a tropa do meu pai me encontrou quando voltei para casa. Ele deve estar depois daquela esquina...

E lá está ele. O velho e bom Mercedes vermelho, parado meio na rua só esperando por nós como se fosse um motorista fiel. Três quarteirões à frente dele vemos a linha de frente dos Ossudos, se espalhando pela rua e correndo em nossa direção com um propósito único de uma mente única. Pulamos no carro, Julie dá a partida e fazemos uma volta de 180 graus cantando os pneus e logo começamos a nos desviar dos carros abandonados na rua – o último congestionamento da cidade. Os

Ossudos aceleram atrás de nós, galopando à frente com a implacável persistência do cavaleiro da Morte, mas começamos a nos distanciar.

– Para onde... nós vamos? – pergunto enquanto o pavimento antigo faz minha mandíbula chacoalhar.

– Vamos voltar ao Estádio.

Olho para ela com os olhos arregalados.

– Como assim?

– Se os esqueletos estão atrás da gente, especificamente a gente, então nos perseguirão até lá, certo? Vão largar os outros e virão atrás de nós. Podemos levá-los diretamente para os portões.

– Mas... e depois?

– Nos escondemos lá dentro enquanto a Segurança cuida deles. Não tem como eles passarem pelos muros do Estádio, a menos que possam voar ou algo assim. – Ela dá uma olhada para mim. – Eles não podem voar, né?

Olho para a frente através do para-brisas e me seguro bem no banco, pois Julie dirige pelas ruas danificadas em uma velocidade muito perigosa.

– Voltar... ao Estádio – repito.

– Sei o que está pensando. Que voltar parece suicídio, mas acho que temos uma esperança.

– Como? Seu pai...

– Meu pai quer matar você, eu sei. Ele só... não consegue mais ver as coisas com clareza. Mas acho que o Rosy pode. Conheço ele desde que era pequena. É como se ele fosse meu avô, e ele não é cego, apesar dos óculos grossos. E tenho certeza de que ele já percebeu o que está acontecendo.

Depois de deixar para trás o esquadrão da morte dos Ossudos nas estreitas ruas laterais, voltamos à avenida principal e depois entramos em uma seção não terminada do Corredor Um. Dentro daqueles muros de concreto, a rua está limpa, sem nenhum carro parado ou detritos, e leva diretamente ao Estádio como se fosse uma via expressa. Julie reduz a marcha e acelera, esticando até o motor tremer. O teto do estádio aparece no horizonte, se erguendo como se fosse um monstro gigante.

Suba na minha boca, ele nos provoca. *Vamos lá, garotos. Não liguem para os dentes.*

Com a morte certa nos perseguindo, voamos pelo coração da cidade em direção a uma morte um pouco menos certa. Logo ouvimos um som familiar. A rotação de motores grandes e o pipocar de metralhadoras, mas perto, não mais abafados pela distância. Quando o prédio vai ficando maior e temos uma visão melhor do panorama, Julie e eu olhamos, horrorizados.

O Estádio já está cercado. Como que se antecipando o nosso plano, hordas diferentes de esqueletos correm em direção aos muros vindos de diferentes partes da cidade, passando por cima de carros e correndo de quatro como se fossem esqueletos de gatos. Balas e bombas destroem fachadas de lojas e semáforos, vindas da Segurança, que é obrigada a se defender, mas o exército dos esqueletos continua sendo reabastecido por todas as direções, não precisando da ajuda do enxame que nos persegue. Minha mente voa até a última vez que estive neste carro. Frank e Ava passeando em seu romance dos anos dourados, uma bolha calorosa de flores, pássaros cantando e olhos felizes sob um céu azul.

Isso está errado. Está tudo errado. Observo a horda crescente como se nunca tivesse visto um cadáver andando antes. De onde eles estão vindo? Com tudo que eu achava que sabia a respeito de nosso processo de decomposição, não faz sentido um número tão grande deles. Em geral, demora anos para que um de nós perca completamente a carne. E mesmo que eles estejam atendendo a algum chamado e vindo de cidades vizinhas... ainda assim não tinha como ter tantos assim.

Será esta uma nova face da praga? Mais forte, cruel, ganhando força e velocidade? Será que o buraco da ampulheta está aumentando?

Julie me olha com um medo novo no olhar.

– Você acha que...

– Nem pense – falo para ela. – Siga em frente. Muito tarde... para mudar o plano.

E ela vai em frente, desviando de buracos de granada, subindo nas calçadas e andando nelas e atropelando Ossudos como se fosse uma motorista bêbada. A Mercedes elegante está começando a parecer um carro destruído de beira de estrada.

– Ali – Julie grita repentinamente. – É ele! – Ela acelera em direção ao portão e toca a buzina sem parar. Quando chegamos perto, reconheço o Coronel Rosso parado nos portões principais, dando ordens atrás de uma barricada de carros. Julie freia e o carro derrapa, parando em frente dos veículos. Ela pula do carro e grita:

– Rosy! – E depois correm em direção aos portões comigo um pouco atrás. – Sou eu, Julie! Deixa a gente entrar!

Os soldados levantam as armas, olhando para mim e depois para Rosso. Me preparo para levar um tiro que explodirá minha cabeça e acabará com tudo. Mas Rosso faz um sinal com a mão para eles, que então baixam as armas. Corremos até os portões enquanto eles fecham o cerco atrás de nós, mirando em nossos perseguidores.

– Srta. Cabernet – Rosso exclama perplexo – já salvou o mundo?

– Ainda não – ela responde sem fôlego. – Encontrei alguns obstáculos no caminho.

– Estou vendo – Rosso examina o exército de ossos que se aproxima.

– Você pode dar conta deles, né?

– Acho que sim – ele responde enquanto assiste seus homens derrubarem a primeira onda de atacantes, depois recarregarem as armas antes que a próxima venha. – Espero que sim.

– Por favor, não diga ao meu pai que estamos aqui.

– O que você pensa que está fazendo, Julie?

Ela aperta a mão cheia de veias dele.

– Já falei para você.

Ele abre um pouco o enorme portão.

– Não posso prometer nada em relação ao seu pai. Ele não... é o homem que eu conhecia.

– O que tiver que acontecer, acontecerá. Obrigado, Rosy. – Ela dá um beijo na bochecha dele e entra pelo portão.

Hesito. Rosso, com uma das mãos no portão, me encara, e seus olhos estão indecifráveis. Olho pra ele também. Em silêncio, ele abre a porta para mim e fica em um dos lados para que eu possa entrar. Faço um aceno de cabeça e sigo Julie lá para dentro.

• • •

Mais uma vez estamos nos esgueirando pelo labirinto de ruas estreitas do Estádio, fugitivos não importando onde quer que estejamos. Julie anda rápido, olhando as placas das ruas e entrando em ruas de forma decidida. Sua respiração parece curta, mas ela não usa a bombinha. Suja de sangue e terra, com as roupas rasgadas e sem respirar direito, eu e ela nunca combinamos mais.

– Onde estamos... indo?

Ela aponta para o telão lá no alto. Uma foto de Nora está piscando, seguida das palavras:

NORA GREENE
ASSALTO À MÃO ARMADA
PRENDER AO AVISTÁ-LA

– Vamos precisar dela – Julie diz. – O que quer que aconteça em seguida, quero ter certeza de que ela estará com a gente, e não trancada na nossa prisão.

Olho para o rosto enorme e *pixelizado* de Nora. Seu sorriso alegre não combina com o anúncio de "Procura-se".

– Foi por isso... que voltamos? – pergunto, ainda andando atrás dela. – Por ela?

– Metade por causa dela.

Um pequeno sorriso aparece em meu rosto.

– Você tem... planos. – E faço uso de minha melhor tentativa de um tom insinuante. – Não só... nos manter seguros.

– Tinha certeza de que meu tempo aqui já tinha acabado – ela fala, sem diminuir o passo, e deixa as coisas no ar.

Nós nos mantemos no limite externo do Estádio, seguindo o muro em volta do perímetro. Ancorados no concreto acima de nós, os grossos cabos de aço de suporte balançam quando os prédios chacoalham levemente por causa do vento. As ruas lamacentas estão vazias. Provavelmente todo o efetivo da Segurança está lá fora cuidando dos Ossudos, enquanto os civis se escondem em suas casas de alumínio e esperam a coisa acabar. O céu de fim de tarde começa a aparecer e ficar alaranjado lá em cima. Nuvens muito altas encobrem o sol de vez em quando. Seria um momento de muita paz se não fosse o exército lá fora, mandando seus argumentos em direção aos muros como um vizinho inconveniente.

– Faço uma ideia de onde ela deve estar. – Julie nos leva através de uma porta escura. – Brincávamos bastante nos muros quando éramos menores. Ficávamos nos camarotes VIP e fingíamos que éramos celebridades ou algo assim. O mundo já tinha entrado em colapso, por isso era divertido imaginar que ainda servíamos para alguma coisa.

Subimos vários lances de escada até um andar mais alto. A maioria das portas parece estar trancada. Ela acha um pequeno buraco na parede que estava coberto por um plástico daqueles bem duros, e então nos esprememos em um buraco do tamanho de uma adolescente nesse mesmo plástico.

Estamos no que parece ser um camarote de luxo do Estádio. Tem cadeiras de couro caras nos cantos, ao lado de mesas viradas. Bandejas de prata oferecem lanches de mofo. O bar tem copos de Martini ao lado de bolsas abandonadas, esperando que seus donos voltem para beber seus conteúdos evaporados faz tempo.

Nora está sentada na grande janela que dá vista para o campo. Ela dá um gole na garrafa de vinho em sua mão e abre um grande sorriso para nós.

– Olhem – ela aponta para o telão –, estou na TV.

Julie corre na direção dela e a abraça, derrubando um pouco do vinho.

– Você está bem?

– Claro. Por que você voltou?

– Já viu o que está rolando lá fora?

Uma granada explode ao longe, como que para que exemplificar a frase de Julie.

– Um monte de esqueletos?

– Isso. Eles seguiram o R e eu até aqui. Estão nos caçando.

Nora acena para mim.

– Oi, R.

– Oi.

– Quer vinho? É um Mouton Rothschild'86. Eu o descreveria como saboroso, com notas de delícia pura.

– Não, obrigado.

Ela dá de ombros e olha de novo para Julie.

– Caçando vocês? Por quê?

– Achamos que eles sabem o que estamos tentando fazer.

Uma pausa.

– O que vocês estão tentando fazer?

– Não sei. Consertar o mundo?

O rosto de Nora está exatamente igual ao de Julie na noite anterior enquanto eu falava ao telefone com M, ouvindo as notícias que nunca achou que ouviria.

– Jura? – Nora pergunta, balançando a garrafa de vinho.

– Juro.

– Como?

– Não sabemos ainda. Mas vamos tentar. E estamos descobrindo no meio desse processo de tentar.

Naquele instante, os telões ficam em branco e os enormes alto-falantes do Estádio voltam à vida com um barulho. Uma voz familiar explode no céu do estádio como um deus insano.

Julie, sei que você está aqui dentro. Isso que você está fazendo vai acabar agora. Não vou deixar você virar a sua mãe. Carne mole é comida por dentes duros. Ela morreu porque re recusou a endurecer.

Lá embaixo, posso ver os poucos guardas que ficaram dentro do Estádio, ouvindo o discurso e olhando uns para os outros, apreensivos. Eles podem ouvir na voz dele. Tem algo de errado com seu comandante.

Estamos sob ataque e nossa comunidade pode estar enfrentando seus últimos momentos, mas você é minha prioridade agora. Julie, eu posso ver você.

Quando essas palavras reverberaram pelos falantes, senti seus olhos frios em minhas costas, e por isso me viro. No extremo oposto do Estádio, posso ver a silhueta de um homem segurando um microfone por trás do vidro da cabine de som. Julie olha friamente para ele a distância.

Quando tudo está apodrecendo, não sobra mais nada a não ser os princípios, e não vou largá-los agora. Vou apagar os erros e fazer as coisas ficarem certas de novo. Espere por mim, Julie. Logo estarei aí.

Os alto-falantes ficam mudos.

Nora passa a garrafa para Julie.

– *L'chaim* – ela diz baixinho. Julie dá um gole e passa para mim. Tomo um gole também. Os espíritos vermelhos e brilhantes do vinho dançam em meu estômago, alheios ao silêncio mortal da sala.

– E agora? – Nora pergunta.

– Não sei – Julie responde rapidamente antes que Nora termine sua pergunta. – Não sei. – Ela pega a garrafa da minha mão e dá um grande gole.

Fico parado na janela olhando a vista e observo as ruas, telhados, a microscópica paródia de contentamento urbano. Estou tão cansado desse lugar, com quartos apertados e corredores claustrofóbicos. Preciso de ar.

– Vamos até a cobertura – falo.

As duas olham para mim.

– Por quê? – Julie pergunta.

– Porque é... o único lugar que sobrou. E porque gosto de lá.

– Você nunca esteve lá – Julie fala.

Olho nos olhos dela.

– Estive sim.

Há um longo silêncio.

– Vamos subir – Nora fala, olhando incerta para nós dois. – E provavelmente é o último lugar que irão procurar, então pelo menos... sei lá... podemos ganhar tempo.

Sem tirar os olhos dos meus, Julie assente com a cabeça. Viajamos pelos corredores escuros que vão se tornando cada vez menos amigos das multidões e mais do trabalho árduo escondido nos bastidores do

Estádio enquanto andamos. Nosso caminho acaba em uma escada de mão. Uma luz branca vem da abertura acima.

– Consegue subir por aqui? – Nora me pergunta.

Seguro a escada e tento subir. Minhas mãos tremem de encontro ao aço frio, mas a habilidade existe. Subo mais um degrau e olho para as garotas.

– Consigo.

Elas vêm atrás de mim quando subo a escada como se já tivesse feito isso centenas de vezes. O sentimento me revigora, muito melhor que as escadas rolantes. Minhas próprias mãos idiotas estão me levando para cima, em direção à luz do dia.

Emergimos da escotilha e então estamos na cobertura do Estádio. Os painéis lisos e brancos brilham sob o sol que se põe. Vigas de suporte em arco estão sobre nossas cabeças como uma grande escultura. E lá está o cobertor, esquecido e até meio embolorado graças às semanas de chuva, mas lá está, no lugar exato onde me lembro dele, um vermelho brilhante contra o teto branco.

– Jesus Cristo – Nora sussurra, olhando para a cidade lá fora. – Olha só para isso.

O chão está vivo com esqueletos, já em número muitíssimo maior do que o pessoal da Segurança. Será que calculamos errado? Será que falhamos? Em minha cabeça, posso ouvir Grigio exultante enquanto eles se amontoam contra as paredes, invadem os portões e matam todos dentro do Estádio. *Seus sonhadores, crianças ridículas. Seus fracassados dançarinos e sorridentes. Aqui está seu futuro brilhante. Sua doce e fervorosa esperança, que tal vê-la escorrendo dos pescoços de todos que você ama?*

Perry! Chamo em minha cabeça. Está por aí? *O que fazemos agora?*

Minha voz ecoa como uma prece em uma catedral escura. Perry está em silêncio.

Vejo um esqueleto matar e devorar outro guarda, e então me viro de costas. Bloqueio todos os gritos, as explosões, os barulhos comprimidos dos atiradores um pouco abaixo de nós. Bloqueio o zumbido dos esqueletos, mesmo depois de ter virado um coro gigante, tocando em estéreo de todas as direções. Bloqueio tudo isso e me sento no tapete vermelho. Enquanto Nora fica andando pela borda assistindo à batalha, Julie anda devagar até o cobertor e senta ao meu lado. Ela segura os joelhos de encontro ao peito e nós dois ficamos olhando para o horizonte. Podemos ver as montanhas, e elas são azuis como o oceano. É uma linda visão.

– Essa praga... – A voz de Julie era muito calma – Essa maldição... a morte do mundo... acho que tenho uma ideia de onde veio.

As nuvens são finas e estão rosadas acima de nossas cabeças, se esticando em formas delicadas. Um vento frio sopra pelo teto e nos faz piscar.

– Não acho que seja nenhum feitiço, maldição ou raios nucleares. Acho que vem de um lugar mais profundo e nós fizemos isso a nós mesmos.

Nossos ombros estão encostados um no outro. O toque dela está frio, como se o calor de seu corpo estivesse se retraindo, fugindo para dentro dela para escapar do vento da extinção.

– Acho que fomos nos destruindo ao longo dos séculos, nos enterrando em ganância e ódio e quaisquer outros pecados que conseguíssemos encontrar, até que nossas almas atingiram a camada de pedra no fundo do universo. E então fizemos um buraco nessa camada e atingimos um... lugar sombrio.

Ouço pombos em algum beiral próximo. Estorninhos voam e mergulham no céu distante, totalmente alheios e nem um pouco afetados pelo fim de nossa civilização.

– Nós soltamos essa coisa. Perfuramos a camada de pedra e o petróleo surgiu, pintando-nos de preto e expondo todas as nossas doenças para que qualquer um pudesse ver. E aqui estamos nós, no cadáver seco do mundo, morrendo e apodrecendo até que não exista mais nada além de ossos e um zumbido de moscas.

A cobertura treme abaixo de nós. E com um trovejar baixo, toda a extensão de aço dela começa a se mexer, deslizando para se fechar e proteger as pessoas lá dentro de algo que está se tornando uma invasão em larga escala. Quando ela se fecha com um tranco, ouvimos passos vindos da escada. Nora pega a arma de Grigio da bolsa e corre para a escotilha.

– O que fazemos agora, R? – Julie finalmente olha para mim. A voz dela é trêmula, os olhos estão vermelhos, mas ela não se rende às lágrimas. – Somos idiotas por achar que podemos fazer algo? Você me fez ter esperança de novo, mas acho que agora, aqui, estamos prestes a morrer. O que faremos então?

Olho bem para o rosto de Julie. Não apenas isso. Eu o examino. Cada poro, sarda e fio de cabelo fino. E então olho para as camadas abaixo disso. A carne e os ossos, o sangue e o cérebro, indo para baixo até a energia desconhecida que gira em seu núcleo, a força vital, a alma, a poderosa força de vontade que faz com que ela seja mais do que apenas carne, correndo em cada célula e as fundindo aos milhões para formá-la. Quem é essa garota? O que ela é? Ela é tudo. O corpo dela contém a história da vida, relembrada pela química. A mente dela contém a história do universo, relembrada pela dor, alegria e tristeza, ódio, esperança e maus hábitos, cada pensamento de Deus, passado, presente e futuro, relembrados, sentidos e esperançosos, todos de uma só vez.

– O que faremos? – ela pergunta, me confundindo com seus olhos, os vastos oceanos em suas íris. – O que sobrou que podemos fazer?

Não tenho respostas para ela. Mas olho para seu rosto, as bochechas pálidas e os lábios vermelhos brilhando com vida e macios como os de uma criança, e entendo que a amo. E se ela é tudo, talvez essa seja a resposta.

Puxo Julie para mim e a beijo.

Pressiono os lábios dela contra os meus e puxo seu corpo para mim. Ela passa os braços em torno do meu pescoço e me aperta com força. Beijamo-nos com os olhos abertos, olhando para as pupilas um do outro e as profundezas dentro delas. Nossas línguas sentem o gosto uma da outra, nossas salivas se misturam e Julie morde meu lábio, cortando um pedaço da pele e sugando algumas gotas de sangue. Sinto a morte dentro de mim se agitar, a antivida se apressar na direção de suas células brilhantes para escurecê-las. Mas quando ela chega na borda de meu ser, eu a detenho, empurro de volta e a martelo para baixo, e sinto Julie fazendo o mesmo. Seguramos esse monstro dominador entre nós com um aperto implacável, nós o sobrepujamos juntos com determinação e raiva, e então algo acontece. A coisa muda. Ela arqueia, treme e vira do avesso. E se torna algo totalmente diferente, algo novo.

Uma onda de agonia estática me invade e nos separamos, ofegando. Meus olhos ardem com uma dor profunda. Olho para Julie e vejo que suas íris estão trêmulas. As fibras se contorcem e sua cor começa a mudar. O azul vivo do céu vai escurecendo para o cinza chumbo, então tremula, hesita, bruxuleia e então se acende de novo como ouro. Um tom brilhante de amarelo solar que nunca vi antes em nenhum ser humano. Quando isso acontece, minhas fossas nasais se acendem com um novo cheiro, algo similar à energia vital dos Vivos, mas ao mesmo tempo enormemente diferente. Está vindo de Julie, é a essência dela, mas ao mesmo tempo é a minha também. Aquilo sai de nós como uma explosão de feromônios, tão potente que quase posso ver.

– O que... – Julie começa a sussurrar, me encarando com a boca levemente aberta – ...acabou de acontecer?

Pela primeira vez desde que nos sentamos no cobertor, olho em volta e vejo tudo que nos cerca. Algo mudou lá embaixo. Os exércitos de esqueletos pararam de avançar e estão em pé, totalmente imóveis. E é difícil saber ao certo daquela distância, mas todos parecem olhar diretamente em nossa direção.

– *Julie!*

A voz perturba o silêncio sobrenatural. E lá está o General Grigio, parado em frente à escotilha com Rosso terminando de subir a escada atrás dele, respirando com dificuldade e mantendo os olhos no General. Nora está no chão, dominada, com as mãos algemadas à escada, encostada na escotilha e com as pernas no aço da cobertura. Sua arma está aos pés de Grigio, fora do alcance dela.

Os músculos da mandíbula de Grigio estão tão tensos que parece que vão explodir. Quando Julie se vira e ele vê os olhos da filha, o corpo dele treme inteiro. Ouço seus dentes rangendo.

– Coronel Rosso – ele diz no tom de voz seco mais seco que já ouvi na vida. – Atire neles.

O rosto dele está pálido e sua pele é seca e escamosa.

– Pai – Julie fala.

– Atire neles.

O olhar de Rosso vai de Julie para o pai dela.

– Ela não está infectada, senhor.

– Atire neles.

– Ela não está infectada, senhor. E nem tenho certeza de que o garoto esteja. Olhe os olhos deles, os dois...

– Ele está sim e agora ela está também! – Grigio grita. Posso ver o contorno dos dentes dele através dos lábios tensos. – É assim que a infecção se espalha! É assim que funciona! Não existe... – Ele engasga com as próprias palavras, como que decidindo que havia falado demais.

Ele saca a arma e aponta para a filha.

– John, não! – Rosso agarra o braço dele e tenta pegar a arma. Com precisão cirúrgica, Grigio torce o braço de Rosso e quebra o pulso dele. Depois, dá um soco forte nas costelas do antigo colega. O velho homem cai de joelhos.

– Pai! – Julie grita, e ele responde engatilhando a arma e apontando de novo para ela. O rosto de Grigio está vazio, sem nenhuma expressão. Apenas pele esticada sobre o crânio.

Rosso dá uma facada no tornozelo de Grigio, que cai.

Grigio não grita nem tem nenhuma reação visível, mas sua perna cede e ele cai para trás. Ele escorrega pela curvatura do teto, rolando e lutando, com os dedos tentando se segurar no aço liso. A arma passa por ele girando e cai pela borda da cobertura, e ele quase segue o mesmo caminho, mas consegue deter a queda. Suas mãos se seguram na borda da cobertura, enquanto o corpo fica esticado para baixo, pronto para cair. Só consigo ver seus dedos branquelos e o rosto apertado pelo esforço, mas ainda sinistramente impassível.

Julie corre para ajudá-lo, mas a curvatura da cobertura é inclinada e lisa e ela começa a escorregar. Retornando um pouco, ela se agacha e fica observando o pai, impotente.

Então algo curioso acontece. Enquanto os dedos finos de Grigio se seguram na beirada, outros aparecem e se seguram por cima dos dele. Mas esses dedos não têm pele, apenas osso seco, amarelados e amarronzados pela sujeira, a idade e o sangue de antigos assassinatos. Eles se seguram na cobertura, cavando o aço, e levantam um esqueleto zumbindo e com seu sorriso eterno.

Ele não é rápido, não pula e nem corre. Move-se devagar, sem aquela urgência e a sede de sangue que eles tinham aos nos perseguir na cidade. E a despeito daquela perseguição, ele não parece muito interessado em mim ou em Julie, não parece nem notar a gente. Apenas se inclina e crava os dedos na camisa de Grigio, levantando ele até a beirada. Grigio se esforça para se levantar, e o esqueleto o ajuda e o põe em pé.

Os dois se encaram calmamente, com seus rostos a centímetros um do outro.

– Rosy! – Julie grita. – Atire logo na coisa, porra!

Rosso está se esforçando para respirar, apertando o pulso quebrado e as costelas trincadas, sem conseguir se mexer. Ele lança um olhar pedindo perdão a Julie, não apenas pela sua falha, mas por todas que nos trouxeram até ali. Todos os anos sem agir, apesar de perceber o que acontecia.

O esqueleto pega o braço de Grigio gentilmente, se inclinando, como se o estivesse conduzindo a uma dança. Então o puxa para perto, olha em seus olhos e dá uma grande mordida arrancando um pedaço do ombro do coronel.

Julie solta um guincho, mas o resto de nós está paralisado, em silêncio. Grigio não resiste. Os olhos dele estão arregalados e febris, mas seu rosto é uma máscara branca enquanto a criatura continua dando mordidas quase sensuais nele. Pedaços de carne caem no chão através das mandíbulas descarnadas do esqueleto.

Estou completamente imóvel. Olho Grigio e o esqueleto com um horror que me arrebata, tentando digerir o que estou testemunhando. Eles estão ali, empoleirados na borda da cobertura, com suas silhuetas diante de um céu em combustão, com nuvens doentiamente róseas e uma neblina escura e alaranjada. E nessa iluminação de outro mundo, as figuras deles são indistinguíveis. Ossos devorando ossos.

Julie corre até a escotilha, pega a arma de Nora, e aponta para o esqueleto, que olha para ela e finalmente percebe a nossa presença. Ele joga a cabeça para trás e solta um rugido, uma explosão perfurante como se fosse as trombetas do apocalipse, enferrujadas, quebradas e fora de tom para sempre.

Julie atira. Os primeiros disparos erram completamente o alvo, então um acerta uma costela, outro a clavícula e um último, a bacia.

– Julie.

Ela para, com a arma tremendo nas mãos. O pai dela a encara com olhos vazios, enquanto o sangue se esvai de seu corpo.

– Desculpe-me – ele diz com um murmúrio fraco.

– Arranque isso de você, pai. Lute!

Grigio felha os olhos e retruca:

– Não.

O esqueleto sorri para Julie e morde a garganta do pai dela.

Julie grita com toda a angústia e raiva de seu coração jovem e ferido, e atira de novo. A cabeça do esqueleto desaparece em uma explosão de pó e pedaços de ossos. Com os dedos ainda cravados nos ombros de Grigio, ele vai tombando para trás e cai da beirada da cobertura.

Grigio vai com ele.

Os dois caem juntos, entrelaçados, e o corpo de Grigio treme no ar, convulsionando. Convertendo-se. A pele que resta em seu corpo vai se descascando com o vento, pedaços secos voando como cinzas, deixando os ossos pálidos debaixo de tudo aparecerem, e há uma mensagem naqueles ossos que finalmente sou capaz de ler. Um aviso gravado em cada fêmur, úmero e metacarpo arranhado.

Isso é a praga. Isso é a maldição. Tão potente agora, tão profundamente enraizada e voraz para nossas almas, não se contentando mais em esperar pela nossa morte. Indo atrás e simplesmente tomando o que quer.

Mas uma decisão foi tomada hoje. Não seremos roubados. Vamos nos segurar firme ao que temos, não importando o quanto a maldição aperte.

Lá embaixo, os Ossudos assistem os restos de Grigio mergulharem no chão e se espatifarem. Eles observam os fragmentos na terra, pequenos pedaços brancos, quebrados e irrelevantes. Então, todos de uma vez, com movimentos sem intenção ou propósito, começam a vaguear. Alguns andam em círculos, uns trombam com os outros, e aos poucos vão se dispersando e desaparecem nos prédios e nas árvores. Sinto uma excitação tomar o meu corpo. Que sinal eles terão recebido? Entre a queda dos ossos e a energia estranha e nova que emana desta cobertura como ondas de rádio, será que receberam uma mensagem sonora em seus crânios vazios? Um aviso de que o tempo deles acabou?

Julie deixa a arma cair de seus dedos. Ela vai bem devagar até a borda da cobertura e fica agachada, olhando para a pilha de ossos lá embaixo. Seus olhos estão vermelhos, mas não há lágrimas neles. O único som lá na cobertura é o vento batendo contra as sobras do Estádio e algumas bandeiras. Rosso observa Julie por um momento e então abre as algemas de Nora e a ajuda a se levantar. Nora esfrega os pulsos e uma troca de olhares entre eles torna as palavras desnecessárias.

Julie caminha em nossa direção com passos confusos e arrastados. Rosso põe a mão no ombro dela.

– Sinto muitíssimo, Julie.

Ela funga, olhando para o chão.

– Estou bem – Sua voz está igual a seus olhos, ferida e espremida. – Eu estava pronta.

Agora que tenho a habilidade, quero chorar no lugar dela. Julie se transformou em uma órfã. Mas também é muito mais do que alguém abandonada. A dor vai alcançá-la alguma hora e cobrará seu preço, mas neste momento ela está aqui, conosco, viva e em pé.

Com a mão esquerda, Rosso penteia o cabelo dela, aconchegando os fios atrás de sua orelha. Ela aperta sua bochecha contra a mão calejada dele e nos oferece um sorriso fraco.

Rosso se vira para mim. Posso ver os olhos dele indo da direita para esquerda, examinando minhas íris.

– Seu nome é Archie?

– É apenas R.

Ele estica a mão direita para mim e, depois de um momento de confusão, estico a minha. Rosso aperta minha mão, aguentando a dor no pulso com uma careta.

– Não sei exatamente por que – ele começa –, mas estou emocionado em conhecê-lo, R.

Ele caminha de volta até a escotilha.

– Faremos uma reunião da comunidade amanhã? – Nora pergunta.

– Vou anunciar isso assim que descer daqui. Temos que conversar sobre fatos novos que apareceram. – Ele olha para o exército de esqueletos indo embora. – E gostaria muito de ouvir de você o que diabos aconteceu aqui hoje.

– Nós temos algumas teorias – Nora responde.

Rosso começa a descer a escada, segurando-se cuidadosamente com a mão esquerda. Nora olha para Julie, que acena com a cabeça. Nora sorri para ela, depois para mim e também sai pela escotilha.

Estamos a sós na cobertura. Julie olha para mim me examinando, como se nunca tivesse me visto antes. Então seus olhos se arregalam e ela respira fundo.

– Ah, meu Deus. R, você... – Ela estica a mão e tira o *band-aid* da minha testa, depois encosta no corte feito quando jogou uma faca em mim eras atrás, quando nos vimos pela primeira vez. O dedo dela fica vermelho. – Você está sangrando!

Quando ela diz isso, começo a notar coisas diferentes. Pontadas de dor por todo o meu corpo. Estou machucado e com dor. Tateio meu corpo e percebo que minhas roupas estão ensopadas de sangue. Não aquele óleo preto e morto que coagulou em minhas veias. Sangue vivo, brilhante e vermelho.

Julie aperta a mão contra meu peito com tanta força que é quase um golpe de kung fu. E contra a pressão da mão dela, eu sinto. É um movimento lá dentro de mim. A pulsação.

– R! – Julie diz quase gritando. – Acho que... você está vivo!

Ela pula em cima de mim e se enrola no meu corpo apertando tão forte que sinto meus ossos semicurados estralarem. Ela me beija de novo, sentindo o sangue salgado do meu lábio inferior. O calor dela se irradia para dentro do meu corpo e sinto uma onda de sensações quando o meu próprio calor responde a esta investida.

Julie para repentinamente, me soltando, indo um pouco para trás e baixando o olhar. Um sorriso criativo aparece em seu rosto.

Olho para baixo, para o meu corpo, mas nem precisava. Posso sentir. O sangue corre pelo meu corpo, inundando capilares e acendendo células como se fossem fogos de artifício. Posso sentir a alegria de cada átomo de minha carne, transbordando de gratidão por esta segunda chance que nunca esperaram ter. A chance de recomeçar, de viver direito, amar direito e de ascender em uma nuvem poderosa e nunca mais ser enterrado na terra molhada e lamacenta. Beijo Julie para esconder o fato de estar ficando vermelho. Meu rosto está vermelho e quente o suficiente pra derreter aço.

Muito bem, R, diz uma voz em minha cabeça, e sinto meu estômago revirar, porém mais como um cutucão do que um chute. *Já vou indo. Desculpe não estar aqui na batalha, estava lutando a minha luta. Mas vencemos, certo? Posso sentir. Nossas pernas estão tremendo como se a Terra estivesse acelerando, girando e partindo para órbitas não mapeadas. É assustador, não? Mas que coisa maravilhosa não começou sendo assustadora? Não sei qual é a próxima página para você, mas o que quer que esteja reservado para mim, prometo que não vou foder tudo outra vez. Não vou parar no meio de uma frase e esconder a coisa na gaveta. Não dessa vez. Quero arrancar esses cobertores sujos e suados de apatia, antipatia e de aproveitadores cínicos e austeros. Quero a vida em toda a sua crueza estúpida.*

Certo.

Está bem, R.

Aqui vamos nós.

terceiro passo

viver

Nora Greene está na praça que fica perto do portão principal do Estádio, em pé, ao lado do Coronel Rosso e em frente a uma enorme multidão. Ela está um pouco nervosa e fica desejando ter fumado antes de sair de casa, mas na hora pareceu que seria algo inapropriado para o momento. Ela queria estar totalmente consciente para aquela ocasião.

– Muito bem, minha gente – Rosso começa, falando alto para que sua voz chegue também às pessoas espalhadass lá atrás. – Nos preparamos para este momento o melhor que pudemos, mas sei que ainda poderá ser um pouco... desconfortável.

Não são todas as pessoas do Estádio que estão aqui, apenas as que quiseram vir. As outras estão escondidas atrás de portas trancadas e com suas armas à mão, mas Nora espera que eles acabem saindo para ver como as coisas vão.

– Quero assegurar mais uma vez que vocês não estão correndo nenhum perigo – Rosso continua. – As coisas mudaram.

Ele olha para Nora que assente com a cabeça.

Os guardas abrem os portões e Nora grita:

– Vamos lá pessoal, podem entrar!

Um por um, ainda desajeitados, mas andando praticamente eretos, eles entram no Estádio. Os Meio-Mortos. Ou os Quase-Vivos. A multidão troca sussurros ansiosos e se retrai quando os zumbis formam uma linha meio solta em frente ao portão.

– Estes são apenas alguns – Nora diz, andando para a frente para falar com o povo. – Mas têm mais deles lá fora a cada dia. Eles estão tentando se curar, se livrar da praga, e precisamos fazer o que pudermos para ajudar.

– Como o quê, por exemplo? – alguém grita.

– Vamos estudar o que está acontecendo – o Coronel Rosso responde. – Vamos ficar perto do processo, observar e participar até que algumas respostas comecem a emergir da coisa toda. Sei que isso é vago, mas temos que começar de algum lugar.

– Conversem com eles – Nora continua. – Sei que dá um pouco de medo no começo, mas olhem nos olhos deles, digam seus nomes e perguntem os deles.

– E não se preocupem – Rosso fala. – Cada um terá um guarda ao lado o tempo todo, mas tentem acreditar que eles não vão machucar vocês. Temos que acreditar que isso vai funcionar.

Nora dá um passo para trás e deixa as pessoas passarem. E, com cuidado, elas se aproximam dos zumbis, enquanto guardas precavidos mantêm suas armas preparadas. Da parte deles, os zumbis estão lidando com esta experiência constrangedora de maneira bastante paciente. Ficam ali parados e esperam, alguns deles até tentando esboçar sorrisos amigáveis. Nora se junta às pessoas, cruzando os dedos atrás das costas e torcendo para tudo dar certo.

– Olá.

Ela se vira para a direita. Um dos zumbis olha para ela. Ele anda para a frente, saindo da fila, e sorri para ela. Os lábios dele são finos e um pouco machucados e ele tem uma barba curta bem aparada e loira. Mas os lábios e os outros muitos machucados de seu corpo parecem estar se curando sozinhos.

– Hã. Olá. – Nora responde, olhando de cima abaixo aquele tamanho todo. Ele devia ter quase dois metros de altura e parecia ser um pouco pesadão, mas os braços fortes forçavam a manga da camiseta esfarrapada. A cabeça dele totalmente raspada brilhava como se fosse uma pérola cinza.

– Me chamo Nora – ela diz, brincando com seus cachos.

– Meu nome é Mm... arcus – ele responde com a voz parecendo um trovão aveludado. – E você é... a mulher mais bonita... que eu já vi.

Nora sorri e fica enrolando o cabelo com o dedo mais rápido ainda.

– Nossa. – Ela estica a mão. – Prazer em conhecê-lo... Marcus.

• • •

O menino está no aeroporto. Os corredores são escuros, mas ele não está com medo. O menino corre pela sombria praça de alimentação passando pelos luminosos apagados, sobras mofadas, cervejas deixadas pela metade e pratos de Phad Thai frios. Ele ouve os pés arrastados de um esqueleto solitário andando pelo corredor adjacente e logo muda de direção, virando na esquina sem parar. Os Ossudos são lentos atualmente. Logo que o pai do menino e a madrasta voltaram para cá, algo aconteceu com todos eles. Agora, eles vagam sem destino como abelhas no inverno. E ficam parados sem se mexer, como máquinas velhas esperando para serem trocadas.

O menino carrega uma caixa que está vazia, mas seus braços já estão cansados. Ele corre até a esteira de conexão e começa a pegar os rolamentos.

– Alex!

A irmã aparece atrás dele. Ela também carrega uma caixa e tem pedaços de fita crepe presos em todos os seus dedos.

– Já terminou, Joan?

– Já!

– Ótimo. Vamos pegar mais então.

Eles descem pelo corredor e, quando atingem a área de transporte de carga, a energia volta e a esteira embaixo de seus pés volta a funcionar.

Os dois correm descalços na velocidade da luz, voando pelo corredor enquanto o sol da manhã vai se erguendo atrás deles. No fim do corredor, eles quase trombam com outro grupo de crianças, todas segurando caixas.

– Tudo pronto – elas dizem.

– Certo – Alex responde, e todos saem correndo juntos. – Algumas das crianças ainda vestem roupas esfarrapadas, outras ainda estão cinzas. Mas a maioria delas está viva. As crianças não têm uma programação instintiva como os adultos. Elas precisam ser ensinadas a fazer tudo. Como matar com facilidade, como andar por aí sem destino, como balançar e grunhir e como apodrecer de forma correta. Mas agora as aulas acabaram. Ninguém está lhes ensinando mais essas coisas e eles estão voltando à vida por conta própria.

As luzes fluorescentes piscam e ficam zumbindo e o som de uma agulha sendo colocada em um LP sai dos alto-falantes sobre suas cabeças. Alguma alma empreendedora dominou o sistema de som do aeroporto. Notas doces e melódicas flutuam na escuridão e a voz de Francis Albert Sinatra ecoa solitária pelos corredores vazios.

Algo maravilhoso acontece no verão... quando o céu é de um azul celestial...

Os alto-falantes empoeirados chiam, distorcem e estalam. O disco pula. Mas é a primeira vez em anos que o ar inerte deste local é movimentado pela música.

Quando as crianças chegam no portão de chegadas para pegarem mais caixas e fita adesiva, passam por uma figura pálida cambaleando pelo saguão. A zumbi olha para as crianças Vivas quando elas passam correndo, mas não as persegue. O apetite vem diminuindo ultimamente, ela não sente mais fome como antes. Apenas assiste às crianças desaparecerem e então continua seu caminho. Ela não sabe aonde vai exatamente, mas tem um brilho branco no fim do corredor que parece legal, por isso ela cambaleia naquela direção.

Algo maravilhoso acontece no verão... quando a lua faz você se sentir incandescente... Você se apaixona, você se apaixona... e quer que o mundo inteiro saiba.

Ela emerge na área de espera do Portão 12 que está inundada pelo sol da manhã. Algo ali está diferente de antes. Nas grandes janelas que vão do chão ao teto e que dão vista para as pistas, alguém colou pequenas fotos no vidro. Uma ao lado da outra e colocadas mais ou menos a um metro e meio do chão, formam uma linha que corre até o final do saguão.

Algo maravilhoso acontece no verão... e acontece apenas com algumas pessoas. Mas quando acontece... sim, quando acontece...

A zumbi se aproxima das fotos com cuidado. Ela para diante delas e olha meio boquiaberta.

Uma menina subindo em uma macieira. Um garoto molhando o irmão com uma mangueira. Uma mulher tocando violoncelo. Um casal mais velho fazendo carinho um no outro. Um menino com um cachorro. Um menino chorando. Um bebê recém-nascido dormindo. E uma foto velha, enrugada e com a imagem sumindo, mostrando uma família em um parque aquático. Um homem, uma mulher e uma garotinha loira, sorrindo e fechando um pouco os olhos por causa do sol.

A zumbi olha para esta colagem misteriosa que se espalha. O sol brilha na etiqueta de metal em seu peito, tão brilhante que seus olhos doem. Ela fica ali parada durante quatro horas, sem se mexer. Então inspira bem devagar, a primeira vez que faz isso em meses. Batendo de leve em suas pernas, seus dedos dançam conforme a música.

• • •

– R?

Abro os olhos. Estou deitado de costas com as mãos atrás da cabeça, olhando para o sol de verão perfeito e limpo.

– Diga!

Julie se vira no cobertor vermelho, vindo mais para perto de mim.

– Acha que um dia veremos aviões lá no céu de novo?

Penso por um momento enquanto assisto as pequenas moléculas nadarem nos fluidos dos meus olhos.

– Acho!

– Jura?

– Talvez nós não vejamos. Mas acho que as crianças verão.

– Até onde acha que podemos ir com tudo isso?

– Tudo isso o quê?

– A reconstrução de tudo. Mesmo se conseguirmos acabar com a praga de uma vez por todas... acha que vamos conseguir fazer com que as coisas voltem a ser como eram antes?

Um estorninho voa pelo céu ao longe e fico imaginando um avião branco desenhando um traço atrás dele, como uma assinatura floreada numa carta de amor.

– Espero que não.

Ficamos em silêncio por um tempo, deitados sobre a grama. Atrás de nós, o velho Mercedes, bem detonado, espera-nos pacientemente, falando conosco em chiados e sibilos que saem do motor que está esfriando. Julie o chama de Merça. Quem é essa mulher deitada ao meu lado, tão cheia de vitalidade que consegue dar vida a um carro?

– R – ela começa de novo.

– Sim?

– Já se lembrou do seu nome?

Nesse morrinho gramado ao lado de uma rodovia em ruínas, os insetos e pássaros na grama fazem uma pequena simulação do barulho do trânsito. Ouço a nostálgica sinfonia deles e faço que não com a cabeça.

– Não.

– Você pode se dar um nome, sabia? Escolha um, o que você quiser.

Considero aquilo passando por um índice de nomes em minha cabeça. Etimologias complexas, línguas, significados antigos passados através de gerações de tradição e cultura. Mas sou algo novo. Uma tela em branco. Posso escolher em qual história construirei meu futuro e escolho uma nova.

– Meu nome é R. – Dou levemente de ombros.

Ela gira a cabeça para olhar para mim. Posso sentir seus olhos amarelos cor de sol do lado de meu rosto, como se quisessem entrar pelo meu ouvido e explorar meu cérebro.

– Não quer recuperar sua antiga vida?

– Não – respondo e me sento, abraçando os joelhos e olhando para o vale abaixo. – Quero esta vida mesmo.

Julie sorri. Ela se senta também e olha para o mesmo lado que eu.

O aeroporto se espalha abaixo de nós como um desafio. Não há uma transformação global depois que os esqueletos se renderam. Alguns de nós estão voltando à vida, outros continuam Mortos. Alguns caminham pelo aeroporto, outros em cidades, países e continentes, vagando e esperando. Mas para se corrigir um problema que se espalhou pelo globo, o aeroporto parece um bom lugar para se começar.

Temos grandes planos. Ah sim, estamos tateando no escuro, mas pelo menos estamos em movimento. Todos estão trabalhando agora; Julie e eu fizemos apenas uma pausa para aproveitar a vista, afinal, é um belo dia. O céu está azul. A grama, verde. O sol aquece nossa pele. E sorrimos, porque é assim que salvamos o mundo. Não vamos deixar a Terra virar uma tumba, um grande túmulo girando pelo espaço. Vamos nos exumar. Vamos lutar contra a maldição e quebrá-la. Vamos chorar, sangrar, desejar e amar. Vamos curar a morte. Nós *seremos* a cura. Porque *queremos ser*.

Este livro foi composto em Sabon MT
para Texto Editores Ltda.
em março/2011